古琴

宋兆梅 著

山东文艺出版社

图书在版编目（CIP）数据

古琴 / 宋兆梅著 .—济南：山东文艺出版社，2023.1
ISBN 978-7-5329-6726-1

Ⅰ.①古… Ⅱ.①宋… Ⅲ.①长篇历史小说—中国—当代 Ⅳ.① I247.5

中国版本图书馆 CIP 数据核字（2022）第 170447 号

古琴

GUQIN

宋兆梅　著

主管单位　山东出版传媒股份有限公司
出版发行　山东文艺出版社
社　　址　山东省济南市英雄山路 189 号
邮　　编　250002
网　　址　www.sdwypress.com

读者服务　0531-82098776（总编室）
　　　　　0531-82098775（市场营销部）
电子邮箱　sdwy@sdpress.com.cn

印　　刷　山东新华印务有限公司
开　　本　880 毫米 ×1240 毫米　1/32
印　　张　9
字　　数　210 千
版　　次　2023 年 1 月第 1 版
印　　次　2023 年 1 月第 1 次印刷
书　　号　ISBN 978-7-5329-6726-1
定　　价　68.00 元

版权专有，侵权必究。如有图书质量问题，请与出版社联系调换。

目录

第一章	…… 1	第十五章	…… 132
第二章	…… 10	第十六章	…… 153
第三章	…… 17	第十七章	…… 162
第四章	…… 25	第十八章	…… 169
第五章	…… 39	第十九章	…… 177
第六章	…… 50	第二十章	…… 189
第七章	…… 59	第二十一章	…… 202
第八章	…… 67	第二十二章	…… 213
第九章	…… 75	第二十三章	…… 223
第十章	…… 83	第二十四章	…… 232
第十一章	…… 93	第二十五章	…… 242
第十二章	…… 101	第二十六章	…… 259
第十三章	…… 109	第二十七章	…… 264
第十四章	…… 117	第二十八章	…… 276

第一章

1

王方庐一连三个晚上都在做同样的梦：电闪雷鸣中，他和书童三水出诸城西南门，在瓮城傻傻地转了一圈，再穿过瓮墙上的小门，到南边的果园里摘苹果。他们摘了一筐又一筐，那些苹果闪着红光。三点半王方庐从梦中醒来，往常他睡醒后会环视屋子几圈，才会慢慢起床。他看得最多的是北墙上悬挂着的那张宋琴，起码要盯上五分钟，来来回回地打量，这是他和宋琴之间的问候。今天一刻也没有磨蹭，他穿好长袍，来到外间，想把三水叫醒，告诉他自己连日来做的奇怪的梦。

三水睡觉不老实，半截被子耷拉到地上，还翻了面儿，白色的大洋布里子在外，蓝色的竹布被面却朝里。他斜躺在床上，半张着嘴，就像吃着东西却忽然睡着了。王方庐把被子掀上去，盖住三水裸露的脚，又把他的枕头扶正。自己睡不着了，却又不能把三水叫醒，他白天还有好多活要干。

宋琴名曰"玉涧鸣泉"，形伟而厚，漆光晶莹，通体宝灰，纹理佳妙，为世上所罕睹，加以紫金为徽，白玉为轸，黄绒朱弦，囊以古锦。龙池内有文：宋淳祐二年（1242），岁在甲戌仲春，邺郡钟英制。下款曰：古莘李氏世辅家藏永宝用。王方庐摘下"玉涧鸣泉"，小心地放到床边的琴桌上。为了"玉涧鸣泉"，他专门购置了一张楠木琴桌放在床边，这样便可以随时弹奏了。他用一块锦来回擦拭着，上下唇自然微张，轻轻吹着琴上的灰尘。哪有什么灰尘，三水每天都要认真擦拭一遍。这只是王方庐每天必做的功课而已。他的气息传到琴上，就像在与琴交流。他的手不自觉地抬起，轻轻拨动琴弦，空灵的音在屋内飘荡。琴声惊醒了三水，他打着哈欠进了屋，说道："少爷，你梦游了吗？你看看这才几点？"他看着乌漆漆的窗外，估摸着也就不到四点。

王方庐只好把梦境跟三水说了一遍。三水这几年经常跟着老太太去城隍庙烧香、算卦，眨巴眨巴眼睛，学着算命先生的样子，摇头晃脑地问："少爷，你是摘苹果还是吃苹果？"

"我真的吃了一个苹果，连苹果的香味都闻到了。"

"你吃的红苹果？"

"红苹果。"

"巧了，前年陪老太太去解梦，我还真听那个人说过：梦到吃苹果，表示要做某种尝试。梦到吃红苹果，预示心中的愿望要实现。"

三水脑袋灵光，嘴巴又甜，不光王方庐喜欢他，老爷、太太，所有的下人都喜欢他。三水每次都能把大家的心事猜个八九不离十，说出让大家舒心的话。

王方庐读的书比三水吃的面都多，对他信口开河的话怎会信以为真，刚才只是按捺不住激动的心情想找个人倾诉而已。他没接三水的话，转身把"玉涧鸣泉"挂回原处。

三水没顾及少爷的反应，继续说："难怪大先生选这个日子让您拜他为师，今天果然是个黄道吉日。"

三水私下里喜欢称王方庐的表兄王方源为"大先生"，至于为什么这样称呼，他自己也说不出个子丑寅卯来，这应该和王方源弹琴弹得好有关。真正见了王方源，三水还是和其他人一样，叫他大少爷。三水会仰望着少爷："谁不夸少爷聪敏，一表人才，双眼有神，大国字脸，十五岁便已身材魁梧。关键是少爷的琴弹得好，既可以弹出轻柔的声音，又可以弹出厚重的声音。"少爷一弹琴，三水就会顺着他的琴声进入一个未知的世界，少爷的琴声让三水相信，一定有另一个自己在做着他不敢想、不敢做的事。

多少年后，王方庐回想起光绪十八年（1892）三月的某天，心境和三水一样，他的世界里还有另一个自己，不知他沉睡了几千年，得用琴声去唤醒。拜表兄王方源为师，是自己修了几辈子的福分。王方源的人品和琴艺，不光在诸城有口皆碑，在安丘、高密、青州、青岛、济南、北京都是无人能比的。

这年闰六月，春天的脚步缓一些。前些日子诸城超然台西园里的杏花、桃花刚随着一场不急不缓的春雨在地上铺成一片红云。三水陪着王方庐去放风筝，少爷当场吟诗一首，大声的吟诵引得好几个人驻足。宝书堂的丁老爷捻着胡须说："这不是经文堂的小少爷方庐吗？"王方庐最不爱听别人的奉承话，和丁老爷打个招呼，喊着三水匆匆离开了超然台，从西北门去了西河滩。

谦益堂的小少爷臧少梅比王方庐小三岁，手里拿着一只硬面沙燕风筝，一看就是从潍县买的。他手里的棉线慢慢放开，沙燕就在天空中飘呀飘。他的性格和王方庐差不多，不多言不多语的，就是胆子比王方庐小，一说话脸就红。经文堂是诸城大户，什么样的风筝都能从潍县、天津、北京买来。王方庐不喜欢买来的风筝，偏喜欢自己做。在三水的协助下，他用高粱秆做框架，糊上绵纸，做了一个超大的八卦图案的风筝。随着他把手里的棉线一圈圈松开，臧少梅的沙燕被比了下去。河滩上还有几个穷人家的孩子，都在玩自己做的小风筝，他们要不停地跑，天上的风筝才不会落下来。而王方庐站在原地,大风筝照样耀武扬威地在天上飞。大家都纳闷他是如何做到的。三水显摆着:我们的风筝厉害吧?我们少爷厉害吧?王方庐斜眼看了看他,示意他不能这样说话,三水就闭了嘴。

阳光洒在西河滩上,河滩上的孩子多了起来。王方庐正要招呼三水回家,王方源的儿子王熙拿着一只福燕风筝跑到王方庐跟前。他刚要喊表叔,忽然打住,自言自语着:"你即将是我大大(父亲)的学生,我从去年跟着大大学琴,尽管我年龄上小你两岁,但按照排序算你的师兄。"说完,王熙哈哈大笑。王方庐赶紧把风筝线递给三水,问哪天是拜师的日子,王熙小声告诉他是三月十六。王方庐听罢就在河滩上奔跑起来,喊着:"我就要成为王方源的学生了!我就要成为王方源的学生了!"

2

从诸城县城往北走大约五十里,在台潍公路东,有一个古镇,街道两边,一百多家堂号鳞次栉比。其中的"仙游县",据说出过无数知县和知府,清朝时期,有"半壁江山是王家"之说。只是先人的辉煌已随风而去,透过苍凉的牌坊和斑驳陆离的大院,才可窥探到一点点那消逝的脉络。

潍河,古称潍水,发源于箕山和屋山,流经莒县、沂水县、五莲县,从五莲县北部进入诸城,从古镇的东边蜿蜒而过。水流湍急的潍河,到了古镇就如孩子般耍起性子,时不时地泛滥成灾,镇里的人备受漂泊之苦,如水中行船,由此得镇名"象舟"。后经历史演变,"象舟"变为"相州"。

相州地势狭长,南北街衢长约三里,东西阔约二里,有一千多户人家。曾有诗曰:"相州街,南北长,九座牌坊压当央。"

一个"压"字,把所有的肤浅压得干干净净。

众牌坊中的贞节牌坊最为有名,四乡八疃的人谈论起来,无不眉飞色舞,甚至添油加醋,"故事里的事,不是也是,是也不是"。

相州为诸城的北大门,和安丘的南大门景芝镇仅十几里之遥。前者以文化著称,后者以美酒闻名。

潍河绕过巴山的西面,受两边高地所迫,河道发生变化,缩得窄窄的。飞泻而下的河水声势非凡,隐约可闻击鼓声和鸣金声。河水穿过峡谷,进入冲积平原,河床变宽,水流渐缓。到了枯水季节,可徒步过河,这就是潍水故堰遗迹,也叫"韩信坝"。

潍河槽底为硬度不一的岩石,历经千年冲刷,越来越宽的石沟突兀出百态千姿的高石。汛期到来,湍急的水流如惊涛拍岸,时而震耳欲聋,时而出其不意。发出的声音如美妙绝伦的口技,水中俨然有相搏的士兵、战马的嘶鸣和飞扬的旌旗。皓月当空的夜晚,遍布河床的成千上万个小水坑里,倒映着无数个小月亮。微风徐徐,星辉点点,月华如水。伫立河边,恍然身临如诗如画的仙境,这就是号称诸城八景之一的"韩王坝月"。

相州王家,明初由海州迁到了诸城城西的小店子,后根据官府"兄弟不同居"政策,分居于营子、相州。到三世,居相州者分为仁、义、智三支。长支王仁之重孙王恢基的后代精于弹奏古琴。到了王方源的父亲,已经是十三世。

清代,王家人丁急剧膨胀。王瑛后代更是如雨后春笋一般,其中一个孙子光儿子就有十七个。相州人满为患,不得不析居他地。分家后,十二世的王谦和拖家带口地从相州搬到诸城后门口街的后营巷居住。王谦和三个儿子都没有功名,王长普是老三。后营巷离文庙只有几百米,从小喜欢音乐的王长普耳濡目染,精通各种乐器。后来,王谦和到贵州黄平州任吏目,王长普和哥哥们随行,异地的风土人情,开阔了他们的眼界与心胸。受家庭影响,王谦和喜欢结交文人墨客。一次，在和几个朋友聚会中，他巧遇一个虞山派古琴名家，那人弹了一曲《秋江夜泊》，清柔淡远的声音一下子击中了王谦和的心，遂认其为知音。

古琴被尊为"太古之神物，天地之灵器"。音量不大，音韵独特，载道、修身、静心、养生，被誉为"圣人治世之音，君子养修之物"。王谦和认清了朝廷的腐败和官场的险恶，心灰意冷之下，希望孩子们不要踏入官场，最好是寄寓书斋，与琴为伴。他兼济天下、独善其身的思想，影响了后辈，造就出好几个古琴大家，这是他想都没有想到的。

王谦和是个想到就做的人，第二天他把这位古琴名家请到家中，让长子、三子行弟子礼，拜师学琴。二人从小就喜欢弹琴，今遇良师，岂能错过良机？他俩按照拜师礼仪，虔诚地叩拜。

琴师耳闻王谦和乃耕读世家，听两个少爷弹琴后觉得是难得的可造之才，便欣然答应，倾力教授。

二人苦苦学习了三年，终修成正果。王长普自小就从同族人口中听说过王昺花这个人，他是诸城小王门人，精通琴与箫。王长普希望向其学习，却因各种原因总是失之交臂。他在心里无数次幻想过和王昺花相见的场景：二人或去五莲山，或去九仙山，在僻静的苍翠之处，相向而坐，盘腿抚琴，一曲《高山》由远及近，仰望、登阶、攀缘、登顶、望远、感叹，松涛声、流水声、花开声和鸟鸣声……所有的声音都来自二人心间，世间无我、无他、无山林，只有琴声和箫声。

3

诸城的秋天，除了白云还是白云。这些白云"各自为政"，以独有的形状在天空中展现着自我。后营巷的琴心堂今天格外热闹,家中的三位少爷要从贵州打道回府,老太太吩咐下人清扫院落,购买新鲜蔬菜,欢迎少爷们回家。琴心堂的房屋建筑在诸城不是最上乘的,因为在街口上,所以才比较显眼。可能与老爷在贵州有关,琴心堂在一些建筑细节上,有些鲁派和南方相融合的现象。别的地方倒是没有变,还是三进院的老样子,只是房屋大门做了大改动。刚搬来城里时,琴心堂的大门是广梁大门,门前有少量空间。这几年改为金柱大门,在房屋前檐廊柱上安装抱框和大门,门前没有空间。这几年土匪闹得凶,动辄绑架大户的主人和孩子,索要赎金,交钱不及时立马撕票,闹得人心惶惶。他们夜半作案,一般先藏到门洞里,外边的人不到近前根本发现不了。金柱大门的好处是,老远就能发现门口的人,既防土匪,又防小偷。老爷和三个少爷常年不在家,只有老太太、几个女人和下人们,不防范不行。

  王长普与两位哥哥到家时刚好赶上晌午饭,老远便闻到了饭菜的香味。"还是老家的饭菜香呀,"大哥说,"我一闻就知道母亲做了我们爱吃的扁豆锅贴子。"初秋是扁豆、土豆上市的季节,诸城人喜欢混着炒,锅沿上烀手掌样半指厚的锅贴。做锅贴有学问,用温水和面,加半汤匙食盐和半汤匙食用碱,饧面一小时,烀锅贴时,双手相扣,将面饼拍打成手掌大小,不宜过大。开锅后转小火,大约十五分钟,扁豆和土豆互相收汁,不烂不柴。那松软的锅贴一面金黄,一面蓬白,像王长普这个年纪的小伙子,吃上几碗扁豆、七八个锅贴不成问题。这个菜吃油,非五花肉炒不出香味来,普通人家顶多把扁豆蒸熟,用蒜拌着吃,至于土豆,则直接煮熟当干粮。

  新来的门房不认识三个少爷,管家田玉峰走出来和他们打招呼,并吩咐下人把二少爷、三少爷的行李分别送到他们住的房子,大少爷的行李暂且不要拿下来,他家在相州良疃,吃了晌饭再送

7

他回去。其他的物品先搬进倒座房里，看老太太如何安排。兄弟三人迈过大门、二门，从内院去正房，先给母亲请安，然后陪母亲吃饭，聊聊这些年的贵州见闻。

王长普媳妇先拜过大哥，才和自己的相公打招呼，多年不见，女人的脸红红的。碍于母亲在场，王长普也不好意思说什么，装得一本正经。

媳妇站在饭桌边，偷偷观察着相公。下人们站在一边，等着添饭。

大少爷的媳妇是曲阜孔家之后，因为有这层关系，王氏古琴经常被拿到曲阜参与孔庙雅乐的表演。王长普的媳妇是石桥子王家西院王鹏来（监生）之女，叫王漪念。王漪念是个识大体的女人，因为大少爷没有儿子，王长普的长子便过继给了他。大少爷因为是长子，在相州良疃置办了房产，分家另过。照老规矩，长房没有子嗣，二房或者同族兄弟的儿子，可以过继以保持一个家族长房长子长孙的完整性。过继不是口头允诺，而是有严格的过继文书。当时，二少爷家的第一个孩子是女儿，也就只能过继三少爷王长普的第一个儿子。那么小的孩子生生地和母亲分离，任谁都会伤心落泪。好在之后王长普又有了两个儿子和两个女儿。哪个孩子都是娘的心头肉，每当想起过继的儿子，王漪念总是落泪，王长普只能安慰她："又没去别家，还是老王家的后人，再说大哥大嫂待他比自己的亲儿子还亲，你这是落的哪门子泪？"

王漪念对王长普言听计从，唯有在大儿子的事情上，嘴上从来不服软，反驳道："你的心里只有你的琴，孩子在你心里，不如一张琴重。"

王漪念的这句话说到王长普的痛处，他从小喜欢音乐，尤其喜欢古琴。古琴就像他的一根肋骨，长在他的身上，剔除不了，说是他的一个孩子一点都不过分。其实,王漪念说的都是事实,他把琴看得比孩子还重要。这些年,他的时间和精力都用于练琴。家务事和照顾母亲,都是王漪念和嫂子在亲力亲为。他心里愧疚,但看到琴,心思便不由自主地回到琴上,琴在他眼里有了生命。

第二章

1

　　王方源站在后门口街，漫无目的地看着街上的行人。这是一条南北向街道，前面是沧湾，沧湾北面有城隍庙、养济院，东面有尼姑庵、关帝庙。诸城每一处城角都有一个湾，猪市湾、养济湾、大学后湾、狮子湾、红同湾、北极阁南湾等，有八九个之多。城外的龙王庙、城隍庙等庙宇前面还有一些小湾。平日里居民洗菜、洗衣裳，养鹅、养鸭，万一遇到火灾，湾里的水就是救命之水。王方源和二哥小时候常去这些小湾打蛤蟆，钓青蛙，不过回来时不能让母亲王漪念知道，这些脏地方母亲不让去，说湾里有蚂蟥，小心咬着。母亲还神秘兮兮地说，谁家的孩子去湾里，蚂蟥咬了他的屁股，用手拍打半天才下来，两个妹妹赶紧捂了耳朵，羞得脸通红。

　　说起沧湾，王方源如数家珍。沧湾始建于明代，建于成化七年（1471）的沧浪书院，便因靠近沧湾而得名。"沧湾"取自《孟子·离娄》中的《孺子歌》："沧浪之水清兮，可以濯我缨。""一步三孔桥，三步两座庙，南北墙上画麒麟，西北角楼倒吊枸"，诸城"四大奇观"三处在沧湾。第四奇观"西北角楼倒吊枸"，"枸"乃枸杞，生长于城墙砖缝中，倒挂如瀑布。秋末，豆粒大小的枸杞铺满城墙，像红云，如国画一般。

每年的七八月是诸城的汛期，南城雨水汇集到沧湾里，头几日浑浊，几日后渐渐澄清。老人说古代湾旁有粮仓，粮仓边的湾，即"沧湾"。从湾的名字来看，说得在理，但对堆砌辞藻的文人墨客来说，却是"当头一棒"。

王方源喜欢这个有诗意的名字，小时候听母亲王漪念讲窦光鼐在城隍庙读书的故事，他听得最专心。母亲教育孩子有自己的一套，说着话，拉着呱，就把风俗人情、为人之道渗透到孩子们的脑海里。母亲把诸城的传说、名人故事差不多讲了个遍，说到窦光鼐在城隍庙读书：

沧湾和城隍庙前的小湾里都有青蛙，沧湾的青蛙叫声大，城隍庙前小湾的青蛙叫声小。因城隍庙前的小湾是死水，水面上漂浮着败叶浮草，空气里弥漫着一股不好闻的味道。窦光鼐每天去沧湾洗漱，洗漱完毕，坐在石阶上读书。沧湾的青蛙在岸上蹦来跳去，看到窦光鼐手里的书觉得好奇，拿它当跳台，先是跳上窦光鼐手里的书，再扑通一声跳进沧湾里。跳上跳下的青蛙把窦光鼐惹烦了，随口吟道："蛙鼓扣心弦，入水冲破天。不准寻归路，后湾把家安。"第二天窦光鼐和师兄弟去沧湾洗漱、读书，一只青蛙都不见了。师兄弟回城隍庙前的小湾一看，湾里跳的、湾边蹦的都是青蛙，原来沧湾的青蛙全部"移居"到了城隍庙的小湾里。

窦光鼐来沧湾洗漱、读书倒是清静了，在城隍庙读书却遭了罪，"呱呱呱"的声音"竹筒倒豆子"般灌入窦光鼐的耳朵里，怎一个烦字了得？他忍无可忍，数落湾里的青蛙："后湾小蛙鼓连天，读书求静心难安。永世不叫蛙变哑，别误光鼐去考官。"窦光鼐回屋将文字用小楷书写，把纸条贴在南窗下，师兄弟看到窃笑不已：窦光鼐的书呆子气又上来了。到了晚上，竟然没听到一声蛙鸣。师兄弟朝城隍庙小湾扔了几块小石头，还是鸦雀无声，鸣蛙变成了哑蛙。

每次母亲讲完，二哥和两个妹妹都不出声，只有王方源怀疑："青蛙就这么听窦光鼐的话？"

母亲吸一口水烟，缓缓吐出："听没听我也不知道，反正沧湾里是没有青蛙了，城隍庙湾里的青蛙也不叫了。"王漪念熟悉王方源的脾性，刨根问底，打破砂锅也要问个明白。第二天是个阴天，云压得很低，远处的超然台和云连在一起，整个诸城静悄悄的。王方源在沧湾边上来回溜达，就是为了观察沧湾里有没有青蛙。他一连蹲点了好几天，发现沧湾里真没有青蛙，又去城隍庙前的小湾里听蛙声，他不仅白天去，晚上也去，他去的时候抱着琴，坐在庙前的石阶上一遍遍地弹。青蛙没发出任何声音，就连庙墙缝里那些吟唱的促织都不出声了，庙里的道士说那是在听王方源弹琴。

王方源想起小时候的糗事，不自觉地笑出声来。忽听后面有人喊："大白天的，做什么美梦？"

王方源吓得一哆嗦，回头一看，是自己要等的王燕宾，责怪说："哪做美梦了，在这里等你闲得无聊，想起小时候母亲讲窦光鼐的故事，那时我幼稚单纯，为了观察青蛙叫不叫，蹲点好几天。听我妹妹说，下着大雨，我没拿雨具还趴在湾边上观察，等管家送来雨具，我已经变成了落汤鸡。"

"你做得出！你做得出！"王燕宾比王方源小二十五岁，但是和王方源没有隔阂，说起话来和同龄人一样。王燕宾的笑声把柳树上的几只小鸟都惊飞了。"能不能不一惊一乍的，这么点事值得这么大笑？"

"怎么不值得？人生就得喝酒，弹琴，放声大笑。"

王燕宾自小便七窍玲珑，语出乖张，以自己的方式行走江湖。

王方源已见怪不怪了。他突然想起什么，说："知道不？当初我父亲和你叔父，第一次见面就是在沧湾。"

"怎么可能不知道？从我记事起，叔父每次见到我都要讲上一遍。"

"有那么玄乎？"

"那我俩各自把他们的故事讲一遍，看看有没有出入？"

"我先说。"

"我先说。"

2

虽然王方源和王燕宾都抢着说王长普和王昙花第一次见面的故事，但王方源想起了去世四年的父亲，心里跟剥洋葱似的，剥着剥着，眼泪下来了。他使劲闭闭眼，转过头，抬起衣袖擦了擦，才回过身来。

大大咧咧的王燕宾没有发现王方源的异样，抬高声音，还是嚷着"我先说"。王燕宾是王门王十六世，祖上从大王门村搬到普桥村。他出生的时候，住在小王门的同族伯父王昙花，已有七十四岁。伯父最好的朋友就是王长普，族里有头有脸的人都听过王昙花讲述他和王长普第一次见面的故事。王燕宾是王门族里的小神童，过目不忘，最奇的是别人说过的话他会一字不差地复述。在他八岁那年，参加族里一个重要活动，王昙花招呼他到跟前，问："燕宾，你喜欢弹琴？"

"当然喜欢。"

听王昙花讲，那时家里买不起琴，小燕宾就在书桌上拴麻绳当琴练，白天黑夜不停地练，为了练习一个新指法，左手拇指、无名指起泡、起茧。一个八岁的孩子爱琴到这种地步，是打心底里喜欢,而从心底里喜欢琴的人,才会弹出真正的琴音。

"你为什么喜欢弹琴?"

"有一些东西在心里跳跳跶跶的,弹琴可以把这些东西弹到外边来。"

对王昙花这样的琴界泰斗来说,阅人无数,除了王长普的儿子方源,像燕宾这样把琴当作生命的,他还是第一次见。

王昙花也没想到,两年后他去世的那一年,诸城又诞生了一位爱琴之人。青出于蓝胜于蓝,这个人在继承他的琴派和王长普琴派的基础上,更上了一层楼。

族里的一些家长看不惯王燕宾,说他没有礼貌,小小年纪目中无人。王昙花不这样看,但凡奇才,都有不同于凡人的地方。生活中的势利,来自目光的短浅。只要不是作恶,有些自己的小个性,并无大碍。

所以,王昙花没有打断燕宾的话。燕宾继续说:"我弹琴就是自己和自己说话,我说的这些话,可能连我的父母都听不懂,但是琴能听懂。"

过后王昙花对王长普说,古琴长期流传于诸城是有渊源的,古琴与他们三人的渊源,是造化。王昙花和王燕宾,是渊源和造化的结合。王长普赞同王昙花的见解,古琴像佛法,师父把古琴的使命、技法,教授给有缘、有天分的学生,学生领纳继承,获得传承的力量。正是这一脉相承、代代相传,才使得诸城古琴琴音相续,源远流长。

琴人的左手拇指和无名指的外侧被磨出茧子,这是勤加练习的见证。俗话说得好:"吃得苦中苦,方为人上人。"学琴是一个繁复且苦中作乐的过程,需要重复、再重复的练习,有磨出的茧子方能有圆润优雅的琴音和美妙动人的旋律。琴学文化博大精深,需要博闻强记,可琴曲的弹奏秘诀只有一个,那就是练习！工尺谱的特殊性也不容许边看谱边弹，只有形成肌肉记忆，才能流畅自然，一气呵成。因此，要想学好古琴，苦练是必经的过程。

"你喜欢跟着叔父学琴吗？"

王燕宾听到这里，眼睛亮了起来，他快步走到王昙花跟前，盯着他说："叔父，我做梦都想跟着您学琴。"

"你先坐下，我给你讲一个故事。"王昙花有些激动，伸手要端茶水，王燕宾何等机灵，把珠兰绿茶端到叔父手中。他在心里已经不叫叔父，而是叫师父了。

那是个秋天。那年诸城没发生什么大事，而沧湾的二位琴家相遇，应该算是大事了。王长普从贵州回来的当天晚上，准备第二天去小王门拜访长自己十四岁的王昙花。他把自己斫的琴擦拭了一遍又一遍，最后抚摸着琴，就像和朋友握手。夫人王漪念把一个深红色轸穗挂在琴上，嘴里念着："道家崇玄色，释门尚姜黄，才子香红佳人绿。这王昙花是琴界中的佼佼者，应该配这红色的轸穗。"

王长普夸奖："不愧我王家的媳妇，琴之美，美在轸穗。夫人连这个都懂。"

王漪念今天穿了一件低领蓝衣紫裙，衣襟前挂着一个绣梅花的香囊。这个香囊是王长普从贵州带回的，他送给母亲的香囊上则绣着白鹤，希望母亲能长命百岁。

王长普对自己的夸奖，王漪念是受用的，但王家的清规戒律多，她从来不轻易表现自己的喜怒。王长普沉浸在即将和王昙花相见的兴奋中，根本没有察觉到夫人的情绪波动。

第二天早上，王长普按照惯例来沧湾散步，只等吃过早饭，就去小王门。他刚走到沧湾和后门口对着的地方，因为低着头，差点和一个匆匆走来的人相撞。王长普抬起头，看到路边停着一辆马车,有一书童背着一张古琴……

王长普的心提到了嗓子眼,他顾不上道歉,莽撞地问:"您是王昙花?"

"你是王长普?"这种不期而遇,是赠予也是缘分。王门有大户在城里,王昙花听说在相州镇的王家有一个新秀,但他在南方学琴,也就没有邀约。今天,王昙花是来砚香斋参加臧老爷子的生日宴,因为昨晚有外地的几个琴友提前赶到,他想借机切磋,才早早地赶来。

此刻,王昙花和王长普就像多年未见的老友,有几箩筐的话要说。因为王昙花另有他约,只能闲话少说。王昙花年长,说:"尽管我们都姓王,但一个是相州王,一个是王门王,五服之内都可以另论,何况我们俩王。我是十五世,也不管你是几世,我俩暂定以兄弟相称,我是兄,你是弟。"

"这合适吗?"

"有什么不合适?琴人的清规戒律多,我们不要为这些所羁绊。"

砚香斋在阁街路南,王昙花的书童不熟悉路,顺着炭市街走,看到琴心堂的大门楼比较惹眼,还以为这个是臧家,两个琴家竟因此见了面。王长普回家对王方源说起,此时他心情有点失落,这样的见面破坏了他心中的想象,没有了诗意。王方源说出一句有禅意的话:"无诗意就是有诗意。诗,都在无意之间。您和昙花伯伯都有一颗敬琴之心,这感动了上天,让你俩早日见面呢。"

儿子的这个解释,王长普勉强接受。王昙花儒雅的身影在他的脑子里晃呀晃呀,他甚至开始怀疑是否和王昙花见过面,人生就这么简单,简单到想见谁就见着了。

第三章

1

王鲁生在正院听到从前院儿子房间传出的隐约的琴声,他一晚上翻来覆去没有睡好。他自己睡不好,把夫人张应昕也惊醒了,她打趣道:"是儿子拜师父,又不是你拜师父。"

"儿子拜王先生学琴,是先祖庇佑,是经文堂的福祉,也是我几年来的一个梦想,将来方庐在琴界绝对不可限量。"

王鲁生口中的先生乃是王方源。

"都说庄稼看着人家的好,孩子看着自家的好,还真是应了这句话。"

"我不过是在家里和你说说,守着外人,我会这么没数?"

"我看方庐这孩子是迷上琴了。拜了王先生为师,更会钻进去,咱得早点把他的婚事办了,总不能一辈子和琴为伴吧?"

王鲁生没有接张应昕的话头。在儿子的婚事上,最急的就是她,什么不孝有三,无后为大;什么人家哪个大户的少爷不是十五岁以前就拜堂成亲的;你看看方庐天天弹琴、斫琴,今天去卢山,明天去九仙山,就为了找那百年桐树制琴,让去趟准丈母爷家都得逼着去……女人真是特殊,对一件事絮叨上百遍都不觉得烦。

王鲁生为了避开张应昕,拿起衣架上的湖蓝绸袍,去了外间客厅。

他家厅堂以中轴为线,对称摆放着家具、楹联、挂屏、书画屏条。正中是楠木条案,放一张仲尼式松雪琴。通身髹以黑漆,蛇腹、流水、牛毛断布满其身。青桐面板,海蚌壳为徽,水晶为轸,岳山为红木制,雁足、冠角俱为花梨木制,龙池、凤沼、轸池之周边皆镶贴竹片。此琴是王鲁生的爷爷从京师买来的,金石音与皮鼓音兼而有之,散、泛、按皆属上乘。

经文堂收藏了十几把上好的琴和琵琶,王鲁生最喜欢这张松雪琴,若是谁不经他的同意随意乱动,那简直就是老虎头上拔毛。哪怕是方庐动了,他也是暴跳如雷,用张应昕的话说,"龙生龙凤生凤,老鼠的儿子会打洞",儿子的脾气是遗传。

冲着条案,墙正中悬挂着唐寅的《杏花茅屋图》,峭峰林立,泉流淙淙,松枝摇曳,人山一体。两边对联是王鲁生用魏碑写的:"声中求静耳,静中蔼醉心。"

两边立着的花几和琴桌一样高,摆放着两个白底青花小瓷瓶。地上则对称放着两个一米高的青花大瓷瓶,上面绘大朵的牡丹。紧挨条案是一张血榉木八仙桌,两边各立一张太师椅。接北墙东西两墙边摆放酸枝木博古架,陈列着稀奇的古董文物。靠门口东摆一棵鸭掌木,另一边则摆一棵散尾葵。可能应了今年王方庐的拜师之喜,两棵花木特别旺盛,鸭掌木的叶片泛着油亮的漆光。照顾张应昕的刘妈利索干净,花木上从不见一片干叶子。

王鲁生把手洗干净,然后才小心地把松雪琴抱到八仙桌上。他原本计划将这张琴作为拜师礼物送给王方源,可是爷爷有遗言在先,这是传家之宝,经文堂子孙要世代传承下去。王鲁生只能退而求其次,拿出家中第二张好琴送给王方源。昨晚夫人和刘妈睡前已经把琴装入琴囊,放在书房。

刚想到刘妈,屋门吱呀一声,刘妈走进来,小声问候着:"老爷早!"见老爷在欣赏松雪琴,她猜测这时候太太也该起床了,便跟老爷欠身去帮太太梳头。

在诸城城里的臧家、王家、刘家、李家、丁家，还有孟家、于家、张家等二三十家自称书香门第的大户，读书、藏书、藏琴、藏古董，成了他们所推崇的社会行为。他们遵从儒家倡导的立身之道，远离官场，大兴土木，建造风格迥异的书斋，与志同道合的文人志士，谈诗论史，以求兼济天下，独善其身。李家在东门外墨水河边建了一座花园，花园里设一藏书楼，名曰"大书堂"。大书堂藏书几万册，李家子孙来这里观景读书。村里不少人为了沾点书香气，想尽各种办法靠近花园而居。孟家在城北白玉山下建了双松书屋，用于收藏。还有臧家的山峰书院，丁家的琅邪书院，刘家的雪沁书院，相州、巴山、枳沟的大户，家里除了地多，就是书多。东鲁遗风，读书弹琴。回想那个年代，书院林立，琴声悠扬，除了出现"十老"的明朝末年，清朝光绪年间，恐是诸城书香最盛之时。

王家门无杂宾，王鲁生交往最多的是臧家、孟家和相州王家。但是，诸城就那么大，谁也不可能不和谁交往，只是交情深浅罢了。

王鲁生最好的朋友是王长普和王方源父子。王长普在世时，王鲁生几乎每晚都去琴心堂听琴，遇到烦心事，也去和他们父子交流一下，三拉两拉，乌云也便散去。朋友的好处是有快乐可以分享，有痛苦可以分担。喜欢弹琴的人不少，不光王鲁生，诸城哪个大户家里没有几张上好的古琴？方庐从五岁时跟着父亲学琴，他的领悟力让王鲁生感到惊奇，"将来方庐在琴界绝对不可限量"，他对张应昕说的话不是无中生有，而是根据方庐的资质说的。至于方庐的婚事，做父亲的也希望他早日成家，早日享受天伦之乐，若去逼迫，他怕执拗的方庐真做出什么事来。琴人之追求，张应昕可能永远体味不到，琴人推崇的，不是古琴本身，而是弦外之音。

张应昕从屋里走出来时，刘妈手里拿着太太换下的衣裳去了外边。张应昕对王鲁生说："抓紧时间吃早饭，你把咱准备的礼物再检查一遍，看看还有哪里不妥，我们早一点去琴心堂，听刘妈说，他们约了好几个要人。"

刘妈嘴里的"要人"，肯定是王鲁生和王方源的好朋友。刘妈每天去西河滩菜市场买菜都会遇到琴心堂的潘妈，总会通个信儿。不过刘妈和潘妈不是民间所谓的那种"插舌头"，不说对主人不利的话，常年在大户做工，这些规则还是懂的。

刘妈梳头的手艺在诸城大户中有口皆碑，有时她们要参加出头露面的事，还专门来经文堂请刘妈去帮着梳头，刘妈回来时都会带回些赏赐，有时是布料，有时是头饰，也会有几个铜板。那些老妈子，得了空闲就央求刘妈把手艺教给她们，刘妈倒是毫不吝啬，全盘托出，但是她梳的头型永远和别人不一样，出尽风头。今天她给太太梳了一个新发型：头发上梳，在头顶后部平分成两把，向左右横梳成两个长平髻。又在脑后头垂下一缕头发，下端修成两个尖角。平髻上插一只菊花簪子，中间有蓝色的圆水晶，四周是闪光的金珠。刘妈建议太太穿去年从江南买来的镶粉色边的红色纱衫，五色的大团时花，配带飘带的红裙，黑色绣着牡丹的披风，衣襟上挂一个绣着梅花的小香囊。中午如果天热的话，刘妈会把披风拿过去，搭在自己手腕上。诸城是个思想开化的县城。大户家的女性最近几年比较推崇窄袖上衣，在衣袖里装假袖口，少时一两副，多时二三副，用料考究，与上衣搭配得相得益彰。还有一种从青岛传来的新装，不在袖边，在臂肘上饰以镶滚，衣服比以前的又窄又长，袖子相对也窄一些，并配以三至四对手镯。张应昕不喜欢跟风，她手腕上戴着母亲送她的一对翡翠手镯，那是一对质感饱满的圆镯，越发衬出张应昕的优雅富贵。

2

  王方庐没吃几口饭便放下筷子，喊着不饿。张应昕看了儿子一眼，她从心里替他高兴，名师如烛火、如明灯、如碗中的食粮，亲手亲教，或点石成金，或指点迷津，或柳暗花明，至少，孤寂的学琴路上，方庐有了同行人。

  刘妈收拾着碗筷，她头上插着不常戴的银簪，换上了过年才穿的竹布偏襟大褂。按说刘妈给大户女人梳头得的赏赐不少，但都拿到北当铺换成钱，捎回枳沟老家贴补家用了。三水穿一件无领的蓝色土布上衣，下身着一条同颜色的大腰裤子。最惹眼的是王方庐，湖蓝色缎子锦袍，罩一件圆领大坎肩。便帽用砖红色的锦缎六瓣缝合，帽顶缀一个黑丝绒结成的大疙瘩，帽正是一块碧玉，色嫩如新柳。浓眉大眼的王方庐这一身装扮，精气神十足。三水在王方庐的辫梢处缠了红绳，说是拜师父喜庆，刘妈特意嘱咐的。

  经文堂和琴心堂隔着条炭市街，差不多在一条直线上，不到五百米远。王鲁生一家人刚到琴心堂大门口，管家田玉峰就像掐算好了，推门出来，作揖说："王老爷、太太，快请进！"

  从琴心堂正门进来，显眼的地方都挂了红绸，一看就是有喜事。田玉峰对着王方庐说："少爷，您送给老爷的那棵西府海棠，往年都是三月底、四月初开，没想到前几天打了花苞，今天早上都盛开了。等拜师结束，我领您去看看，"王方庐正不知道怎么回话好，田玉峰接着说，"我家老爷、太太都说，这是好兆头。老爷和您成为师生，是天作之合，上天也赞同呢。"

  王鲁生夫妻俩微笑着，从他们脸上可以感觉得到，他们心里恣着呢。王方庐的大脸上，现出红润。三水挺了挺腰杆，夸少爷听着比夸自己还舒服。

田玉峰直接把他们带到正厅，王方源和王漪念站起来，招呼他们。王鲁生和张应昕一齐作礼："王先生好！"

王方源摆摆手："我们不要这些俗套，还按照原来的称呼。"

王方庐也不脸红了，大声说："生我者父母，教我者师父。礼仪不能乱。"说着，他做了一个叉手动作，就要磕头拜师。在家里母亲和刘妈把拜师程序跟他说了无数遍，到了琴心堂，一激动，竟然全都忘了。

正好王熙走进来，用胳膊肘挡了他一下，权当是救场，王方庐的两只手自然分开了。"见证的先生还没来呢，不急不急。"王熙拉着王方庐坐在一边，对三水喊着："你出去帮帮田管家。"

三水随着田管家把带来的肉干、芹菜、莲子、红豆、枣、桂圆等，搬到前罩房里。

大门口传来田管家招呼客人的声音，陆续走进来相州爱贤堂王景羲，同是相州王居住在楼子的王云龙，他俩都是举人。王云龙的身后还跟着八岁的儿子王居一，父亲指着客人让儿子喊这个叫那个。王居一是相州王十六世，得叫王方源爷爷。八岁的孩子对叫什么不感兴趣，父亲带他来是让他开开眼界。琴心堂的摆设比自家豪华很多，但集聚城里，看不到田野，树上没有那么多鸟儿，路边看不到野花，他感到没有意思。好在孩子熟悉环境快，没拉上几句呱，就和王熙好上了。

王燕宾是最后一个进门的。人还没到正院，就听他在外院大声叫着："我没迟到吧？"

正厅里有人说："这个王先生……唉！"说到这里打住了。王方源明明听到这句话，却岔开话题说："喝茶！昨天刚从吉祥春买来的珠兰贡尖茶，大家尝尝。"

等王燕宾坐下，王景羲和王云龙分别就王方庐拜王方源为师，说了一番场面上的话。最后，让王燕宾说几句，一向散漫的他忽然严肃起来，说："方源先生，也是我的老师。我在古琴上的每一点进步，都离不了他的点拨。这么说吧，武功的最高招式就是没有固定的动作和形态。我觉得古琴也是，年轻人要打破以前的清规戒律，探索宽而静、柔而正、淡泊与绮丽合为一体的古琴境界。"

王方源接着说："当年我父亲和王昰花先生，亦师亦友，成为诸城琴坛佳话。我和燕宾，尽管年龄上相差很多，也是亦师亦友，我尊重他，他尊重我。刚才燕宾说的，无非是人间难觅踪迹，高山之风声、峡谷之水声、丛林之鸟声、原野之兽声……世间万物之声都可以变为琴声。琴声，在关键时刻，甚至可以是刀剑的声音。"

王居一听到王方源的最后一句话，盯着他看了好久。

王居一虽认真听着每一个人的讲话，脑子里却一句也没有记住。说没记住也不准确，他记住的就是先生说的最后一句话，琴声也可以当作刀剑。当时，他是不明白这句话的，但之后发生的事让他觉得先生真是一个有远见的人。

时间在这种严肃的场合也没放慢它的脚步，一晃到了十点。管家田玉峰走进来，在香炉里燃上三支檀香，正厅霎时香雾缭绕，香气四溢。

王景翥是光绪九年（1883）三甲第一百七十五名进士，族里的大事一般邀请他来主持。他站起来宣布拜师开始：王方庐用左手紧把着右手拇指，左手小指指向右手手腕，右手四个手指头伸直，左手大拇指向上，放在胸下三寸处，三叩首拜师。

王方庐先给师父、师母敬茶。第三杯茶，王方庐端给王燕宾，才去给族里的其他人敬茶。

王方源把自己的琴谱送给王方庐，还送给他一张自己斫的琴。

王燕宾拿出师父王昪花留下的琴谱送给王方庐。王方庐诚惶诚恐,捧着两本琴谱,连感谢的话都忘了说。三水接过两本琴谱,用眼神示意少爷,把自己带来的琴送给王先生。王方庐这才回过神来,从父亲手中接过古琴,送给王方源。

王方庐回礼给王燕宾的是一幅何绍基的书法:"灯前红豆尚书句,眼底青山小谢诗。"王燕宾爱不释手。

清代户部尚书何凌汉曾是相州王十二世王钟吉的门生,他的儿子何绍基是著名书法家。传说王钟吉回相州后,何凌汉来看他,王钟吉让何绍基坐下,他连说不敢,一直站着说话,令随从不解。相州王氏尊师重教,在民间流传极广。今天王方源收王方庐为学生,他在择师,他则在择徒。

第四章

1

诸城早期曾分为南北二城。南城最早为东武县治，建于东汉建初五年（80）；北城为胶州州治，建于北魏永安二年（529）。隋开皇五年（585），改胶州为密州。开皇十八年（598），改东武县为诸城县。

两城相接处有一城门，曰"双门"，即南城之北门，北城之南门。明洪武四年（1371），拆掉双门两侧长垣，合二为一，两城变为一城，双门建钟楼。南城大，东西长820米，南北长850米。北城小，长宽各600米，自然成为一个"凸"字。"凹"是指四周高、中间低，"凸"与"凹"相对，是指四周低、中间高。古城墙垛口都是由凸凹形状组成。有风水先生说，诸城是块宝地，凸字形预示三十年间有战争灾难，好在凸凹不分家，总会逢凶化吉。古城无北门，三条主街呈"士"字形，县衙顶在十字花上，坐北朝南，这才是真正的风水宝地。之后凡来诸城做官者，皆有升迁机会。

古城门有五，南曰"永安"，东南曰"镇海"，西南曰"政清"，东北曰"东武"，西北曰"西宁"。五门皆有月墙、重门，门上建楼，六角之上皆有角楼。四周绕城濠，深一丈五尺，阔约三丈。清朝末年的诸城，可谓是固若金汤。

县衙直抵南门的南北大街，宽且直。苏轼在密州期间，曾说

"尽城之南北，相望如引绳"。县衙前东西大街，东北门至西北门，如"土"字之下横；东南门至西南门，为"土"字之上横。"凸"城"土"街，为当时一大亮色。东北、西北门之内，皆设市，为东市、西市。东市堂号毗连，多居民居住，西市店铺林立，为商家施展拳脚之地。

三水父母开的油炸糕店，位于东市的最西端，台下巷路北靠东一点儿。诸城季节分明，三伏天后，早上凉风习习，晌午头"秋老虎"发威，人们热得喘不动气，到晚上空气凉爽照样会睡个舒服觉，应了那句老话"一天三嗤嗤"，两头是凉"嗤嗤"，中午是热"嗤嗤"。

秋天的黄昏来得总是很快，还没等被日光蒸发起的水汽消散，太阳已落进西山。于是，沧湾附近的清风带着浓重的凉意，驱赶着白色的雾气，向着潍河飘荡。这时东市街上小吃的叫卖声最为激昂，此起彼伏。声音最大的是德胜糕点的伙计，再就是三水的父亲西吉，一声声"卖油条咪——""卖油炸糕咪——"，像是高空里从两个方向扑下来的水声，敲打着人们的鼓膜。嘴馋的小孩子，都想吃上一根油条或是一块油炸糕，大人不给买也是白搭。德胜和西府小吃的店铺门口各排出一条长长的队伍来。

三水扒拉开人群，直往自家的店铺里冲。王方庐走在他后边，说："让人家排队的先来。"

"您说哪去了，少爷，吃自家的还需要那么多麻烦？"

王方庐权当没听到，排在队伍后边，任凭三水怎么招呼，仍然按部就班地排队。少爷这犟脾气，三水从来都是无可奈何。

三水家的店铺，占地面积不大，属于麻雀虽小，五脏俱全的小吃店。门上挂个"西府小吃"牌匾，两边写着"充饥殊画饼，余甘留舌本"对联。魏碑书法，内收外放，运笔沉稳，是王方庐写的。他每次来，西吉都说："少爷，不是我的油炸糕好，是您的书法把顾客吸引过来的。"

西吉抬头看到在排队的王方庐,高声数落三水:"怎么还叫少爷排队?要不是老爷和少爷,哪有今天的我们?"西吉总是老生常谈。王方庐看马上要排到自己了,只好迈步走了进来。

三水把少爷引到离柜台最近的一张桌子,找来一块抹布使劲地擦。其实,桌子是干净的,三水父母把小店收拾得窗明几净,找不到一点脏的地方。西吉先给一个顾客打好包,指使三水,快去后厨让你娘做少爷最爱吃的豆腐馅油炸糕。

除了王方庐坐的这张桌子,店里还有另外三张桌子,柜台里边摆着一种他们老家的"龙窝"小烧。客人中有想留在店中喝酒的,三水娘会顺手炒上几个家常菜,面食却只有油炸糕。

三水给少爷端来一碗茶,说是宁夏的"三炮台",老家亲戚捎来的。"父亲从来不舍得喝,说留着少爷来喝。"王方庐说:"留着让你爹待客用,我们家里什么茶没有,还得浪费你家的茶?"

"什么叫浪费?您一个大少爷,一个有名气的琴先生喝了,那才叫物有所值。"

"少嘚嘚,哪有自家夸自家的,再说这是夸人的地方吗?"

其实,三水和王方庐说的话,早就被人声淹没了。三水娘做的油炸糕,每天都不够卖,大家担心买不着。"西府小吃"每天按量售卖,不多做。买不着的,明天再来。都说同行是冤家,可是对着的德胜和西府小吃却亲如一家,德胜从来没有因为西吉是外地人就和他抢生意。德胜糕点有二十多种,西府小吃却只做油炸糕。德胜暗地里也学着做油炸糕,但是不得要领,咬一口又黏又硬,不是那么回事。西吉也偷着做过油条,但也炸不出德胜的风味。

德胜每天用两斗麦子,磨出八十斤白面,主要做各种糕点和油条。糕点有鸡蛋糕、长寿糕、百子糕、万子糕、状元糕、绿豆糕、夹沙糕；核桃酥、西番酥、到口酥、大卷酥、鸭蛋酥、杏仁酥；金钱饼、福寿饼。到了中秋节，月饼有京酥皮的、顶酥皮的。到年根，种类会更多，有水饼、琵琶梗、兰花根、马蹄酥、月牙酥、芝麻蛋。臧家、王家、刘家、丁家、孟家等，都会派管家来预定"小八件"：用酥皮包豆沙、枣泥等，制成各种花样的寿桃、石榴、佛手、苹果等形，还有腰子形、莲花形、荷叶形等。配置小巧玲珑的点心盒子，走亲访友，外地人都打听从哪里买。

　　琴心堂和经文堂也来定制糕点，德胜每次都会多给几盒，说是专门送给老爷和太太的。王漪念多次夸奖德胜的油条：外酥里脆，油而不腻，入口即化。琴心堂去青岛谈生意，给客户带过一次德胜油条，这油条热了吃和凉了吃味道不同，青岛的客户却吃上瘾了，每次都让琴心堂捎油条去。德胜自己种植麦子，自己捞麦子，自己磨麦子。先用大磨磨，再上小磨磨，磨面的时候，德胜的老板娘在一旁监督着，一遍都不能少。当长工喊着，面可以了。老板娘站起来，撮一点放进嘴里，上牙和下牙对接几次，才说"可以了"。和面时，老太太亲自动手，一个人躲在屋里，不让长工看。长工私下嘀咕，可能窍门就在于和面。

　　西府的油炸糕，别看只有一个品种，但样数多，有豆馅、糖馅、菜馅。豆馅有扁豆、芸豆、豇豆、小豆；糖馅有白糖、红糖，另外还加青红丝、玫瑰丝、核桃仁、果脯等；菜馅有地蛋丝、胡萝卜、豆腐、绿豆芽、韭菜等，几乎每种青菜都可以入馅。

　　王方庐喜欢吃豆腐馅。豆腐小方丁，加切碎的粉条和葱花、姜末、胡椒粉，咬一口，那个好吃的滋味不好形容，反正吃了第一次，还想吃第二次。

　　不到十分钟，三水娘踮着一双小脚从后厨端出来一盘冒着热气的油炸糕，声音细得像蚊子："少爷，您最爱吃的。"

　　三水娘的性格和三水爹一比是两个极端，三水的性格像父亲。

　　油炸糕有一个半鸡蛋大,皮薄得像云彩。王方庐用筷子快速挑起一个,香味直往他的鼻子里钻。三水忙把两个油炸糕用筷子扒拉到一个白色盘子里,说:"少爷,趁热吃,凉了吃不出味来,但是也不能烫着,我先给您凉着。"王方庐心想:这个三水,这句话说了有一万次,又不是第一次来吃,有必要再重复吗?可三水不这么想,他的职责是照顾好少爷,该说的一定要说,不该说的也要说,顶多被少爷呲一顿。他又开口了:"少爷,喝着热茶,味道才会更好。"三水娘再出来时,端过来两样小菜:一个是莴苣去皮切成片腌制的,滴了香油;一个是肉丝土芹菜,菜是三水娘早上刚从西河滩买的。

　　西吉忙得不可开交,多数顾客都要打包带走。王方庐让三水去帮着干,三水当然知道心疼父母,早就想去,只是少爷不发话,他才没挪地方。少爷发了话,就是那风筝放开了线,三水三步并作两步,拿起草纸帮着父亲打包。

　　王方庐吃着油炸糕,记忆却像翻书一样翻到十二年前的十月初五:那天是山会,开始时天气晴朗。王方庐跟着父亲王鲁生在财神庙前,听一个盲人说大鼓书。盲人把月牙板扬得高高的,叮当作响,紧紧悬着王方庐的心。他说的是《巧奇冤》,这个故事有五十七巧,三十三奇,二十一冤,巧中有奇,奇中有冤。王方庐听书容易入戏,听到郎青设计谋害姐夫前妻的儿女,顿时怒火中烧,拳头都握起来了。

　　忽然人群外传来哭声,大家一哄而散,都去看发生了什么事情。

　　原来西府一家人来投奔诸城北关一个亲戚。亲戚家虽属中等人家,但几年来家人连出意外,只剩下一个中年男人。中年男人昨晚高兴喝了点酒,没想到半夜起来小解,死在茅房里。衙门认为西府一家图财害命，正抓着去县衙审理。

西府一家三口人，孩子和王方庐一样大，走到他的身边时，那孩子看王方庐是个富家子弟，撕心裂肺地喊着："少爷，救救我们，我们是被冤枉的。"

这一喊，注定了王方庐和这孩子一辈子的缘分。

十月天，铿晴的天阴下来，开始下雪霜。王方庐到了家，衣裳不换，饭也不吃，央求父亲去县衙救他们。王鲁生让管家端过来火盆，烤着手说："救人哪是动动嘴皮子的事，咱和他们无亲无故，也没个说辞呀。"

"我不管，反正我要救他。那么多人他不喊，为什么独喊我？"

"有好几个少爷在那里听书，你为什么认定喊的是你？就是喊的你，也不用非去救他。"

"既然我起了这个念，就要救他。"

"你一个六岁孩子，口口声声救人，口气不小呀。"王鲁生一时也来了气，这个孩子从小执拗，说做什么，晚一霎也不行，都是被他母亲惯出来的毛病。

王方庐的母亲张应昕也刚从外边回来，她和刘妈去南关"和记"买了一大堆东西，有香皂、肥皂、香水、雪花膏、桂花油、官粉，还有梳子、篦子、针线之类。

张应昕花钱大手，这点王方庐随他的母亲，只要相中的都要买回家，用不用买了再说。

张应昕出去时只觉天气好，穿得少，回来嘴唇都冻紫了。等刘妈帮她换好衣裳，她才听明白父子俩争辩的缘由。她沉稳地说："刚才回来的路上，大家都在议论这件事，说突然变天就是冤枉了西府人。当然，救人得先证明他们无罪，无罪首先得有证据。我听刘妈说，这家西府人长得一脸憨厚相，不可能害人。再说，长途跋涉来刚住一晚就杀人，哪有这样的杀人犯？"张应昕虽然是大户人家的千金，嫁的婆家也是富户，但受不得别人被冤枉，特别是还有个小孩子。图财害命可是要杀头的。她告诉王鲁生，县衙里的师爷和她父亲有交情，不过，此人贪婪，得拿出一笔钱去打点。

王鲁生纳闷了：这西府一家人与经文堂没有半毛钱的关系，这娘俩都要救人。还变天就是被冤枉，哪年的山会天不是说变就变，还有那个多嘴的刘妈，跟着张应昕一天，她是用哪只眼睛看到这西府人憨厚的？我看这家的仆人被主人带的，也要成精了。张应昕竟然说，来住一晚上就要杀人，不符合逻辑。

杀人还需要逻辑？王鲁生本来想把自己的这些不满发泄出来，想一想，罢了，一个是女人，一个是没长大的孩子，和他们置气没有道理。再说他心里也于心不忍，他也弄不明白为什么，大概被母子俩感化了。

王鲁生没有去找县衙的师爷，而是去了琴心堂找王方源，让他连夜派管家去相州请名医王德渊来。是他杀还是其他原因，王德渊一看就清楚。这个势头，城里大夫也没有敢出面的。

衙门只把西府一家人抓走，中年男人的尸体还留在家里。王德渊一看就知道这人是死于胸痹，因为他的尸体上有条索状暗紫色斑痕，胸痹后身体急剧缺血，才会出现这种现象。

王德渊的医术远近闻名，据说省城的大官都请他去看病，他的话是权威。王方源向来做事缜密，他提醒王鲁生，这些吃了豹子胆的所谓权贵，拿人命不当回事，他们这是想敲西府人一笔，反正人生地不熟，他们也没人搭救。出乎他们预料的是，凭空出来些爱管闲事的人。

王鲁生给师爷送去三百两银子，先说王德渊看过尸体，是死于胸痹，而不是他杀。师爷慌了，到嘴的鸭子就这样飞了。这一家人从遥远的西府来，讹一笔钱是手到擒来，即使他们口袋里没钱，亲戚留下的家产房屋，卖掉也是个不小的数目。让师爷恐慌的是，琴心堂和经文堂一起出面，难道他们有瓜蔓子亲戚？师爷就是师爷，镇定下来，不慌不忙地说："这些手下过后我要严惩，弄不清就把人抓来，今后官府在百姓心中还有何威信？不过话说回来，无风不起浪，这西府人刚来一天，这家主人就死了，有这样的亲戚也够晦气的。不管他害没害人，照理说有人告，官就得究，怎么也得关他们几天。但是……"说到这里师爷有意卖关子，语气拖长，"我还欠你岳父一个人情，今天算是还给他，人你带走吧。"

王鲁生在心里骂，这是什么社会！贪官污吏，聚敛财富，不择手段，泯灭人性……

王鲁生到家还在向张应昕骂这师爷，张应昕倒是平静："当官的清明，让老百姓有活路，这个朝代才会永固；如果都像现在假人假面，荒淫无道，这官就做到头了。"

王鲁生没想到从张应昕嘴里说出来一番大道理，他刚要继续这个话题。管家来报，西府一家人来经文堂叩谢。

经西吉自己介绍，才知道他的名字。"西府自从去年闹旱灾，颗粒无收，实在没有活路，才来山东投奔亲戚，没想到只一天，亲戚的命就没了。我们是扫帚星呀。"

经文堂来外人，刘妈从来不乱说话，看这家西府人可怜，刘妈也忘了规矩，同情地说："你们也别自责，这家人命中该亡，不几年走了三口，这是他们的命。"

可能是同病相怜，刘妈的一番话，西吉哭得更凶。他叫儿子："三水，给老爷、太太和少爷磕头。"

三水可能吓着了，骨碌着一双大眼睛，扑到少爷跟前，哭着说："少爷，我知道您是好人，我喊了一声'救命'，您和老爷就救了我们全家，您是我这辈子的恩人。"

西吉老婆哭得上气不接下气，昨晚她认为三口人命不保矣，他俩没了也就没了，三水只有六岁，孩子还不知道这个世界到底是什么样子，就要一命呜呼，太可怜了。她从来没到过这种大户，说话声音又小，救命之恩大于天，她停住哭泣，说："老爷、太太、少爷，要是没有你们，我们一家三口说不定很快就去见阎王了，可怜三水只有六岁呀。"没等说完，她又哭起来。张应昕让刘妈把她扶起来。三水娘哽咽着说："你们的救命之恩我这辈子做牛做马无法报答，让三水做少爷的仆人吧。"

王鲁生略一犹豫，刚想拒绝，救了人家的命，让人家孩子来做仆人，他做不出这事。王方庐却一把拉起来三水，说："三水和我同岁，大、娘，让他留在经文堂吧。"

"也行，少爷就要入家塾读书了，三水可以做少爷的伴读。"张应昕挺喜欢这个孩子。

王鲁生问夫妻俩今后的打算，西吉吞吞吐吐地说："我想做我的老本行，开个油炸糕小店，挣俩温饱钱，不知道在诸城能行不？"

王鲁生觉得这个主意不错，告诉他们，诸城民风淳朴，当地老百姓不排外，经文堂在台下巷西有房产，还有一家小店面闲着，他们可以用，挣出来就给房租，挣不出来就先用着，不用放在心上。对面的德胜是做糕点的，经文堂有恩于德胜，德胜也会帮扶着点。

西吉磕头如捣蒜："俺这是哪辈子积的德，遇到您这么好的一家人？"

刘妈笑着说："你住久了，就知道经文堂是一家什么人，大善人哪。"

…………

王方庐正回忆着，有人突然在他耳朵边说："你这是吃油炸糕，还是在梦游？"抬头一看，王燕宾已一屁股坐在他的身边。

2

王方庐喊三水给王燕宾上茶,三水小声说:"您喝就是浪费,给人家喝就不浪费了。"他的声音在嗓子眼里没发出来,若是被王方庐听到,就真不客气了。

王燕宾端起茶,慢悠悠地道:"没想到在这里遇到你俩。"看样子他是这里的常客。

"先生可能不知道,这是三水父母开的小店。"

"噢,我还真是不知道。"

"您事情多,不知道情有可原。"

"那是,那是。再说我知道不知道,都不起什么作用。"王燕宾笑着,"西吉,给我来几个芹菜馅的油炸糕。"

西吉答应着:"一会就来,王先生稍等。"王方庐清楚王燕宾主要是来喝酒的,但他没有点破,而是说:"先生,吃完去我师父家里坐坐吧。"

"我正想去找他磋商一事。"王燕宾狡黠地一笑。西吉已经端了一壶"龙窝"小烧上来,咧着大嘴说:"王先生来我们小店,是我们的荣耀。"

"守着方庐,可不敢这么说。年轻人不可估量呀。"

"您只长我十岁,我们都是年轻人。"

王燕宾听到这里,一喜。王燕宾既没有王方庐的家世,又没有王方源的名气,他又看不惯一些场面上的阿谀奉承,总喜欢借酒消愁,瘦削的脸上显得比较老气,二十八岁的人说三十八岁都信。好在王方源和王方庐尊重他,把他当作知音。乐修内,礼修外,礼乐交错于中,发形于外。社会上道貌岸然者居多,真情真性者少也。王燕宾半壶酒进肚,牢骚就来了。

王方庐和三水是扶着王燕宾来琴心堂的,王方源一家人刚在吃饭。王熙闻到王燕宾身上的酒气,偷偷问王方庐:"王先生又喝酒了?"

"师兄,您这是明知故问。"王方庐朝着王熙一笑。

王方源也闻到了酒味,但守着徒弟和儿子却装作若无其事。他让王熙把方庐他们引到客厅,他一会儿就过去。

琴心堂客厅最近做了调整,一面墙上间隔挂着十几把古琴和琵琶,一面墙上挂的全是名人字画。有的古琴是王方源买的,有的是王方源亲自斫的。有一次王方源和田管家去青岛办事,在路边的一家古董店发现一张古琴,是明代的"奔月":仲尼式,黑漆,小蛇腹断纹。背面龙池上方篆书"奔月",两侧刻有藏者题款:"天上人间月中走,名琴可遇不可求。瑶琴一曲双声奏,月殿三秋五桂香。"王方源喜欢这张琴,左端详右欣赏,决意买走。当时要价三百两银子,价格不菲。田管家劝阻:"少爷,我们来青岛是有要事要办,并且我只带了二百八十两银子。"

遇到好琴,王方源的眼拔不下来,腿迈不动,非要买。他向管家解释:"这虽然是明朝的,调试一下,就是把好琴。"田管家说服不了他,让他在这里等着,他去找相州王住在青岛的亲戚家借了二十两银子,才买下这把明琴。到了饭点,两个人兜里一分钱也没有,空着肚子回来的。王漪念数落他:"你们这些王家后代,喜欢古琴的喜欢古琴,喜欢书的喜欢书,喜欢字画的喜欢字画,我看都成了痴。你们去青岛带着银子是办事的,事没办成,空着肚子回来了。"

王方源权当没听到,围着明琴转圈,乐陶陶地说:"我不光喜欢这张琴,藏者的诗句我也喜欢。"王方源爱好多,弹琴、藏琴、写诗、画画、书法,在诸城都有一定的名气。他父亲王长普、儿子王熙、先生王昙花、徒弟王方庐,还有王燕宾,都喜欢写诗,以王昙花和王方庐的诗意境最佳。

王方源来到客厅时,他们几个在欣赏王方源铺在书桌上刚画完的《马耳山》:马耳双峰并举;五老峰、松朵峰、鸰崖峰等,诸峰竞秀,岚气霭霭;泉水淙淙,荆榛遍生。山脊处齐长城绵延,山脚下牧羊人在追赶着白云……

王方源今年的绘画方向是画诸城周边的几座名山,他希望大家指出作品中的漏洞,便于日后改进,笑着问:"难得各路英雄聚到一起,各抒己见吧。"

王方源的性格温和,轻易不发火,但他最讨厌说空话,他让提意见,假如谁说了假话、空话,日后不会再搭理他。

在这种场合,一般都是王燕宾先开口:"我觉得王先生用墨还要重一些,山峰和山峰的层次,要浓淡有别,这样才会给人向远处延伸、无穷无尽的感觉。"

"燕宾总能一针见血,直指要害,这也是我佩服他的地方。"王方源看着王方庐,示意他说说自己的看法。

王方庐往后退了一步,说:"刚才王先生说到山水画的层次,我觉得实景刻画是次要的,关键在于虚的部分,要处理得当。就像古琴中的散音、泛音和按音。散音最少,却松沉旷远,让人起远古之思;泛音如天籁,有清冷入仙之感;按音手指下的吟猱余韵,是自己和自己对话,别人听不懂,喜怒哀乐皆在按音上。一琴,分天、地、人三籁,有人情之思,也有天地宇宙之理。艺术一脉相承,绘画和古琴同理。"

整个客厅里,只有王方庐的声音,大家都被他独到的见解所折服。王方源对这个徒弟引为自豪,他发出赞叹:"方庐学琴三年,我教的每一首曲子,不到一个月都弹得比我好,凡是我会的,悉数教给他了。方庐善于诗词,对绘画一直有别人达不到的参悟。他说得好,艺术都是相通的,我最近也一直在思考古琴和诗词以及绘画之间的关联,力求找到最好的契合点,画出自己满意的作品来。"

其实,王方源的这幅《马耳山》,水平已是上乘,碍于他喜欢听人提意见,大家不得不说而已。最后才轮到王熙,因为是自己父亲的画作,他谈起来没有压力,轻松地说:"我觉得大大的画,还缺少方寸之间见万里的气度。"

王方源哈哈大笑:"这个气度,恐怕我一辈子都要努力。就像古琴,要弹出风格,也是一辈子都要努力的事情。就像燕宾的轮指,只看到他那么用劲一弹,那音调就不一样了。这轻轻的一轮,不知道要练多少年呀。"

说到"轮指",王燕宾打开话匣子:"这个'轮',又作抡。同一弦上摘、剔、挑,次第向徽弹出,连得三声。无名指、中指、食指并齐夹紧,微屈中节,指尖侧傍弦际,逐一连发,纯在指力坚劲,取音清亮为妙。切记,轮有缓急,随曲中节奏而至。"

王燕宾边说边走到琴桌旁,三水眼快,拿过湿毛巾,让王先生净手。王燕宾弹的是自己作曲的李白的诗词《秋风词》:

秋风清,秋月明,
落叶聚还散,寒鸦栖复惊。
相思相见知何日?此时此夜难为情!

琴曲伊始,王燕宾以轻柔的上滑音,弹出了秋风渐凉、月光清冷的意境。到第二小段,他自中指、无名指两指的滑音开始,至同音反复弹奏,听者眼前出现寒凉的秋境:秋风、秋月、落叶、寒鸦……此时,王燕宾的心情是复杂的,他在诸城尽管琴艺高超,除了眼前的几人,懂他的又有几个?他有五个儿子一个女儿,家境贫穷,有时甚至吃不上饭。也许正是高低贵贱在作怪,一些大户中人，根本没把他放在眼里，就像他擅长的轮指，是他通过自学、琢磨叔父琴谱中所谈到的轮指技艺，才发扬光大的。他们口口声声只谈叔父，无视他的存在。往事悠悠，漫上心头，王燕宾最终只能一声长叹。

几个清亮的散音，渐渐浮起，慢慢升高……

第五章

1

到了腊月十九,还有四天就是小年。年根的阳光透明,但传递给人的却是长吁短叹的感觉。

相州带草堂的王德渊,喊来十一岁的王天檀和七岁的王天为,要带他俩去城里见见世面。

相州王的排行习惯,是堂兄弟排在一起,夭亡者占去数字,空着不递补。王天檀排行老五,王天为排行老六。老五和老六相差四岁,脾气差不多,私人感情最好。家族里的大人经常背后议论,这两个孩子都是惹祸精,好生看管着点。王德渊偏偏喜欢这两个孙子,参加重要活动都带着去,他深知见世面的重要性,见识广博,视野才开阔。

大人的指责并不是无中生有,王天檀和王天为这堂兄弟俩,天刚露明就在相州大街上追逐打闹,上墙爬树。他俩夏天一起去潍河里捞鱼摸虾、捉知了,整天弄成个泥猴子。不能下河的季节,打枣、偷瓜、捉弄富家子弟……家长们提起来,都说若是我家孩子非得抓回去一顿胖揍。这两个孩子脑瓜子好使,看书多,除了玩、吃饭和睡觉的时间,都躲在书房里看书。带草堂的书,从地上摞到屋顶,一层压着一层,中间刚刚能走进个人去。看书多,知道的道理自然多,大人批一句他俩有十句在理的话等着。有家长出主意，最好把他们送到城里读书，管教着点。奶奶摇摇头，这点小年龄，送出去哪放心得下。爷爷一贯袒护，调皮捣蛋是孩子天性，扼杀天性，等于扼杀灵气。这两个孩子有爷爷做后盾，更不知道天高地厚了。

王德渊是附近四乡八疃嘴里的神医，哪怕病人已奄奄一息，几服小汤药下去，把人治得能吃下十个煎饼。可别认为他只在治病方面有道道，诗词歌赋方面在诸城也是数得着的。他是王方源的知音之一。

奶奶见爷爷要把两个孙子带去城里，喊着换上新衣裳，免得让城里人笑话。王德渊顶回去："穿得再好，一个草包肚子，顶多是个绣花枕头。"奶奶喊着不行，场面上的事还是要讲究的，让下人给两位小少爷换上过年才穿的棉布长袍和马褂。棉布长袍两侧下摆开叉，马褂罩于袍外，对襟窄袖、元宝领，衣长至腹部。两个孩子换上新衣裳感觉浑身不自在，去城里的新奇跑走一半。王德渊哈哈大笑："随我，不讲究穿戴，还不如穿件旧衣裳舒坦。"奶奶说："你就惯吧，看把孩子们惯上天，如何收场？"

"不就是去趟城里，嘟囔了一个早晨，破坏我们的兴致。"

在相州，老爷脸上不好看，女人就得快刹住话题。奶奶赶紧说："管家套好马车了，给方源大哥捎着煎饼，你们早去早回。"

祖孙三个这才上马车，往城里赶去。

腊月十九，是苏轼诞辰，诸城一些文人雅士聚在超然台给苏公做寿。公元1074年，苏轼由杭州来密州任知州。当时密州连年旱灾，民不聊生。苏轼以百姓疾苦为己任，为老百姓干了很多实事，深受爱戴，被称为"苏青天""苏公"。之后，苏轼屡遭贬谪，最后流放海南，病逝于回京城的途中。诸城老百姓为了纪念他，在超然台上建苏公祠，塑苏公像，增修慕贤亭。从此，诸城凝聚着一大批人，每年的腊月十九，祭拜苏公、颂苏诗。

明末清初,诸城出现过坚守气节、宁做遗民也不仕清的"十老",有"开一邑风雅之始"之功。他们寄情山水,参禅论道,登台咏诗,超然身外。清政府腐败无能,贪官匪患横行,诸城又涌现出一批具有家国情怀的琴家、画家、书家。而悲天悯人、经世救世的苏东坡,不仅仅是这些文人学习的楷模,也是他们的千古知己。

超然台在县衙后北城墙中部稍偏西处、台下街北首,台下街便因而得名。

马车夫一路小跑,从西北门进城,沿财神庙街,拐个弯一直把王德渊他们拉到超然台,看样子不是第一次来。

但见超然台高十米左右,台面略成梯形,前沿东西长约二十米,北面紧依城墙,东西长二十七八米,南北长二十四五米。王天檀跟着爷爷来过一次,王天为是第一次来,想快点登上去看看上面有什么风景。

台前已经聚集着五六十人,旁边围着一些看热闹的百姓。王方源放下手里的古琴,带着王燕宾、王熙、王方庐过来和王德渊打招呼,王天檀和王天为一点不眼生,喊了王方源声"大伯"。

王方源看着王天为,说:"四秀才的儿子长这么大了?"

"禀大伯,我今年七岁。"王天为大大咧咧的样子,把王方庐和王熙惹笑了。

这时,王家楼子的王云龙带着儿子王居一从城南过来,老远和王方源、王德渊打招呼。王居一看到王天檀和王天为,主动上前,叫着两位叔叔。他和王天檀一样大,个头却没有王天檀高。看着几个孩子亲热的样子,王云龙说:"同族就是同族,看着比别人近。"王德渊撇撇嘴:"我家那两个做叔的,也没当叔的样子。"

王云龙结婚晚,二十九岁才生了王居一,对他管教得严格。王云龙给自家学屋起名"知稼轩",意思是让子孙深知农民之辛苦,稼穑之不易。他亲自教儿子学习,爷俩还经常睡在学屋。王云龙睁开眼睛就叫醒儿子，必须先学习，经他同意了才可以吃早饭。吃了早饭，跟着长工下地干活……

这时，有人拍了拍王云龙肩膀，原来是孟家老爷。他身后跟着自己的三位少爷。三少爷孟陆今年十二岁，这个孩子现在看着不起眼，却是未来诸城文坛上的一颗明星。

几个大人互相问候、还礼。王天为最烦大人问来问去，约上王居一和王天檀去看超然台了。

超然台三面台壁，砌以两米多高的花岗岩大条石，其上是古代大青砖，自下而上渐次内缩，呈下宽上窄的梯形。台壁居中嵌高约一米、宽约四十厘米的石板，上镌阴文"超然台"三个大字。只是谁都想不到，苏东坡的这三个字，后来被某县令以伪换真调了包，成为私物。

三人是从台东侧砖砌台阶登台的，台阶呈40度斜坡。他们走了四十个台阶，在台壁高七米的地方，发现侧壁的一个小平台，台阶至此转北、转陡。再登十阶，转西，又登三阶，过一门楼，三人才到达台顶。

王天檀有意考考王天为："七弟，一共走了多少石阶？"

"五十四。"

五哥向他竖起大拇指。

王居一走在最前边，二人紧跟其后。

台顶由门楼起，东、南、西三面边沿砌一米高花墙，距正面花墙以北七八米处，是三间前厅，用砖瓦建成，与当地一般厅堂相同，前出厦檐一米半，当中一间檐下各有明柱一根，有楹联："昨既见情怀，岂独文章推国手；登台增景仰，常留忠爱系人心。"门上悬挂带有蓝底金字的"慕贤亭"横匾。檐下东西两头贴山墙各有石碑一座，门两边各有一扇花棂大方窗，厅内东西两山墙上各有圆窗一扇，门两边前墙朝北各砌有文字石刻一块。

走着走着，王天为一个人转到厅后。他看到东西两庑各三间，同是砖瓦建筑，较前厅小。台上共有十多块青石石刻，当中是戴毡笠的东坡像，诗文，兰、竹等画，分嵌于东西两庑内墙上，院内有大小石碑数座。

王天为作"叉手"礼，三拜苏公。然后，他专心欣赏着内墙上的字画。

王居一和王天檀却转到后堂。三间砖瓦建筑，较前厅小，较两庑大，内有泥塑东坡先生坐像，头戴纶巾，白面青髯，身穿蓝色便袍，白袜云靴，一手捧书，一手扶膝。

他俩这时才发现王天为不在身边，大声喊他过来，三人一起拜苏公。王居一有点激动，提高了声音说："我们都是王家子孙，当兄弟齐心，以苏公为楷模，温情、善良、乐观。"

王天为看出王居一在卖弄学问，就拉着他俩去两庑看碑碣。王天为说："我数了数，共有碑碣五十多块。大家快来看，这块琅邪碑是道光五年县令贵池人方观国所摹写。"王天为虽然才读了半年私塾，但是碑旁跋文上的字他都认识，不觉念出声来：

此秦二世诏书也。旧刻琅邪台上，年久石裂字泯，几不可考。宋熙宁九年苏文忠公任密州，曾得拓于民间，遂令庐江文勋摹置超然台上，存古迹也。道光五年予来令东武，考其石已无存。因思古人名迹，虽真本已失，犹以存之，俾流风余韵不致遂尔歇绝。予不敏，无论篆书万不及李斯，即较之文忠公好古之怀，虽不能至，心向往之。爱临此七十九字，勒于祠壁。

贵池方观国

王天为只有七岁却认识这么多字，让王居一吃了一惊，刚才自己在苏公像前实属炫耀了。王天檀夸奖天为："可别小瞧我七弟，他过目不忘,三岁那年就跟着我在私塾里'混',我认识的字他都认识。"

王居一在王家楼子有神童之称。父亲对他耳提面命,四书五经必须背熟、背精,而他读一遍就背得滚瓜烂熟。琅邪碑上有几个字他还不认识,可王天为却都会。天外有天,人外有人呀。

三人从台子上走下来,才发现苏寿会主会场布置在西园中心。一张长桌子上摆满了德胜的各式各样的点心,还有诸城小烧。旁边的两株蜡梅真是应景,小小的花苞刚绽开一层,白里透着黄,黄里透着绿,花瓣闪着翡翠的光泽。蜡梅的香气弥漫在整个西园,就像苏轼留下的那些诗词,在场的每个人都是激动的,盼着苏寿会早一点开始。

王天檀、王天为、王居一注意到东门口比较热闹,三人立即奔过去。王天檀发现一副"朝天匾"覆盖在东门上,便跷起脚,但个头够不着,没看到写的什么。

紧挨东门口,摆放着一张更大的桌子,画家、书家在挥毫泼墨。王天为一眼看到了王梅轩,大叫着奔过去:"三大伯,您不是说今天不来,怎么又来了?也不和我们一块。"

王梅轩自称"潍水鱼郎",他的山水画、人物画驰名山东。画画之余,他喜欢去潍河边垂钓,一坐就是一天。县城里的达官贵人前来求画,他却稳坐钓鱼台,置之不理。他喜欢画些稀奇古怪的妖精打斗图,随便一放,供族中的孩子观赏。孩子们喜欢他,整天围着他嬉闹,他从不发火,族里再没有比他脾气好的了。

他钓来的鱼,罐满盆溢,挨家分了。送王天为家的最多,他喜欢王天为,就像王天为喜欢他一样。

王梅轩不好意思地说:"我不想来,可你在萱大哥非拉着我来凑热闹，这不就来了。"说着，他朝兄弟俩做了个鬼脸。王居一听王天为叫"三大伯"，跟着喊了声"三爷爷"。王梅轩打量着他，说："你俩别开口，我猜猜这是谁家的孩子。"王天檀和王天为异口同声地说："我俩本来也没想开口。"

王梅轩把王居一上下打量一番，肯定地说："他是王家楼子云龙举人的儿子。"

王天为吃惊地问："您怎么猜出的？"

"谁家的孩子随谁，那眉眼上带着，怎能猜不出？"王梅轩大笑，转身去作画，三个孩子围着他，让他"快画快画"。

十点十八分，苏寿会开始。城里几家大户的老爷进行简短的发言，然后取水、颂钵、点茶、焚香、敬拜苏东坡……

第一个节目是王方源和王燕宾琴箫合奏，王方源弹琴，王燕宾吹箫。琴和箫，像是伯牙与子期，一曲淡泊，心清志明；一曲缠绵，柔情绮丽。全场鸦雀无声，王方源和王燕宾的演奏珠联璧合，但多数声音是赞扬王方源的，如同王燕宾不存在。

第二个节目是王方庐弹奏《平沙落雁》。王方庐刚把古琴置于桌上，人群里就有人小声说："这人可了不得，登堂入室了，跟王方源学琴三年，又跟王燕宾学，琴艺已经超越他俩。"这人刚说完，另一个人不屑地说："跟那个王燕宾能学着什么，学喝酒唱小调吗？"

站在他俩前边的人有意见，回头打断说："好好听琴，有闲话留着回家说。"这两个人意识到打扰了别人，也就住了口。

王方庐左手按弦，右手拨弹，进、退、复中，曲调平缓，悠扬流畅，琴声似大雁三五成群，飞鸣宿食。中间开始有情绪的发展，猱、撞杂糅，铿锵有力。刚柔相济中，大雁起起落落，承载着弹琴人的志向，希望像大雁一样翱翔于天地之间。

2

王天为从诸城回来,像是变了一个人,不说也不闹了。王天檀调侃他,可能被琴声附体了,要不怎么由动变静,变了个样子?王德渊也发觉天为的变化,这天他来到私塾,拉一张凳子坐下,对几个孩子严肃地说:"不要小瞧古琴,琴学、琴艺、琴道,是一条看不到尽头的路。琴道,是一门大学问。"爷爷把相州王家爱好古琴的祖先一一列举出来,说古琴是他们的载道之器,他们在琴韵中抒发情志,得逍遥物外之趣,达心通之大境。"苏寿会上,王方源、王燕宾与王方庐和王熙师兄弟弹的琴曲,不会听的听到的是琴声,会听的听到的是他们的心声。特别是王方庐的琴声,花开花落,遇见的、离去的、记住的、忘却的声音都有,琴声是灵魂的独舞,任何语言都是多余的,听了他的琴声,我都想哭。"

几个孩子毕竟年龄太小,一时还无法完全体味爷爷语言里高深的道理。

以爷爷的性格,说出这番话着实不容易。他是张扬、骄傲的,在这一点上,王天为属隔代遗传,且有过之而无不及。他的父亲王璞相反,张扬不足,内敛有余,考秀才的理想破灭后,他寄情于琴棋书画、花鸟虫鱼。王璞看似冷酷的外表下,并非无情。他为了不会说话的金鱼,可以呵斥家里的长工孙老头,甚至大骂;但是遇到客家子(佃户)的孩子,又陡生怜悯之心,施以铜板。那些有病、有灾上门求告的,他无不施以银两,出手相救。

父亲和爷爷一样重视家庭教育,男孩子四五岁时便聘请塾师,教授《弟子规》《三字经》《千字文》《老子》《庄子》,以及书法、诗词韵文,中间穿插古乐、书画、茶道。女孩子十岁左右也进学屋学习,主要学习书法和礼仪。

不知为什么，王天为的脑海里总是浮现他跟着几个哥哥在私塾发生的一件事：他和五哥天檀、四哥天韧、三哥天契在一起学习。常顺做他们的伴读。塾师惠怀生五十多岁，身材修长，着深蓝色棉袍，戴瓜皮帽，千层底布鞋里套白色粗线袜子，冷若冰霜的面孔，冷不防和他对视，浑身起鸡皮疙瘩。

先生正一字一板地阅读，不知谁放了一个响屁。不知天高地厚的"屁"围着学屋游走一圈，尘埃落定在惠先生鼻子底下，大家想笑不能笑，不笑着实按捺不住。拿捏不着火候时，天韧扑哧笑出声来，终于让塾师捕捉到撒气的机会。

先生目露寒光："谁笑的？"他捋着山羊胡子，踱着方步有备而来。

王天檀不假思索："是我。"他一马当先，"我笑的"。他向来以出风头为乐，胆量过人，量先生不会打他。

人算不如天算，"伸出手来！"先生心想我叫你当冤大头，啪啪，戒尺打在天檀掌心，发红变青。先生想速战速决，否则他将无法掌控局面，这四个少爷都不是让人省心的主儿。

果不其然："是我放的。"年龄最小的天为一步跨到先生跟前，"哪有不让放屁之理？"

谈到屁，哄堂大笑。

天契内秀，捂着嘴，笑声从齿缝里跑出来，扑哧扑哧的声音更大。

常顺是下人，多有收敛，笑得"咬牙切齿"，浑身打着哆嗦。

惠先生头昏脑涨，无法收拾残局。

没有不透风的墙，惠塾师告发后，王璞打了他们戒尺，骂："我叫你们满嘴放屁！"

爷爷看王天为走了神，问他在想什么，天为用毛笔在纸上勾画着，犹豫地说："以前，我以玩为乐，去城里见到王居一，他说的话比大人还深奥，当时我没细究，回来后我反复考虑，这个人是有大思想的人。方源爷爷周围的一帮人，他们看似在弹琴、作画，实际上就像在完成某种使命。刚才您说听到王方庐的琴声要哭，我也有这种感觉，那琴声变成针，扎在我心里了。爷爷，您有时间也教我们弹琴吧。"

王德渊实在惊奇，这么小的孩子一夜之间就变了，长大了。

同一时间，城里的经文堂里，也有一个人发生了变化，这人就是王方庐。

王方庐拜师父那年冬天，父母给他办了婚事。妻子朱且清是知书达理的大户人家的姑娘，母亲在她年龄很小时过世，由姑姑抚养她长大。

朱且清的才气和长相都配得上王方庐，但这个"琴痴"在洞房花烛夜却是抱着自己那把名贵古琴睡的。他不胜酒力，一杯酒已不省人事。朱且清从他怀里轻轻抽出古琴，王方庐闭着眼睛大叫："谁敢动我的琴？"

朱且清吓得一哆嗦，她在娘家哪受过这种气，气得和衣躺下睡了。

第二天，去给婆婆张应昕敬茶，婆婆发现儿媳眼睛红肿，问："发生了什么事情？"朱且清却掩饰着说："大喜之日，想起去世的母亲，有所感伤……"

张应昕心疼地说："孩子，到了经文堂，虽说是儿媳，我们却会拿着当亲闺女待的。"

"我知道。娘！"朱且清的眼泪不听使唤，又要冒出来，她只好强忍着。

刘妈等少奶奶回了自己屋，便对太太说："我感觉不对劲，少奶奶的母亲都去世多少年了，那时她还不懂事，怎么会在大喜之日哭泣？"

张应昕让下人喊来三水，才知道昨晚的事。太太气得让三水快去喊少爷来，却哪里都找不到王方庐。

下午五点，王方庐才背着琴回来。张应昕耷拉着脸，指责说："婚事你没有不同意吧？"

"没有。"

"朱且清，你没有相不中吧？"

"没有。"

"既然都没有,你为什么洞房花烛夜却抱着琴睡？新婚第二日，人却不见了。"

王方庐看母亲发怒，解释着："我和安丘一个道士好几个月前约好，今天去跟他学琵琶。我是向人家学习，不能失约吧。"

一旦儿子谈到古琴和他喜欢的琵琶，张应昕只有缴械投降。她活了这么些年，就没见过像王方庐这样痴迷于音乐的。学到一首新曲，他会没白没黑地练习，可以不吃饭、不睡觉，现在连媳妇也不要了。

张应昕叹了一口气，生着气回了正院。

第六章

1

王德渊是得疾病去世的。俗话说:"医者不自医"。王德渊吃亏吃在太自信。那天他感觉胸口有针扎的感觉,没当回事,吃着晚饭往后一仰,就死了。

他这一走,带草堂从此一落千丈,再加上天灾和匪患,家境一天不如一天。好在当家的老太太节俭,又卖掉了很多土地,总算保得子孙平安。老太太节俭到什么程度,一年都不舍得吃顿饺子。大家馋得不行,只好盼着老太太住娘家,央求管家要几个铜板,割上半斤肉,包上一顿饺子,狼吞虎咽,刷锅水喂猪,锅还得再刷上几遍。大家时常担心处理不好老太太就回来了怎么办?王天为出了个馊主意,在相州西路口撒下两把豆粒,老太太看到,必定下马车去拾,等她拾完,什么样的饺子吃不完?有人担心,问管家要钱用什么理由?老太太坐在马车里怎么会看到地上会有黄豆?王天为让大家该做什么做什么,这两件事由他一人处理。他先找到管家,开口说:"我嬷嬷住娘家了,大家的肚子太寡淡了,给几个铜板买点肉包饺子吃吧。"管家怕老太太,泄露了那可不是小事,不肯拿钱。王天为眼睛也不看管家,只顾自话自说:"去年相州山,有人去梥豆子,本来是五百斤,对老太太却说是四百五十斤。"说到这里他打住不往下说了,管家顿时变了脸,小跑着去账房要了钱给王天为,还多给了八个铜板。管家人不坏,那次扣的五十斤豆子钱,是家里有人生病,急着用钱,自以为天衣无缝,没想到让六少爷知道了。正因为是给家里人治病,天为才没有告发他。说妥这头,王天为找到马车夫,打马虎眼地说:"今下晌,要是老太太回来得早,你看到南头'贞节牌坊'上插着一个纸做的风车,就装作石头挡了路,下来查看,然后大声惊呼'这是谁家撒了豆粒'。"

别看马车夫大字不识一个,平生最敬佩的就是六少爷,让他向东他绝不向西。再说平日六少爷对下人好,有什么理由不听他的?反正马车夫认为,六少爷让做的,永远不会是坏事。

什么事就怕开了头,奶奶一去娘家,带草堂的人就紧急行动起来,不等王天为开口,管家主动把钱送过来,因为每次的饺子都没落下过他。王天为说,要想永远不让管家开口,得让他"同流合污"。马车夫也有份,王天为给他藏在马厩里,回来就可以吃上。

千算万算也有失算的时候。有一次,常顺放哨闲得无聊,和镇上一个人下五大棋,忘了来此的任务,马车到了跟前他都没发现。马车夫看贞节牌坊上没有"敌情",拉着老太太自顾自地回家了。

家里人热乎乎的饺子刚吃进肚里,但汤水还没处理,这下大家可慌了神。大厨房里的秦妈着急忙慌地大声喊:"小五爷、小六爷,老太太回来了!"

老太太娘家富裕,每次去都带回很多稀罕的食品和大城市里的茶叶。她斥责着秦妈:"我回来就回来吧,怎么像哭丧似的,鬼哭狼嚎的,还不赶快去大门口和孙老头搬东西。"

王天檀和王天为从屋里跑出来,兵分两路挡着奶奶,一个喊"奶奶您回来了",另一个也喊"奶奶您回来了"。

奶奶每次从娘家回来,第一件事就是进大厨房检查,王天为的母亲想尽各种办法，瞒哄面的数量，才有惊无险。

秦妈不正常的喊叫和两个孙子的拦挡，顿时让奶奶起了疑心，非要进大厨房看看。

王天檀突然一声惊叫，晕倒在地……奶奶赶紧回转身，惊恐地喊："快去叫王正南，来看看天檀这是怎么了？"

王正南的中药铺在镇南头，不到二十分钟，他和管家跑来。奶奶说："正南，快看看你五弟这是怎么了？"

王正南扒开王天檀的眼皮，左看右看，再拿出脉枕垫在他的左手腕上，试了试脉，说："婶子，您不用担心，我五弟这是气血不足造成的晕眩症，可能最近忙于婚事，没休息好，多吃点好的就没问题了。"刚说完，王天檀慢悠悠地睁开眼睛："我这是怎么了？"

"我的宝贝孙子，你可醒了。你要是有个三长两短，奶奶也不活了。"

管家陪同王正南走出带草堂大门，长长地叹了一口气："一个大户，吃顿饺子比打场仗还复杂，不知道的还以为我们每天吃山珍海味呢。"

2

八月二十六日的早晨，从潍河飘出一层雾气，蔓延到河的两岸，向东蔓延到巴山，向西蔓延到相州大街。田野里已经收割了庄稼，除了早起的喜鹊，就是把人吹得东倒西歪的秋风。这些喜鹊成群结队飞到带草堂大门外的楸树上，叽叽喳喳叫个不停。

带草堂大门正中挂了红绸门彩，门上贴着喜联：红烛夜深观博议，绿窗风静咏周南。这是王天为父亲王璞写的，王家男人个个以书法见长，王璞的小楷尤为出名。

相州大街上的几座牌坊蒙了红绸，路边的大树、巷子头上的水井和庙前的石狮子上贴着大红喜字。

小梧村王在萱的父亲给王天檀做的媒，女方是高密任家。清朝末年讲究门当户对，相州王在诸城名望高，带草堂虽说家道败落，但祖辈是忠臣良将。王天檀仪表堂堂，求学上进，无不良嗜好，任家父母一百个愿意。双方将二人的生辰八字、属相给了算命先生，回消息是"八字相合"，亲事就算定下。

带草堂瘦了家产没瘦面子，找人算了吉日，在印有龙凤图案的红帖上写上王天檀的姓名、生辰八字、门第等信息，备了各种金银饰品、裙料、袄料、喜裤料、绸缎衣料、头饰等，让王在萱的父亲领着公婆俱在、丈夫健在、儿女双全的女人，将这些物品送到高密任家。

任家隆重招待王在萱和送礼品的女人，走时拿出写有任小姐（任琳因）姓名、生辰八字的龙凤帖子，还有文房四宝、"小八件"食品作为回礼。

送礼、回礼，在相州是定婚事的第二个步骤——"换帖纳彩"。

接下来，王家必须有大动作——把四身绸缎衣料和四身粗布衣料，戒指、耳环、头饰等物品，随知帖送往任家。知帖上写着结婚日期，任家收下知帖，婚事才算最后敲定。

任家和王家的任务差不多，要准备陪嫁。陪嫁少了，到婆家不会有脸，第一个看不上的就是当家婆婆。娘家没有底气，媳妇在婆家只能卖力气，拼了命干活，也不一定能挣个好脸色。

带草堂在紧锣密鼓地布置王天檀的婚房。王天檀的亲弟弟王天柯，堂弟王天为、王天为的亲弟弟王天成跟着凑热闹，他们仨编了一副对联：带草堂里五少爷，要娶任家大小姐。横批：自由全无。

王天檀心知肚明那是王天为编的，满不在乎地说："我的思想我做主，我的自由我说了算。"

大哥王天渡很少和这几个兄弟玩到一起，他看不惯几个弟弟的轻狂，没好气地朝着王天柯说："该干什么干什么去！"兄弟几个笑着作鸟兽散。

因为忙于筹办王天檀的婚事，带草堂八月十五过得比往年简单。大厨房里的女工做了两笸箩月饼，全是花生芝麻馅的。王天渡去城里的德胜买了些糕点，陪着老太太回了趟娘家。天渡父亲是王璞的大哥，前后娶了三房媳妇，都不圆满。他心情郁闷，常年在外游山玩水，好交朋友。前几年由上海乘火轮船回青岛，经黑水洋时遇到大风浪，吓出毛病，最后死了。

他第一个妻子生了王天渡，天渡的两个孩子还小，大的叫王致单，小的叫王致简。

第二个妻子生下一个儿子，排行老二。

第三个妻子是高密蔡氏，生下两个儿子，即王天檀（老五）、王天柯（老七）。高密蔡家，每次来看王天檀母亲都拉一大马车东西，吃的、用的、看的、给小孩玩的，应有尽有。蔡氏在王家有脸面，厨艺也了得，一些高密小吃，大饭店都不如她做得好。别看当家的老太太节俭，吃饭却嘴刁，专爱吃蔡氏做的小锅，不是蔡氏做的不下筷子。母勤子荣，王天檀是沾母亲的光，所以老太太才舍得花血本给他办婚事。

王天檀认识了城里的王方庐和王家楼子的王居一后，每隔一段时间，几个人就聚在一起，大谈朝廷的腐败。在王方源家里，他们陆续接触到新学，不想任由父母包办婚事，更不听媒妁之言。王天檀让老太太先问问任家小姐读不读书，不读书任她是天仙女他也不喜欢。听说女的在家读过私塾，才应下这门婚事。

到了八月二十五日，婚礼前一天，按照本地习俗，任家差了家族中两位嫂子到王家"踩花堂"。随行的马车上挂着红色喜字灯笼，一位怀里抱着一个瓷娃娃，另一位提着用红布包着的木箱子，内放任家小姐的成衣、绣花鞋、头饰、饽饽、长生果、照面镜等。二更天时，准时来到带草堂门口，随行仆人拿出鞭炮，在门口点燃。

王天为兄弟几个没睡觉，在等着她们。听到第一声鞭炮响，几个人一块儿跑出来。常顺打开门，王天檀给两位嫂子行礼，领她们进新房。

两位嫂子顾不上喝茶，把红箱子、瓷娃娃放在床头，王天檀按照她们的吩咐打开箱子取出照面镜，算是与新娘见面。瓷娃娃则喻义早得贵子。

王家早就备了踩花堂钱和上等佳肴，两位嫂子腰包鼓鼓的，吃得美美的，完成任务后往回走。

八月二十六日，听说山海关带草堂娶媳妇，街坊都来看热闹，莲池、高吉、小梧村来了一多半的人。在相州，娶媳妇也叫"将媳妇"。老百姓可不想错过这个机会，平日进不了大户宅院，趁着将媳妇，看看人家家里那些稀罕物件，一饱眼福。在农村没有什么文化活动，将媳妇就是大事儿。

一大早，任家送嫁妆的队伍前呼后拥，敲锣打鼓，中间还有人燃放鞭炮，嫁妆有古琴、书画、红木书橱、红木桌椅、豆枕、被子、瓷碗、衣服、布料、女子头面等。豆枕里装着核桃，被子四个角上缝上花生、大枣。送嫁队伍从官道一直排到相州北路口，有半里地长。

王天檀穿着大红新郎装，戴着礼帽，披红插花，乘轿子去接新娘。天为兄弟几个同样穿大红喜服，走在队伍前头。二三十人的迎亲队伍浩浩荡荡，新郎轿子后还有一顶空花轿，是给新娘准备的。

离任家还有一段距离，常顺点鞭炮报信，隔五十米放一支，直到任家门口。任家管家把新郎迎进屋里吃面条，碗底卧了两个鸡蛋，然后管家领着新郎去任家祖庙祭祖，最后才去叩拜任家父母和亲友。

任琳因正在梳妆打扮。为新娘梳妆的人被称为"全福夫人"，她上有公婆、下有儿女，在族中还有一定声望。她依次为新娘梳头、绞脸、清眉、搽胭脂、抹香粉……新娘戴凤冠、着霞帔、穿绣花罗裙，脚上套红绸绣花鞋。

全福夫人给任琳因梳妆完毕，盖上红盖头，扶她坐上花轿。

此时，锣鼓喧天，鞭炮齐鸣。

新郎新娘拜完轿神，吃"荷包蛋"，从此新娘的身份不是在父母膝下撒娇卖乖的女孩，而是去别人家照顾丈夫、伺候公婆的女人，她要离开养育自己十几年的院子，去一个陌生、不熟悉的院子居住，谨小慎微，还要看脸色行事。做个女人何其难也！任琳因一次也没见过新郎，她吞下鸡蛋的那一刻，心窝顿时涌上来一股悲酸。

任琳因的两个妹妹扶她上了花轿，王天檀来轿子前轻轻施礼，任琳因在心里揣摩着他的长相，千万不要让自己失望呀。

突然，鸣炮三响，鸣锣开道，花轿在两个小舅子的护送下，向相州带草堂走去……

任家离相州五十多里路程，不到四个小时花轿就到了相州北路口。那些看新媳妇的人互相招呼着挤上来；一些小孩子跑着喊着；锣鼓使劲地敲，鞭炮轰轰地响，整个镇子都要沸腾了。

花轿在人们的簇拥下到了带草堂大门口，轿夫朝着喜神方向落地。

任琳因抱着瓷瓶、铜镜，在伴娘搀扶下，踩着事先铺好的红毡下了轿。新郎站在新娘一侧，二人牵着红绸缓缓前行……

看不到新娘的脸孔，人们那个急呀，踮着脚、半瞪着眼也无济于事，新娘罩着盖头呢。多嘴的人开口，看这身段，新媳妇肯定长得不糙。有人接上说，老王家能娶个难看的媳妇？

大门口前摆放着火盆、马鞍等物，伴娘搀扶着新娘，一一跳过，以示避邪恶，保证婚后生活平安红火。

看热闹的人跟着进了带草堂，就像刘姥姥进了大观园，感叹院子之大、之繁华，骨碌着眼睛，不知道看什么好了。大喜的日子，什么都是开放的，什么都是包容的，随便看，随便逛。

新郎和新娘先拜天地，再到祖先祠堂行跪拜礼。最后回到正院，跪拜父母，夫妻对拜，共入洞房。

王天檀从大嫂手中接过秤杆，挑下任琳因头上的盖头，本地说法是"称心如意"。尽管王天檀已经十五岁了，但揭下任琳因盖头的那一刻，眼前顿时一亮，女子长得清秀，脸上带着羞涩，眉毛细长，眼睛水汪汪的。其实新娘也在观察王天檀，目光相碰，王天檀移开了视线，他有点不好意思。

管家一边喊着看热闹的人，小心别碰着贵重物品，一边让女工发果子和小点心。在相州，结婚都要分发一种由油、糖和面炒制成的菱形小面块，有花生粒大小，这就是果子。女工扬起手，几个调皮的孩子向前争抢，女工只有朝人群里扬去，大家便蹲下去拾，人与人叠在一起，直喊着哎哟。

老太太事先让大厨房里的女工摊了几百张煎饼，分给镇上的流浪汉和家庭困难的佃户，算是大喜之日的舍饭。老太太还让王天为的母亲把几个少爷穿小的衣裳，分给佃户的孩子们。孙老妈、秦妈、常顺都会趁着大喜的日子要几件旧衣裳，顺带着多要几张煎饼捎回家去。

王天檀和任琳因刚喝完交杯酒，大嫂拿着夹生饽饽进了屋，让二人分食，一边问："生不生？"二人嘴里边嚼夹生饽饽边含糊地答着："生！生！"大嫂眉开眼笑，说："生就好，生就好！"

炕上铺满花生、桂圆、栗子、大枣，这时轮到二嫂上阵，她抓着这些东西丢到新人身上，并让新郎剥了花生喂给新娘吃。

婚礼到这里算是告一段落。新娘留在新房，新郎出去招待亲朋好友……

到了晚上闹洞房，是王天为几个小叔子的事。母亲教给他们怎么闹洞房，怎么揎豆枕。新婚之夜，小辈怎么闹，新娘都不能恼。佃户没有好意思来的，只有带草堂里的几个少爷和他们的几个小侄子，还有同族的同辈和小辈们。

王天为让新郎和新娘背诗、唱民歌，做些亲昵的动作。新娘如果不服从，他们就用扫帚打新郎。任琳因哪舍得让他们打王天檀，顾不上羞怯，说："背就背！""吆！五嫂还挺牙硬。"王天为有意难为她，出的都是不常见的古诗，没想到五嫂对答如流。

闹腾了半天，大嫂和二嫂进屋阻止："闹个差不多就行了。揎上豆枕，让你们五哥、五嫂早点休息。"

王天为从大嫂端来的簸箕里拿出麦穰，一边揎，一边说："大一把，小一把，一胎两个胖娃娃。"

王天柯接上："一把金，二把银，三把儿女一大群。"

最后轮到王致简，他稚声稚气地喊着："正一根，倒一根，爷爷奶奶等抱孙。"

三个人说的话，两个嫂子教了一天。

第七章

1

王天檀结婚第二年，诸城大旱，潍河河道日渐变窄，缩成了一条细腰带。天上布满密密麻麻的鱼鳞云，俗话说："天上坷垃云，地上热死人。"燥热的风带起尘土。到了深夜，猫头鹰单调的叫声在相州大街几座牌坊上起起落落，最后飞到御葬林，发出几声惨笑。不怕夜猫子叫，就怕夜猫子笑，老人说今年年头不好。

老太太过世了，镇上的人说，是为王天檀操劳婚事留下了病根。当时哭得最伤心的人就是王天檀，蔡氏安慰着儿子："你奶奶也到了年纪，人活一世，谁都要走这条路。"

旱情一直没有得到缓解，到了收麦季节，从天而降的蝗虫一批一批地飞来，吃光庄稼，吃光树叶，牲口如果在田里，毛都要被啃光。镇上的人满脸恐惧，流言蜚语，说什么的都有。那些老太太争相去东巷子天齐庙烧香，祈求天齐老爷保佑众生度过灾年。

东巷子小东门路北，高阜之上，有座梁柱涂金的庙宇，阜东是一条深沟，庙前有东西大道，东去三里过潍河是寨里。相州街上的人称这座庙为"东大庙"，又叫"天齐庙"。寺庙原有房屋建筑二十多间，以正殿最高。前殿三间，东西偏殿各三间，飞檐斗拱，原本葱郁的树木绿叶变成黄叶，随风簌簌而落。西侧偏院五间，两个道士居住在里面。右偏殿南隅，有钟楼三间，内悬高约两米、口径若碾底的大钟一口。钟楼上书一副对联：日落归山初吐月，半夜三更一敲钟。敲钟是告知上天人间的吉凶祸福。庙内供着五座铜钟，它们大小不一、排列有序，何时撞哪口钟颇为讲究。听上年纪的人说，那口大钟，就只撞过两次，撞钟时方圆百里皆惊，如夏天闷雷，如惊涛拍岸，如群狮怒吼，这一年定是"见年"，颗粒不收。大钟一旦被撞响，就有平民去吃"拥饭"。而其中的一口钟，只有每年的六月和十二月各撞一次，特别是每年除夕晚上，撞得时间最长，次数最多，有一百零八下。谁若是能听全这一百零八下，这一年定会万事如意。

　　大殿左前方置三层香炉，当地老百姓叫"火池"。烧香者，可焚香、拈香、告香、捻香、插香等。大殿两边各有一棵上百年的柏树，树荫下能坐百人。"黄飞虎"坐立大殿中央，头戴紫金冠，手拿绘有北斗七星图的笏板，身穿绘有龙腾七彩云图案的黄色龙袍。金童玉女侍候，手执宝剑和银枪的崇黑虎、咤叱虎站立两旁。殿正中上方高悬一块"天齐大帝"金匾。

　　任琳因今天是来陪婆婆蔡氏烧香的。老婆婆去世后，带草堂的兄弟四个分了家，王天为家的堂号为吉星堂，王天檀家的堂号为福星堂。

　　蔡氏虔诚地上香，嘴里念叨："天齐老爷，您保佑相州镇上的人，度过这该死的荒年。等风调雨顺，大家给您修庙宇，塑金身。"

　　任琳因喊过来照顾婆婆的老妈子，她从大殿独自来到娘娘殿。殿里列一排泥孩，没有子嗣或者久不怀孕的妇女，可在逢六或九的日子，持九尺红布，来殿中"拴娃娃"。在道士的祈福中，按道士吩咐说上几句话，用红绳在泥孩身上挂一把金锁，头也不回把娃娃"拴"回家去。得偿所愿后,每月要定期来庙里供奉,生下的孩子终生不能与庙中的泥孩见面,否则遭遇不幸,甚至死亡。

任琳因在大嫂的陪同下,二月初六来拴过娃娃,可是她的肚子一直没见动静,婆婆蔡氏见天问,以至于她见了婆婆浑身起鸡皮疙瘩,不知道如何应付。此时的她虔诚地跪下,默默祈求送子娘娘,保佑自己,为老王家传宗接代。

蔡氏听老妈子禀告五儿媳去了娘娘殿,路上也就没念叨孩子的事,她脑子里塞满了那些饿死人的传闻,就像心里长了草,无法拔干净。

走到西巷子路边,过来几个要饭的小孩,身上补丁摞着补丁,脚上没穿鞋子。他们围上来喊着:"太太,可怜可怜我们吧!"老妈子挡着蔡氏,任琳因却从包里拿出一把铜钱,分给他们。几个孩子争抢着,她不禁发着感慨:"我看今年得敲第三次钟。"

"呸呸呸!你怎么不巴望着好?"蔡氏埋怨任琳因不会说话,呱嗒下脸来。老妈子偏加醋添油:"五少奶奶就是大方,出手就是一大把铜板。"

"她家有的是钱,平日里也没少赏赐你们。"蔡氏不喜欢下人说主子,白了老妈子几眼。

快到福星堂,她们看到管家赶着马车,拉着王璞和王天檀疾驶而去。蔡氏忙问他们去哪里,三人就像没听到,也没有回答。

到家一问,才知道王璞接到王方源口信,和五侄儿去了城里。

2

琴心堂的小田管家在沧湾等着王璞。他拦住他们,说老爷让先去孟家。

古琴

孟家在城东都府巷,靠近文庙。王璞和王天檀是第一次来孟家,在相州除了抱德堂、世德堂、砚香阁、爱贤堂,他们两家就算富裕的。但是像城里五大家族还有孟家、于家等这些大户,他们的实力还不如人家的一根小拇指。

马车从后门口街到炭市街、过阁街,走了有二十分钟才到孟家。孟家黑漆大门上装着一寸长的红色门框椽子,四个突出的门簪上刻着福、禄、寿、喜。管家用手扣着大门中间的铜环,看门老头推开一道门缝,把身子夹在大门中间问:"你们找谁?"

"老陈头,是我,我是琴心堂田玉峰的儿子。"

"小田管家好,早就听说你接替父亲当了管家,原谅我眼拙没认出你来,这二位是?"

"他们是相州来的,我家老爷让带来你家,我家老爷在吗?"

"在,都在书房。"

孟家大门是朝北的,往南走的甬路中间铺着方砖,两边嵌着白绿混杂的小石子。尽管乡村因为干旱和蝗灾早已见不到庄稼,孟家大院里却盛开着不少花草,不过看上去没大有精神。走了二十几米,左边才出现一个拱门,蓝色门上用绿漆写着:一帘花影云拖地,午夜书声月在天。从门上的对联不难判断,这是书房。

小陈管家朝着屋里喊:"老爷,相州老家的人来了。"

孟家书房有吉星堂的五倍大,五间大厅,没有顶棚,从下到上,连檩条中间都墁着白灰,大梁和檩条皆是紫色。

王方源从大厅走出来,说:"四弟,快进来,我介绍你们和大家认识。"

大厅里坐满了人,除了王方源、王鲁生、孟家老爷及他的三个儿子,其他人王璞叔侄俩都不认识。王方源一一指着说:"这是对山堂、望山堂、班荆堂、砚香堂、赐书堂、守约堂、宝书堂、慎思堂、笃敬堂、颂芬堂、花萼山房、谦益堂、内圣堂……"

王方源报了一大串堂号，王璞和王天檀有的记住，有的记不住，只礼节性地答应着，双手抱拳还礼，坐下后才听明白让他们来城里的目的：在座的都是积谷局掌柜，让大家来主要是商量如何帮助饥民抗灾度荒。

三年前，诸城设立官绅合办的积谷局，颁行积谷章，在阁街建仓积谷，按田亩派捐，以备灾年救济和平粜。所谓"平粜"，指在荒年粮价高昂时平价售粮，起到救济贫民和平抑粮价的双重作用。当时很多大户有意见，但五大家族率先报了名，王方源亲自去相州动员，之后相州所有大户都加入进来，积谷局的粮食年年满仓。

天灾当前，正是积谷局发挥作用的时刻。可据知情人说积谷局大掌柜"六猴子"勾结知县王增俊想趁机抬价，大赚一笔。

孟老爷放下茶碗，气愤地说："人差不多都到齐了，今天把大家召集到我家，也不怕得罪官府，看着各个村庄的人不断饿死，我们这些大户不能无动于衷。"

孟家的三少爷比父亲还激动，他站起来说："大，为什么不让县府开仓放粮？"

王方源跟上说："我听说臧家庄的臧翰林早已把家里的粮食分给穷人，我计划今年不收一斤租子，把家里一半的粮食分给佃户。"他看着王璞，问："你们相州的有什么打算？"

王璞不假思索，说："我回去后就开仓分粮，福星堂是我三嫂当家，我回去和她商量再定。"

"商量什么？人都饿死了，我说了就算了。"王天檀声音很大，可能是第一次主事，他有点激动。

3

臧翰林一大早把家中的人召集起来，沉重地说："大家不光听到，也看到了，村民们饿死街头。把我们家的粮食拿出来只是杯水车薪，管不了多少日子。昨晚我合计好了，上城里找孟老爷和王方源去。他俩身边有一批好心人，总不能看着人都活活饿死。"他拿出两封信交给管家，一封是写给相州的，一封写给王家楼子的。让王景耋和王云龙召集举人，一块儿进县衙要求开仓放粮。

家里老少，以老太太为首，齐齐跪下求臧翰林不要去城里，枪打出头鸟，县长想放粮不早放了？这是去惹事，去送死。

臧翰林自号"涓东逸叟"，同治十年（1871）进士，授翰林，累官侍读、侍讲学士，后任湖北学政。他什么场面没见过，岂能怕一个贪官污吏。他把眼一瞪："当官不为民做主，怎有颜面面对诸城父老？我决定的事谁也改变不了。"

有天灾就有人祸。前段日子，臧翰林把家里的粮食分给穷人，还把臧家庄和附近几个村的青壮年组织起来，编成防御团，一边干活，一边保护村子安全。

他来城里是带着防御团的青壮年来的，一百多人浩浩荡荡地来到县衙门口。王景耋、王在萱、王云龙接到信后，早就等在县衙门口，由臧翰林亲自去见知县。

王增俊是个道貌岸然之人，平日里善于拉拢大户，听说臧翰林来，暗地里加派了人手，见到臧翰林时，却假装热情地说："翰林到县衙，蓬荜生辉呀，快请坐。"

臧翰林也不客气，一屁股坐下去，直截了当地说："我今天来，是为民请命，要求开仓放粮。你作为一县之长，不能眼睁睁看着老百姓全部饿死。"

王增俊赔着小心说:"当初建积谷局就是为了灾年救助老百姓的,"说着,他的小眼睛闪了闪,"可是积谷局里存粮有限,还得留着上缴朝廷,不敢动呀。"

"积谷局常年满仓,怎么会存粮有限?"

"您是不当家不知道柴米贵呀,朝廷哪年不要求上缴?县里哪项开支不需要柴粮支撑?"

臧翰林一看县长玩阴的,明明有粮,偏说无粮,这是拿百姓的生命开玩笑。他站起身招呼也不打,就走出县衙。王增俊长吁一口气,好歹把这个老家伙骗走了。

臧翰林一出来,单看他铁青的脸色,王云龙他们就知道没谈拢,赶紧凑上来问怎么办。臧翰林让管家拿出他的官袍、朝冠,撑起"臧"字大旗,招呼大家向积谷局进发。

"抢粮了!抢粮了!翰林领着人来抢粮了!"一传十,十传百,一些大户看到饥民进城,吓得紧闭大门,当了缩头乌龟。对山堂、望山堂、六篴堂、谦益堂、裕福堂都是臧家的堂号,他们看到臧翰林带头要求放粮,也加入队伍中。

不大一会儿,王方源、王鲁生和孟家父子站到王云龙身后,丁家、刘家、李家等都派出管家加入队伍中来。

从县衙到阁街不到十分钟,马快听到消息,便上来围堵。臧翰林端坐马上,大喝一声:"大胆奴才,胆敢无礼!"

衙役们谁不知道臧翰林的官职,听到他的呵斥,没有一个敢上前,像老婆婆在锅里烀饼子,一个个定在那里,两旁侍立,说:"听老爷的。"

臧翰林不得结果决不罢休,他命令队伍就地休息,让王方源通知城里大户做饭给城外的饥民吃,等县长给个说法。

琴心堂、经文堂和孟家等几个大户,早就摊好煎饼、熬了粥,送到城外。

居住在南门里的大地主"二泥狗"(绰号),不仅不给饥民准备吃的,还跑到城外大骂:"这些穷鬼!吃饭?没那么便宜,让他们上西河趴着喝水吧。"

在他的煽动下,祝清芳把煎饼又抬回家去了,还有几家也把饭抬回了家。当时臧翰林不在场,在场的话,非把他的头扭下来喂狗不可。

臧翰林等不到县长的说法,又去县衙找王增俊,可是这个龟孙子藏了起来,哪里都找不到人。

积谷局前的流氓无赖却越聚越多,王方源附耳和臧翰林商量:"好汉不吃眼前亏,我们人少斗不过他们,弄不好得流血牺牲,还是从长计议。"

臧翰林只得带着队伍回了臧家庄。那个"二泥狗"省里有人,伙同知县以"聚众要挟官府罪"向上控告臧翰林。慈禧太后命令山东巡抚严加惩处臧翰林。

巡抚派道台到诸城亲自查处,他责问臧翰林:"汝身为朝廷命官,却公然煽动民众滋事要挟官府,是何居心?"臧翰林没有一点惧色,慷慨陈词:"官贪吏蠹,民命如悬丝,官府坐视不救,民起自救,以求活命,岂能算是犯法?"

其实,道台何尝不明白这里边的小九九,清政府昏庸,一味取悦洋人,哪有心思管老百姓的死活?他也是奉命行事,只得判臧翰林"着即革职,永不录用"。

道台心里是欣赏臧翰林的,满怀歉意地说:"无奈之处,望多加体谅。"

臧翰林无官一身轻,淡然说道:"免就免了吧,还耽搁咱吃煎饼啦。我一辈子不想发财,我是不忍心看乡亲们饿死。"

第八章

1

王方庐去天津学琵琶三年,今天是他回诸城的日子。

母亲可能上了年纪,这次表现反常,没有朝儿子发火。一次次的发怒,她总结出这个儿子是约束不了的,至少她这个母亲管不了。

方庐从小就具有别的孩子不具备的悟性,最初跟父亲学琴,一学就会。十五岁拜王方源为师,苦学三年,师父的看家本事原汁原味地照单全收,继而跟王燕宾学琴,寝不寐,食无味,日夜习练。琴派分南北,北刚南柔,体刚求圆,体柔求方,求圆者则音雄健,求方者则音淡远,南北两派在他的琴中出神入化。

母亲原本以为王方庐此时会安心在家,可偏偏他又恋上琵琶,结婚第二天因为与安丘道士有约,扔下新娘不辞而别。然后去五莲山、九仙山、崂山、泰山、虞山,走遍全国各地,与山水对琴,以求千古遗音。

"去天津跟白云道人学琵琶,整整三年呀。大弦嘈嘈,小弦切切,我的儿呀,你可知为娘的牵挂与媳妇朱且清独守空房的泪水?"想来悲切,音乐到底有什么魔力,把儿子折腾得神魂颠倒?这个问题张应昕不知道质问过多少遍,丈夫王鲁生怜爱妻子,曾经小心翼翼地回答,"古琴自古是君子比德之物,以琴体道"。

张应昕也是女人，她最理解媳妇朱且清心中的凄苦，罢罢罢，这些男人，爱弹琴，爱折腾，随他们去吧。

所以，王方庐这次回来，张应昕就像儿子每天在家从未出过远门一样，他喊出母亲二字时，她用一百倍的毅力把在眼眶里的泪水忍回去。做女人，得忍。

王方庐这次回家变化很大，穿一件呢子长袍，外罩一件琵琶襟坎肩，腰带上挂一块怀表。王鲁生认识这东西，他见过孟家大少爷腰带上也有这玩意儿。他说，这趟去天津变洋气了。

三水把从天津捎来的点心递给刘妈，说这是少爷特意给老太太买的。他一边拿，一边说，这是桂发祥的起士林西饼，那是桂顺斋的蜜麻花，还有祥禾饽饽铺的松仁奶酥，一共十几种。给老爷带的是天津元祥鸿记茶庄的花茶，茶叶筒上画着天津城门和骆驼。

刘妈好奇地打量着这些点心，直夸少爷孝顺。

张应昕终是没忍住："没给少奶奶买点稀罕物儿？"

"哪能，都有，"三水回答着，拿出各种布料，有给王方庐师娘的、老太太的、少奶奶的、刘妈的，家里的每个人都有份儿。最后他拿出一个首饰盒，"这是少爷特意给少奶奶买的，我不清楚里边是什么，还是让少奶奶自己看吧。"

三水旁边还有一个大盒子，说是少爷给师父、师兄，还有王燕宾先生的礼物，暂时不让打开。

母亲走神的空当儿，不见了王方庐。她正高兴，这是去少奶奶屋了。可是不到五分钟，儿子抱着一张琴进了正厅，喊着："大，快来看我在天津买的古琴。"

"这张琴身长三尺七寸余，隐间约三尺六寸，厚一寸许，肩宽近六寸，尾宽四寸有余。"王方庐无视母亲投来的异样目光，只是欣喜地向父亲介绍着。

王鲁生一看就知道这是张好琴,他走上前细细观察:琴体宽长略扁,鹿角灰胎,内杂朱砂,表体黑漆,布满细密的蛇腹断。龙池与凤沼内,纳音微突。腹内未见提款。他净手焚香,端坐试弹,琴音悠扬,洪松沉静。他夸张地说:"是张好琴呀,看着像宋朝的。"

这爷俩老毛病又犯了,一旦接触到琴,这两个疯子还不知道要聊到什么时候。张应昕让刘妈快去通知少奶奶,告诉她方庐回来了。

爷俩把这张琴翻来覆去地研究,一遍遍调试,最后王方庐给这琴起名"落霞"。他说看到这张琴的时候正是黄昏,他坐下来,左手刚按上琴弦,便感觉自己陷入一片绮丽的景色中……

2

当天晚上,王方庐来后门口街看望师父,正好王燕宾也在。王方庐打着招呼,说:"我本来计划明天上午去看望王先生。"

"这不省下腿了。"

几个人哈哈大笑。

王方庐让三水打开大木箱子,除了给师父、师兄和王先生带的天津花茶,他还给每人买了一个瓷笔筒。虽然都是笔筒,王方源的是小品人物画:一个老者在桂花树下弹琴,激越的琴声,渗着淡淡的忧伤。王燕宾的同样是小品人物画:奇山秀水间,一位隐士携琴访友,路崎岖不平,琴人的脸上满是孤寂。王熙的是一幅山水画:一叶扁舟,青山环绕,戴斗笠的隐者眼睛望着远方的寺庙,天空中有鸟儿飞过……

三人各自端详着瓷笔筒,他们第一次见这种笔筒,喜欢它的雅致。三水给王方庐请功:"少爷选笔筒可谓用心良苦,一周去墨宝斋看了三次,才最后定夺。"

王熙开玩笑地说:"为了感谢师弟给我们带这么好的礼物,我亲自倒茶。"他顺手端上一碗珠兰茶给王方庐。

王方庐不善于表达,脸上一红。他从箱子的夹层拿出一幅书法,是专门送给师父的,这是白云道人写的。王方源在桌子上展开书法,白云道人的书法自成风格,行笔空无,回笔虚旷,道心宽广。王方源连赞"好书法"。

王燕宾走过来欣赏:"我看和方源先生的书法不相上下。自然无为、虚静守柔为道。像我们弹琴,不是人弹琴,而是琴弹人,也是道。不拘于事,不困于隘。道、琴不分家,弹琴也是修道。"然后,他谈到五莲山光明寺和崂山上清宫里的道士,琴都弹得好。

这点王方庐认可,走遍万水千山的他去过很多道观,聆听过很多道士弹琴,那琴声可谓云穿石裂。

看王燕宾的脸色,定是小酌过几杯,有感而发。三年来,王方庐借助于和师兄的书信交流,知道王燕宾吃了很多苦,家境困难,又有好几张嘴等着吃饭,有些事他也是不得已而为之。王方庐曾经写信让父亲安排人给他家送过银两,但不能明说是他授意的,他让父亲找个王先生能接受的理由。

王方庐刚想说几句话安慰王先生,三水却从厅外举着两瓶酒,喊着:"王先生,看少爷还给您捎的什么?"

王方庐倒把这事给忘了。

王燕宾眼前一亮,惊呼:"天津远年花雕?"他接过来,眼眶子湿润,装作回头,用手轻轻拭拭眼角。"方庐不善言谈,却重在行动,有时做了也不说。他竟然一直记得我好这口,这两瓶酒我可舍不得喝,等你师父过生日时再喝。"

花雕酒商标设计得比较另类,像书法装裱,粗红线的框子里是"远年花雕"四个大字,周围全是密密麻麻的小字。

王方庐没看到师娘,就问她老人家在哪里,自己给她带了布料和糕点。

小田管家赶紧说:"你师娘病了,燕宾先生是来给老太太看病的。"

"师娘得的什么病?我过去看看。"

王熙替管家回答:"母亲突然拉红白痢,走不动路。请了王先生诊症,喝了他开的药,今晚好多了。"

城里很多人不知道王燕宾懂中医,王方源也是最近几年才知道的。三年前的夏天,天气闷热,热得人恨不得揭下一层皮来。琴心堂老田管家一觉醒来,头发突然没了,掉得光光的,得了民间说的"鬼剃头"。人家都耷拉着一根光溜溜的大辫子,独自己光头一个,这可怎么是好?去几家药铺看过,都说没得治。王燕宾头天晚上在琴心堂喝多了酒,早早地睡下了,第二天上午九点多才知道这事。他告诉老田管家:"蜂窝晒干研细,用大豆油调匀,抹在头皮上,每日两次,连抹三周。"

王燕宾当时特别交代,治病期间不能生气,要早睡早起。

当时,包括王方源在内,都没把王燕宾的话当回事,死马当活马医吧。如果是在世的王德渊开的方子,那就另当别论。

老田管家却信,这些年老爷和王燕宾时常切磋琴艺,也可以说,老爷是王燕宾的老师。王燕宾住在乡下,孩子多。老爷和方庐先生没少接济他家,经常让管家去送这送那,村里的人都说王燕宾的医术和琴一样好,只是城里的大户势利,瞧不起农村人。

琴心堂里就有现成的干蜂窝,这得益于去世的王德渊,他每次来城里都带来几个偏方,说蜂窝消炎,遇到应收藏好,磕碰出血、化脓,可以用蜂窝烫洗,不日就会结痂痊愈。

老田管家去找潘妈要了干蜂窝,按照王燕宾说的,研细后用豆油搅和成糊糊,抹在光头上。反正这样也出不了门,头发已经掉了,着急也长不出来,老田管家乐呵呵地该吃吃,该睡睡。

三七二十一天后,老管家头上竟然长出了毛茬。这下琴心堂传开了,说王燕宾是神医。王方源不会那么夸张,不过从那时便真信了王燕宾的医术。从此,凡是琴心堂的大病小灾,一律请王燕宾来诊症。

王燕宾告诉大家,没有他们想得玄乎,自己就是看书学的,给老田管家开的方子有祛风攻毒、促进头发再生之效。

老夫人王漪念突然拉红白痢,"一个好汉经不起三泡稀",人都走不动路了。小田管家去请来王燕宾,他开了一个方子:用七个拉拉秧头,加红白糖各一两,煮一碗开水,喝下去。

这个拉拉秧,学名葎草,沟边、荒地、废墟、菜园边,到处都是。初秋季节,拉拉秧上结满鱼眼大小的圆果,孩子们喜欢放到嘴里,吃小果的皮,酸中有一股甜,不过要小心拉拉秧叶柄间锋利的倒刺,稍微疏忽,手就被拉出一道细口子来。王熙亲自去给母亲采的拉拉秧,回家后,也是他亲自加红白糖熬的。

拉红白痢很危险,特别是小孩,城里、乡下的人都有因病而亡的。王熙正想请教王先生,为什么常见的拉拉秧可治疗湿热泻痢。

"中国医学博大精深,几乎每一棵草都是一味中药,所以神农尝百草,治百病。拉拉秧甘苦性寒,多数大夫知道它有利尿通淋的作用,但是拉拉秧可治疗湿热泻痢,很多大夫却不清楚。"

这激起了王熙的好奇心,他凑到王燕宾跟前,说:"先生,您以后也教我学中医吧。"

"可以呀,关键看你有没有方庐的韧劲和细心。"

王方源笑话儿子:"你不仅跟着王先生学琴,还要学中医,你先得把王先生爱喝的小烧准备得足足的才是。"

王熙说:"这个肯定没问题。不过我还想跟师弟学习琵琶。"

3

　　王方源、王燕宾、王方庐、王熙四人,这天晚上谈了很多,而谈得最多的就是古琴。

　　他们四人都是自幼酷爱古琴。王方源得父亲言传身教,每晚灯后,苦练泛音、实音。左手指的吟猱功夫最大,在调弦及指法处理上,尤为精到。他的琴艺已经超过父亲,可与父亲的好友王昙花比肩。王方源弹琴重内在,不务外表,诗画情意融入琴中,文音并茂,琴画交辉。他的琴艺可用八个字概括:清微淡远,精妙绝伦。他在继承虞山派古琴的基础上,融合王昙花、王燕宾金陵派的琴法技艺,兼有创新,可谓诸城派古琴的代表人物。

　　此时王燕宾正好是王方源一半的年龄,他因家境贫寒,幼时拴麻绳在桌上练琴。受同族叔父王昙花提携跟其学琴,只是教学时间不长,王昙花便撒手西去。王燕宾喜欢携琴访友,与王方源亦师亦友,互学互进。他殚精竭虑,不以他人为法,不以诸谱为尺,琴声绮丽缠绵,流畅如歌。

　　王方庐爱琴成癖,自小受教于父亲,每学毕会。十五岁师从王方源,为学琴夜不成寐,苦心钻研,三年便融会贯通。后跟王燕宾学习,兼收并蓄,二者合一,其琴艺已到一定境界。师父不仅授琴,还授琵琶,他为求琵琶飘逸之境,外出学习三年。刚才听王方庐弹拨一曲,犹如深潭之水,渐起涟漪。结尾时曲情达到高潮,如江河之水连绵不绝……

　　大家都清楚,从天津归来的王方庐已经脱胎换骨了。

　　王熙自小聪明,尽管十二岁才跟父亲王方源学琴,但不长时间便融会贯通,并经常与王方庐、王燕宾混在一起,他的琴技缓急有变,刚柔兼备。

四人一一做了总结。趁着师父高兴，王方庐提出让他的两个侄儿跟师父学琴，爱屋及乌，王方源满口应下。兴奋之余，王方源让儿子搬出他刚斫的琴，请大家观赏。

大家见过王方源最早斫的一张琴，是一张百纳琴。那年夏天电闪雷鸣，风雨大作，诸城东南卢山上一棵百年桐树被雷劈碎。王方源去爬山时正好遇到，让随行的田管家把劈碎的桐树运回琴心堂，诸多补缀，制成一琴，名曰"百纳"。反复试音，因得来有缘，每日弹奏，成为爱琴。

小田管家悄悄地告诉王方庐，他外出这三年来，老爷请刘阒先生制作了十八张好琴，有仲尼、霹雳、雷声等。

刘阒这个人王方庐听说过，是个老斫琴家，他问师父可否介绍认识，他也想像师父那样斫琴。王方源焉有不答应之理，连连点头。

王熙从后院把父亲斫的琴搬到正厅，王燕宾、王方庐立即净手试弹，伴随手指的移动，婉转哀愁的琴声缓缓流出……

第二天，王方庐把刘阒请到家中，让管家给刘阒安排最好的房间和最好的饮食。他和刘阒日日相对，志在斫琴千张，分赠师友。

母亲张应昕说，他这是又出幺蛾子，一千张琴，是要把经文堂的家业折腾光吗？

王鲁生不这样认为，弹琴的人都喜欢斫琴，一张经了自己手的琴，才是有生命的；在弹奏时，才会互为知音。这就是王燕宾说的，不是人弹琴，而是琴弹人。

第九章

1

早晨三四点钟,相州街上已经有了动静,人声、牲口声……不大一会儿,鸡叫声加入进来,拼成大合唱,按说这个点鸡不叫的。

每年的十月二十二日,是"相州山"。"山"就是"山会",一年一度的大集会。说相州"山"大,是真大。这里地处诸城、高密、安丘三县交界,是山东半岛的交通枢纽。集市上的牲口可谓一景,远远望去,足有千头,都是从沂蒙山区走了一两天连夜被赶来的。

赶集无非卖和买。卖的五更起,买的可睡到日上三竿。王璞属于第三种人,他不卖也不买,赶集只是图个热闹。

今年秋后,十五岁的王天为结婚成家,媳妇吕氏长他三岁。他的婚礼和五哥王天檀相比,一个天上,一个地下。父亲王璞整天养花玩鸟,还喜欢抽两口大烟,心思根本没在治理家业上。

儿媳吕氏比往常起得早,给公爹梳好长辫,编上红绳,辫梢处挂一玉坠,带红线穗。她举着铜镜让公爹看,王璞满意地点点头。王璞的头发和镇上所有男人的一样,以两耳最上端为点,在头顶横着拉出一道直线,前颅头发全部剃光,余发编结为大辫。粗长、油亮的辫子代表着一个男人的尊严。

吉星堂一贯是八九点钟才吃早饭。王天为的母亲,大家习惯称她"奶奶",她说这个点吃饭省。王璞、奶奶、王天为、王天成坐在大方桌边吃饭。吕氏、照顾奶奶的胡妈和照顾吕氏的孙老妈,站在一边看着。

王璞的大姐五十岁,待字闺中没嫁出去。父母去世前留给她五十亩地。照顾她的那个丫鬟没有名字,大家都喊她"丫头"。丫头只照顾大姑奶奶起居,其他什么也不用做。大姑奶奶从不过来吃饭,丫头给她端到屋里吃。除了两个侄子,吉星堂里的人,大姑奶奶看谁都不顺眼。

王璞有三个女儿,大女儿比王天成大两岁,还没找到婆家。三个小姐的饭由保姆端到各自屋里吃。

大户人家给女儿找婆家,所谓的合适,是门当户对,年龄和长相倒在其次。大姑奶奶和三个小姐,高不成低不就地待在家中。她们没有自主权,王璞不点头什么都是白搭。

奶奶脸上始终看不出任何表情,绷得像张弓。看谁不顺眼,嘴里会随时"射出箭头",嗖嗖嗖地射中你,非叫你遍体鳞伤不可。不知道什么原因,二小姐今天没去自己屋里吃,留在了饭厅里。她头晃了一下,耳环随之在耳朵边晃来晃去。

"闺妮子家的!"奶奶剜了二女儿一眼,"不癫不失,什么样子!"

像刨地瓜似的,奶奶说话一刨一个坑。二小姐嘴上拴了骡子,却不敢反驳回去。

"做闺女就得有做闺女的样子,说话用手帕遮着点嘴,笑时别露出牙来。"

吕氏怕奶奶生气,端一碗水,说:"娘,说两句就算了。"

奶奶耷拉下脸,说:"家里七零八落、鸡飞狗跳的,与你无关?"

"行了行了,吃个饭,用得着吗?"王璞放下碗,对吕氏说,"数算数算家里还缺什么,相州山上置办齐,明天你纪龙大哥要来。"

"知道了，大大。"吕氏的声音比蚊子大不了多少。然后，吕氏把头转向二小姐，她的笑是用眼神表达的,脸上表情一点没变。在奶奶面前，不是说变就敢变，要以不变应万变。

奶奶阴着脸，离开桌子。胡妈替吕氏打抱不平："人家他嫂子，哪时捞着吃碗热乎的？"胡妈是跟着奶奶陪嫁过来的，说话硬气。

吕氏端起碗，饭菜是凉的，心也是凉的。

十月的天空，在相州只有两种颜色，蓝色和白色。有时白色缠住蓝色，有时蓝色压住白色。两种颜色交融在一起，变幻出小猪、小羊、小马的形状；有时还会从云层中走出一群女人，长发飞舞。

王璞不急着走出吉星堂，他迈着不大不小的步伐，走上天井大花台。孙老头两口子在王家"扎觅汉"，做长工在这个镇子叫"扎觅汉"。孙老妈照顾大儿媳吕氏，孙老头负责挑水。除了生活用水、饮马、饮驴，孙老头每天得把院里的花花草草浇一遍。

浇完后，孙老头得去潍河滩上挖蚰蜒，喂王璞养的金鱼。在这个三进大院里，前厅、大厅和天井，种植着好几百盆花木，每天浇一遍是个大工程。有些花怕涝，每天都浇就会涝死。

有一次，王璞心口疼，听一个邻居说，抽几口烟土会止疼。王璞果真抽上，好是好了,烟瘾也种上了。他每月至少抽一两烟土，相当于十元钱，这可是个不小的数目。每当王璞在屋里吞云吐雾，孙老头就会趁机偷懒，歇上一会儿。

其实，孙老头的作弊行为瞒谁也瞒不过吕氏，可是她从来没有向老爷打过小报告。她听孙老妈说孙老头肩膀压肿了,破皮流水，老爷也没有要他停下来的意思。吕氏可怜他，总想着法子帮他。

不过，哪天王璞心情好，看花草长势旺，孙老头又干个马不停蹄，他会给孙老头一壶小烧，算作奖赏。见到烧酒，孙老头肩膀也不疼了，两眼发着光，一口气说出三个谢字。

孙老头手里举着喷壶，一边给菊花浇水，一边讨好地说："老爷，您看菊花长得这个稀罕人。"

王璞望望天上，把目光缓缓地收回来，最后锁定在塔形花台上。花台上摆着四层菊花，一层比一层有意思：伸着短短长长花瓣的千手观音；张牙舞爪的蟹菊；名副其实团成拳头的紫绣球；最顶上的羞女，细长的花瓣齐齐垂下，和刚才做错事的二小姐一个模样。

像，真像！王璞心里想着，嘴上却嘱咐孙老头，湿了土就行，不要浇透。

孙老头冲老爷一咧嘴，他的笑比哭好看不了多少。

"晌午头，用帘子遮一下，日头毒。"

孙老头还没顾上回答，王璞已经踱着方步出了吉星堂。

2

王璞从家门口拐个弯，一路向北走。

相州的巷子，多以主人做官的地方命名，或以居住的姓氏多者为名。宋家庄子属于后者，王璞所在的山海关属于前者。山海关紧挨着晴照堂。

晴照堂门口的狗屎槐有碗口粗，落到地上的黄叶积了厚厚一层。门房正用大笤帚打扫，看到王璞走来，喊着："四老爷，赶山哪！"

"哎！"王璞抬眼看看那棵树，冬天的狗屎槐，满树寒凉。

过了晴照堂就是亭子园。这个亭子园，说来话长。山海关，系王氏先祖曾在山海关一带做官而得名，他曾任直隶顺德、宣化府知府多年，这些地方都在河北省山海关一带，故乡人对他的宅院，称之为"山海关"。后他因家道没落将房产卖与同族三支后裔，只留下花园。因园内还有高大的假山、精美的凉亭，被称之为"亭子园"。

每次经过亭子园,王璞都要站着看一会儿再走。参天的松柏结了鸡蛋大的松塔。几只大乌鸦蹲立在松枝上,枝杈上残留着乌鸦的白色粪便。

紧挨亭子园的是王景鬻家的爱贤堂。王云龙明天要来的消息,是王景鬻告诉王璞的。爱贤堂,单从豪华的大门就能看出与别的三进院不同,但大门紧闭,很少有人看到里边的光景。

王璞向北走了一百米,到了青口司。相传王氏祖上有人曾在青口(江苏赣榆县)任司级官衔而得名"青口司"。老妈子们闲聊,羡慕青口司奶妈用拇指大的海米哄孩子玩。王璞在心里笑话这些老妈子没见过世面,去城里看看人家臧家、丁家、刘家吃的什么,她们还不得羡慕死。

青口司,巷子不长,集聚的店铺不少:胡家膏药、郭家御厨、龚家银器、王家店铺……

郭家祖上有人做过明朝武宗正德皇帝的御膳房大厨,有好几个拿手菜:松柏熏鱼、鸡脯肉丸、栗子鸡、烤烧鸡、东坡肉……

宗德堂大少爷从窗口喊一声:"四大爷。"王璞骂一声:"小鳖羔子,家中的饭不好吃?大早晨的就来这里折腾。"

"家饭不如野饭香么,就我爹那吃了不拉的主,能好吃到哪里去?"

"你爹小气,会捐了大草园做学校?"王璞瞪他一眼,心想他就是个败家子。

3

东巷子尽头,天齐庙前,"水泄不通"用在这里再合适不过。

王璞是被铁环的"铮铮"声吸引过来的。两个道士穿着道袍,挥舞着钢叉,迎面而来。人流被他们的钢叉划成一片片的,刚开出道来，又被人流填满。

一群佃户的孩子因为个头矮，看不见，手脚并用爬上"倒观音庙"的台子。王璞认得那又胖又高的道士姓徐，那黑瘦黑瘦的姓汤，平日在庙里迎接香客。

道士把人引到油盐店前边的打谷场上。打谷场是王家晒粮食的地方，打谷场上更吵闹，也都是佃户的孩子。他们把交租剩下的五谷杂粮，拿来这里出售，还有换豆油、卖豆饼的。

麻利的道士高举着钢叉，快速收拾出一块场子。他们前后左右旋转一遍，钢叉随即在肩膀、手臂、手心上不停地旋转着，忽地旋转到头上。

人群中爆发出一阵叫好声。王璞也跟着叫了一声好。道士一脚悬空，仰起身，钢叉从胸部滚到脚面，被脚勾住。他们互相把钢叉来回在脚上交换，踢来踢去之际，脚上的钢叉静止不动了。

又是一阵叫好声。王璞刚要喊好，有个熟悉的人影一闪，他忙收住了口。

铁环的声音再次响起来，叫好声一阵压过一阵。终究是太有趣，王璞的心又悬起来。

迎面走过来一男一女，男人手里挎着一个筐，女人手里领着孩子。孩子黑眉虎眼的，像块生铁蛋子。

来人叫声很小："四老爷。"

王璞认出来是吉星堂的佃户，同住山海关，姓刁，靠瓦匠活谋生。

王璞应一声，问："这么敦实的孩子，叫什么名字？"

男人回答："没有名字，穷人家孩子要什么名字，随便叫个小猫小狗的就行。"

王璞沉吟片刻，说："还是有个名字好，叫刁云海吧。海天高远，苍茫空阔。"

刁父惶恐地说:"我们这种人家能担得起这么高贵的名字?他会有什么出息,能干活帮我分担一些,我就知足了。"

王璞大笑,扬长而去。

4

相州山无好天,说变就变。白云变成乌云,一大朵连着一大朵,像锅盖飞上了天。

不多时,空中下起雪霰。不到半个时辰,地上像撒了一层"盐粒子"。

雪霰落到王璞脸上,他用手摸一把,先是湿凉,继而温热。赶山的人,根本没有在乎天气如何的,继续簇拥着、喊叫着。

王璞望了望天,正了正帽子,脸上露出一丝笑容。作为相州子民,他对山会特别有感情,每到赶山会时,他心口像堵上一股热东西,不到集市逛几圈,心里就不舒服。

忽然有人喊,打莲花落的来了!只见一个人仰着头,脸上的肉瘤格外显眼。他身边跟着一个极瘦小的孩子。孩子八九岁,破棉袄露着棉花套,半截单裤子,露着瘦巴巴的小腿儿。

瘤爷胳肢窝里夹一根竹竿,孩子牵着另一头。瘤爷肩膀上搭个油渍渍的钱褡子,他两手各拿缀着铜铃铛的猪胯骨:

骨板一打往前凑,
掌柜卖的好肥肉。
成色好,膘子厚,
搁它几天也不臭。
……

古琴

没等瘤爷驻足,卖肉的担心误了买卖,扔给瘤爷一个铜板,铜钱不偏不倚,正好落入钱褡子里。

孩子抱拳谢过,领瘤爷到下一个摊子:

骨板一打响连天,
老伙计卖的石埠子烟。
吃一袋赶袋半,
买上两袋管你吃半年。
……

卖烟的没有表示,瘤爷不离开。有人劝,到下一个摊子吧,他还没开张呢。瘤爷摽上了,继续打他的骨板,卖烟的不知所措,好像他成了讨钱的。王璞上前走一步,掏出两个铜板给了孩子,说:"走吧,一个卖烟的,能卖几个钱?"

有人看着眼红,在瘤爷身边挤来挤去,想着王老爷也赏自己几个铜板。

"天老爷呀,我的钱被起手偷了,"一个女人坐在地上大声哭,"这是我刚卖菜的钱,本来指望卖了钱给家里婆婆看病的,挨千刀的起手!"

小偷,在相州叫"起手"。哪个相州山,不得来百八十个起手。

"坐在地上,你要被人挤死,快起来!"一个七旬老婆婆拉着女人说。

"别叫起手跑了,快去追呀!"起手的同伙喊着,溜了。

王璞掏出十个铜板给了那个女人。

第十章

1

听说王居一今天跟着父亲来,王天为别提有多高兴了。吕氏也跟着高兴,王居一的岳父与吕氏父亲是磕头兄弟。

王云龙来的时候,不仅带着王居一,还带着妻侄范玉。范玉比王居一小九岁,比王天为小五岁。按照双方父母的关系,范玉喊王天为六叔,喊吕氏六婶。王居一根据王家辈分,喊王天为六叔,喊吕氏姐姐,听着够绕口的。王璞招呼着,各亲各论,乱就乱吧,反正乱不到别人家去。

范家四个儿子,只有二十几亩地。范玉七岁在村里读私塾,有一段时间,父亲让他辍学去学织布。王云龙劈头盖脸批评小舅子:"男儿若遂平生志,六经勤向窗前读。"姐夫是左邻附近的才子,他的话谁敢不听?便由王云龙把范玉带到王家楼子亲自教授。

王璞喜欢读书上进的孩子,见到王居一那个夸:"这孩子德爱礼智,才兼文雅,将来定有作为。十八岁高中秀才,还是自己背着干粮去青州考的,真是你们学习的楷模。"他说的时候,眼睛盯着儿子王天为。

王天为装作没看到,要带王居一和范玉去梅轩三大伯家玩。王居一在寿苏会上见过王梅轩,很想去看他的画,催着快点去。

走到门口,王居一问王天檀去哪了,天为告诉他五哥在高密农林学堂读书,一个月回家一次。

大厅里只剩下王云龙和王璞二人,王云龙压低声音说:"城里、相州、枳沟、昌城、辛兴,有一大部分人思想开明,不满朝廷政治腐败。"

"我看这个不作为的清政府,迟早得完蛋。"

"王方源几年前就说,清政府早晚得完蛋。"

"我可能受他的影响,总觉得清政府这样下去,没有几天了。"王璞说,以前老百姓男耕女织,尽管生活差点,靠做长工,或做点短工,饭吃得糙点,但不到荒年饿不死。鸦片战争后,农民和小工业者的活路少了,农民自己产的土布被廉价倾销的洋布代替,挣分钱真是难上加难。

听完王璞一席话,王云龙对这个本家叔的看法有所改变,此前听说他抽大烟,就不爱和他交往,鉴于他在相州的威望,有些事不得不找他商量。如今看来,本家叔的书没白读,世事还是看得清的。

王云龙开始说来相州的正事:"王景矗既然从京城回来,大家赶紧商量商量建学校的事。"

说实话,王璞一开始对建学校不抱好的态度。吉星堂惠塾师第一个反对,他义愤填膺:"什么推行新政!不过老佛爷一手导演的假维新戏,欲以挽救摇摇欲坠的清朝贵族统治。"

王天为不这样看。最近五哥王天檀时常给他讲一些新的思想,外省好几个地方开始创办学堂,还发生了抗捐、抗税和抢米风潮。他反驳惠塾师:"废科举,兴学堂,六部之外设学部,省县设学堂,即使说假戏真做,至少那些没钱请塾师的人可以进学校读书。"

惠塾师一气之下,卷起铺盖儿回了老家学究村。

王璞一生最大的遗憾是没有考中秀才,只捐了个廪生。现在箭在弦上不得不发,他是一百个同意。因为王景矗这次回来的主要目的是兴办学堂，王家几代的文风浸润，子孙身上有顺应时代潮流之基因。办学堂的事算是顺利，会议由在京任议员的王景羲、举人王云龙、王在萱，秀才王瑜、王武轩、王明霄、王郁生等人计议，动员族人，筹措办学经费。

说起王家，最富的都在巴山，房屋多，田产也多。这时，巴山王家主动提出负担学校一半的费用，拿出250亩田地，其余五大户从祭田中捐出五顷，把征收来的租金作为建校基金和日常费用。宗德堂主人王兰儒献出宋家庄子大草园作为校址，他做校长，王云龙做学监。

2

第二年秋天，相州王氏私立三等学堂开诸城教育之先河，第一个挂牌教学。

王璞第一时间把两个儿子送去学堂，和别的大户一样捐了田地。

学堂分初小、高小、中学三个阶段。学生入学须经过严格考察。入中学班的，必须是有功名的秀才、拔贡、贡生等。入高小班的，必须是在私塾读过书，有了一定文化基础的。没念过书的，入初小班。学生除大部分为王氏子弟外，还择优收取了少数外姓子弟。由于办学经费出自王氏祭田，所以对王氏子弟倍加优待，在校的食宿费用及学生制服、书籍、笔墨皆由学校负担，以鼓励学生攻读成名。外姓学生的食宿、服装费用则由自己负担，唯书籍、纸笔等与王姓学生同样免费。

王氏私立三等学堂所奉行的是洋务派张之洞的"中学为体，西学为用"的主张，即以尊孔读经的传统教育为主体，另外学习西方的科学技术，为封建统治阶级服务。在这种理念的指导下，学校所开设的课程，中学班有古文、格物、数学、外国语、体育；高小班有国文、数学、历史、地理、外国语、音乐、体育、美术；初小班有识字、写字、音乐、体育、美术。

诸城县城里还没有中学，王氏私立三等学堂就捷足先登，虽是乡间学堂，却有着中西兼备的办学气魄与氛围。

王天为和王居一都在这里读中学。

3

腊月初八，各个堂号开始忙活起来。

吉星堂里数吕氏最忙。她穿一件蓝色棉袍，青色大腰棉裤，打了绑腿，脚上是自己做的棉鞋。因为缠了足，她走起路来一踮一踮的。她的鞋子带很多鞋鼻儿，就像家中吃的包子，一个个鞋鼻儿襻上去，细致且有条理。

"你一样样地做，活没有干完的时候。"孙老妈在她身后念叨。

吕氏细言细语地说："人不能上急，上急非急出病来。"

孙老妈端一个簸箕，心疼地说："急不出来病，我看你早晚得使出病来。"

孙老妈的一句话，让吕氏想起自己的身世。她十九岁嫁到王家，丈夫王天为比自己小四岁。公爹公婆、大姑奶奶、大姑子、小姑子、小叔子，都得自己照顾，稍有差池就得看婆婆脸色。除了给公爹梳头，晚上照顾他吃夜宵，监督厨房的女工做饭，每天按时向婆婆汇报，还得做着全家人的针线活。至于那些鸡零狗碎的，更是千头万绪。

"和谁斗，别和命斗，"吕氏笑着说，"我就是干活的命。"

"瘦了身子，瘦不了嘴，"孙老妈向前搀着吕氏，"你小心点，小心肚子里的孩子。"

在相州，腊八节照例要吃石磨黏粥。

"瞎呀，不看路。"孙老头挑着水往厨房里送，没看见站在影壁墙北面的王璞。

"老爷！"孙老头赶紧打招呼。

"去潍河里挑的？"

"我们相州的大豆腐，只有用潍河水做出来才滑嫩可口，难不成您忘了？"

"来年春，我看你也去潍河里挑水养鱼吧。"

"那么远。"

"也就二里多地。"说着，王璞从口袋里摸出一壶小烧，递给孙老头，"听说用潍河水养鱼旺势。"

孙老头龇着一嘴黑牙，开始傻笑。

吉星堂的厨房一共两间，屋前屋后栽着玫瑰。做饭的两个女工一个姓秦，一个姓宋。她俩晚上睡在贴着大小锅的土炕上。屋里没做隔墙，两个女工每天得摊二十多人吃的煎饼，墙壁被熏得黑乎乎的，窗台上积了一指厚的灰，二人睡觉的被子也被熏得乌黑。但是，王璞喜欢干净，做出的饭也要干净。做饭前，她俩必须用碱水把手洗上两遍。

吉星堂里的女工、保姆和扎觅汉的，没有工钱，每人每天领老秤一斤的煎饼。冬天天短，要减去两张，吃不饱家中不管，有节余可以带回家。他们中有人挂牵家中的人没有饭吃，紧着肚子，节省下的煎饼，隔几天送回家去几个。有的人不送回家，到相州大集上把剩下的煎饼卖了，得了铜板贴补家用。

吉星堂也不给他们菜吃，家中剩下的炒菜，主人要留着下一顿吃。王璞叫人在院子里放了两个小咸菜缸，西瓜皮、秋茄子、老白菜帮子、白菜疙瘩、豆角、芫荽头，统统扔到小咸菜缸里，他们随吃随捞。

饭厅门前的大咸菜缸里腌制的咸菜疙瘩，是吉星堂每顿饭必备的，下人不能随便吃。

小雪还没到，奶奶就叫常顺去集市上买来个又大又敦实的辣菜，削掉毛根，浸泡几个时辰，撒满大盐粒子，扔咸菜缸里，再放上几个去年的酱蛋子，盖严实。天气好时，敞开晾晒。家中若是吃水饺、面汤的，剩下的水倒进大咸菜缸里去。来年春天，蔬菜少时，就随着干粮吃或者炒咸菜丝吃。

孙老头饭量大，每天挑水，饭量不可能不大。吕氏因为和孙老妈的关系，会偷偷多分给他们几张煎饼。可是，女工摊煎饼的时候，奶奶派吕氏随时监督，个数倍儿清，她还得如实对婆婆汇报。刚嫁过来那些日子，她缺心眼，闲聊时，吕氏对孙老妈说："真想多给你们几个煎饼，可婆婆有数，我有心无力呀。"孙老妈推让说："不用不用，不过你也不用那么死脑筋，少报几个，这样，你也有自由权了不是？"

从此，看到谁没吃饱，吕氏偷偷地多给他们几个煎饼。谁家遇到难事，也多给几个煎饼。他们拿到集上卖了，得来铜板，多少缓解一下。

4

厨房门前的蜡梅，迎着寒风傲然开放，花黄似蜡，浓香扑鼻。

家中的大黄狗跑进来，钻到锅洞子里，出来时披了一身灰。

锅底下的柴火肆意燃烧，吐着火舌。从门缝里挤进来一股风，火舌从灶口跑出来，喷得秦妈脸上黑了一大块，宋妈在旁边用炊帚洗刷着小锅。

秦妈把磨好的豆沫糊子倒进大锅，宋妈又过来帮着烧火。开锅后，秦妈用黑铁勺子不停搅动，防止焦了锅底。

宋妈有经验，中火后改小火。她把浮沫舀进喂猪筲里，秦妈开始扬浆，防溢出锅外。宋妈提醒说，一定不要加凉水，不然做出的豆腐有苦味。

吕氏挺着大肚子走过来，站到厨房一角。孙老妈给她搬来一张凳子，让她坐下休息。

做饭的时候，婆婆要求她监督女工。做大豆腐的时候，更得监督，一年就做四垛豆腐，腊八节做一垛，过年的时候做三垛。

豆浆这时有了怒气，一层层冒高。秦妈继续搅着，直到煮熟。大黄狗闻着豆香味，跑过来，趴在屋门槛上。

风，做了使者。它把豆香味送到镇东镇西、镇南镇北，围着镇子显摆一圈，才回到大院。这时，常顺拿来了卤水。

常顺没白做书童，耳濡目染地学了很多知识。他用一瓢潍河水、两勺醋、一勺盐混合，做成了卤水。

秦妈把烧开的豆浆一瓢一瓢倒进豆腐布袋，常顺做帮手，像摇旱船一样有节奏地晃动。豆浆从豆腐布袋中漏出，流到下面的大缸中。常顺只穿一件打补丁的布衫，满脸通红。最后的豆腐渣黏稠，他用豆腐夹子猛夹，豆浆终于流干，只剩下豆腐渣。

"快穿上棉袄，可别冻着，"吕氏提醒常顺，"要过年了，生不得病。过年生病，一年长病。"

大黄狗闻得不过瘾，跑到缸前。白白的豆浆，赛过羊奶。秦妈给常顺端来一碗白开水，他咕咚咕咚地喝下去。

秦妈把浮在豆浆上面一层薄薄的油皮揭掉。

风，站到天井大杏树上，发出呜呜声。

卤水斩豆腐，一物降一物。待到缸里的豆浆凉到一定温度，常顺开始斩卤。他把盐卤盛在一个小碗里，分三次倒进缸里。一边倒，一边用勺子搅拌，注意着豆浆的变化。搅拌时，他把勺子从缸底捞起，动作麻利。

豆浆互相簇拥着,像跳起集体舞,聚不到一块了,慢慢地聚成豆花,常顺拿起缸盖闷浆。

等待的时间无聊,常顺从腚后摸出烟包子,吃起老旱烟,和风发出的声音一样,呜呜的。

"和我家那男人一样,丢不下这口烟,早晚要死在这口烟上。"孙老妈用手挡着,怕呛着了六太太。

时间很短,缸里的豆浆绽放成好看的豆花,浮在清水里,如一朵朵白莲。

秦妈用勺子打碎豆花,一边打,一边说:"这豆腐糙不了。"

宋妈把细包袱铺在细筛子里。锅里放了豆腐框子,放上筛子。秦妈把豆腐花一瓢瓢舀进筛子,水哗哗地从筛眼里流出来,筛子满了,才把包袱四个角翻过来,将豆腐花包住,压上木板。常顺从天井里搬来巴山青压在上面,大手在青石板上晃晃,挤水压实。

不到半个时辰,一方不老不嫩的豆腐成功出锅。

宋妈一边协助秦妈做大豆腐,一边在小锅里放入绿豆、爬豆、小豆、芝麻、长生果、红枣、栗子、杏仁、朝阳花籽,加上几瓢水,没过五谷杂粮。

锅底下烧着豆秸,火焰不温不火。

孙老头把浸泡了一天一夜的小米,在后院的小石磨上磨成米糊。小石磨用巴山青凿制而成。相州石磨黏粥,非巴山青磨不出软硬适中的小米糊来。

秦妈把新做的大豆腐切成指头肚子大小,宋妈在大锅里加了豆油,出香味时,放入豆腐块翻炒,直到有了焦黄色时才出锅。

厨房里弥漫着香味,大黄狗伸着鼻子凑到跟前来,被常顺踢了一脚,哼哼着跑开。

吕氏连打两个喷嚏,她站起来说,闻着就好喝。

"到时六太太多喝点。"

孙老妈坐下帮着烧火，抱怨地说："就没想着六太太捞着吃回热的，还有几天就要生了，可不敢凉了吃。"

锅开了两次后，秦妈在大锅里下入小米糊糊、大豆腐块，抓上一把盐粒子。黑铁勺子搅动几下，热气咕嘟咕嘟地升上来。

大家鼻子吸溜几下，津液滑动，石磨黏粥味道太好了。

也没看清楚宋妈什么时候切好了一碗咸菜疙瘩，指头肚子大小。昨晚，秦妈费了点时间做了辣菜，刚掀开陶盆，辣味扑鼻而来。相州的每个女人都会做辣菜，选个头均匀的笨辣菜，切成筷子一样的条状，进大锅油炒，多半熟时，加入青萝卜丝，翻炒几下，装进小陶盆，上面盖一层萝卜片。

吃饭时，快十点了。吉星堂吃后响饭都是这个点，奶奶说吃早了，还会饿，浪费干粮。女工们把一碗碗金黄的石磨黏粥端上来，金色的是油煎大豆腐，灰色的是爬豆，碧色的是绿豆。除咸菜和辣菜外，桌子上还有一盘油烹咸蛤蜊肉。

老爷和奶奶先动了筷子，天为和天成才端起自己的碗。咸菜块、辣菜配石磨黏粥最合胃口。天为和天成各喝了三大碗。

王天为一哆嗦，刚夹起的蛤蜊肉掉到桌子上。大黄狗趴在王天为脚下，他刚要扒拉下桌子给它吃，王璞拾起来填到嘴里，说："好吃的东西不能祸害了。"他把蛤蜊肉咽下去之后说："你们别不知足，客家子的孩子别说吃块蛤喇肉，吃饱饭都困难。"

"知道了。"王天为有点不好意思。

"不就是一块蛤蜊肉嘛。"一听就是二小姐的声音。父母和男人坐在桌子上吃饭，姐妹几个和嫂子站在桌旁。二小姐就是个这个性子，遇到事忍不住插嘴。

"闺妮子家的！"啪！奶奶站起来一筷子敲在二女儿头上，"谗头说话！"

二小姐哭着跑出饭厅。

吕氏吓得浑身发抖,感觉那筷子要打在自己身上。

公公婆婆吃完饭下了桌,吕氏才捞着吃饭。黏粥凉了,盘里只剩下菜汤。

胡妈气不过,大声说:"过个腊八,人家她嫂子也捞不着呱嗒碗热黏粥。"

第十一章

1

王方庐在经文堂后院和刘圊斫琴,出去买酒的三水带回来一个大新闻,"北关教堂今天竣工"。

王方庐除了关心古琴、琵琶和其他乐器,城里的新鲜事他一概不感兴趣。听说王燕宾今天到他家,他才特意让三水去南关增福街石家场子打酒。诸城城关一共有四家烧酒场子,一家在东北围子门里,为北关程家所开,叫程家烧锅。一家在善人桥南,为孔戈庄徐家所开,叫徐家烧锅。一家在大土庵巷北当铺,赵家开的,早先开茶水炉子,近几年改做烧酒,叫赵家烧锅。经文堂住在西施巷,离南关增福街近,三水喜欢到那里打酒。

诸城人爱喝酒,镇上烧锅场也不少:相州有王家烧锅,辛兴有孙家烧锅,昌城有增祥功烧锅、增祥福烧锅,枳沟有李家烧锅。城里的人多数喜欢喝黄酒,醉仙居黄酒馆酿造的黍米酒和枣泥酒不亚于南方的米酒。王方庐母亲张应昕吃晚饭时喜欢喝上几盅黄酒。有一次下雨天,她走到狮子湾不小心滑倒扭伤了腰,一到阴雨天就不舒服。王燕宾年前给她开了一个小方子:七片姜、七片丹参、七个大红枣、两汤匙红糖,熬黄酒喝。喝了趁热冒汗,蒙被睡觉。张应昕喝了半年,腰一点不疼了,她继续喝着。她让王方庐的媳妇朱且清喝,她还让刘妈喝,"人家王先生说了,女人喝点黄酒顺气"。王鲁生和她开玩笑，道："黄酒馆快被经文堂包了，咱家老太太成了半个中医。"

王燕宾今天来可不是喝酒的，他来请刘阒帮他斫琴。刘阒说："我快被你们三个包了。"他说的三人是王方源、王方庐和王燕宾。

刘阒制琴追求精益求精。他说："小木料暗藏大门道，我干了几十年，真正让我满意的琴并不多。"三水用夸张的口气说："您做的琴都出了山东，谁不夸您斫琴第一。"

刘阒谦虚地说："文无第一，武无第二。制琴也是一样，谁也不敢称自己做的琴最好。再说，这个最好不是自家夸的，是别人给的。"

刘阒本就低调。他不光制琴好，弹琴也妙。王方庐把刘阒请到家里有一年了，二人除了一起去外地买古材，就是在后院斫琴。累了，便到屋中坐下，净手焚香弹琴，一边弹，一边调试。制作第二张琴时，对上次需要改进的地方进行交流，求细求准。

刘阒陪着王方庐多次去南方购买古材，这对经文堂不是难事，人力、物力都出得起。一些贵重的古材买回来，刚开始张应昕还嫌费钱，王鲁生劝她："儿子外出不回你有意见，在家斫琴你有意见，世上哪有两全其美的事？咱家也不差那点钱，这是儿子的爱好，你就成全了他吧。"

老爷都说到这个份上，张应昕也无话可说。

每运回一批古材，王方庐和刘阒就忙活一阵。刘阒把木头里的学问讲给王方庐听："阴面木头密，阳面木头松，阴面要放在高音区，颠倒了的话，制出的琴发声闷。"刘阒让三水拿来纸笔，他凭眼力加上指头敲，把声音清脆的、浑厚的和比较中正的分门别类摆放；这块木材是哪年开料，哪边是阴，哪边是阳，对中高低音域分别做好标注。三水好生奇怪："刘先生，您是怎么看出这些的？"

斫琴屋里不时会发出刘闉爽朗的笑声，这次的笑声更大："这个问题不好回答。举个简单的例子吧，你家少爷古琴弹得好，不是一日之功，是多年的厚积薄发。我对古材的鉴别，也是多年制琴的经验。万事离不开一个'磨'字，这个'磨'需要付出很多。"

三水喜欢刘闉的笑，自家少爷轻易不笑，他跟少爷这么多年，这个"磨"他是懂得的，无非就是勤奋，勤奋，再勤奋。

刘闉和三水笑他们的，王方庐只管专心斫琴，他拿着一把木锉刀在锉琴肩、琴腰等导角的地方。一年来，他跟刘闉学选古材、辨古材，以及各种工具的使用。练习使用锯子，他手上磨出水泡，最后磨成茧子。他还去师父王方源家把烧火的木头锯得一块块的，大家对他的疯狂行为习以为常，也就见怪不怪了。王方庐让三水去南关增盛杂货店买来一套木匠工具，三水疑惑："少爷，难道您想当个木匠？"

"去去去！让你干什么就干什么去。"

增盛杂货店主人姓杨，个头有一米八多，大家都叫他"杨大个子"。这个人肯吃苦，最早是个货郎担，挑着担子从德胜进了点心下乡卖，又跑到青岛卖简单的洋广杂货，积累下资本才在南关开了增盛杂货店。他的经营方法是货全货多，价格便宜。别家没有的增盛有，别家有的增盛的价钱低。这木匠工具，在别的商店真买不到，在增盛却很齐全。

像"杨大个子"一条扁担起家的，还有在文庙西住的陈宝源。他原来也是走街串巷，这个人做生意灵活，不管谁买东西，都给搭上点。一来二去，一些老婆婆都愿意去他家买。得到青岛"裕东泰"的支持后，他在钟楼前路东开了宝源杂货店，成为裕东泰在诸城的代理商。三水和刘妈买东西，一个去增盛，一个去宝源。每次回来都在价格和质量方面叨叨半天，他说增盛的好，她说宝源的好。张应昕开口道："你俩干脆一个去增盛干，一个去宝源干，有你俩这两个铁杆,两个店都得财源滚滚。"

"我们才不去呢,生是经文堂的人,死是经文堂的鬼。"刘妈和三水几乎异口同声地说。

2

经文堂后院里种植着一片牡丹,有一百多棵。每年王鲁生在谷雨第三天都举办"牡丹诗会"。联络人一般是王方源和孟老爷,今年孟老爷把这个工作派给大儿子孟炼。上午九点左右,经文堂大门口就热闹起来,臧翰林、王景矗、钟小贤、王云龙都是从乡下来的。

孟炼领着他四岁的儿子,这个孩子可了不得,听说他过目不忘,去年就能背诵一百多首古诗。不过这孩子长得瘦,是王方庐见过的孩子之中最瘦的。他让三水陪孩子玩,这孩子却非要看他的古琴。孟大少爷喊着:"林青,多请教王先生,他的古琴非常了得。"

王方庐这才知道他叫孟林青。孟家书香之家,林青的三叔孟陆是个诗人,今天的牡丹诗会,他定会大显身手。

其实,远处已经传来孟陆洪亮的吟诵声,他早就按捺不住,开始吟诵牡丹诗。笃敬堂的孟儒、谦益堂的臧少梅和琴心堂的王熙一块儿走进来,朝着王方庐喊:"我们今天可不光欣赏牡丹,主要欣赏你斫的琴。"

以王方源为首的众人,围着臧翰林在欣赏牡丹。这个季节,属于诸城最好的时候,不冷不热。一阵阵和煦的春风吹动着牡丹,整个经文堂弥漫在香气之中。王鲁生带着大家一路观赏,他指着靠近北墙根的几棵牡丹,说:"这些已有一百多年,是父亲从河南洛阳移栽回来的。"牡丹老干可达一米半,叶子扁扁短短的,盛开着一百余朵,花头硕大,有的甚至比碗口还大。紧挨牡丹寿星的是一棵"豆绿",花色近似叶子的颜色,但又泾渭分明,花朵和花朵有序排列,疏朗有度。花瓣最多的要数"魏紫",六七百片花瓣重叠在一起,有层次且不凌乱,紫中藏着一点粉红。园子中间才是大面积的"火炼金丹",红得张扬,大有"贵妇人"之风度。

诸城大户院里,多数人家种植着牡丹,但可以和经文堂媲美的不多。王鲁生一边介绍,一边把大家领到园子西南角,那里种植着两棵"蓝田玉",粉里透着蓝,蓝里带着粉。这两棵牡丹株型较矮,花与叶面齐平,粉蓝混搭恰似蓝田美玉透出的光华,这也是"蓝田玉"的由来。

大家赞叹着,"名花美玉,相得益彰"。臧翰林学问大,他讲了一个"蓝田玉"的传说,一个叫春宝的花匠与牡丹仙子的一段爱情佳话。王熙调侃王方庐:"师弟夜深弹琴时,可有牡丹仙子前来相会?"师兄素来爱和王方庐开玩笑,他根本不当回事,笑着说:"改天你来我家留宿,到夜晚弹琴试试不就知道了。"

三水却寻思,说不定真有牡丹仙子喜欢上少爷,因为好几次夜深,他给少爷送夜宵,依稀看到少爷的书房外有黑影闪过,身形极像女人。他后来把这事说给刘妈听,刘妈传给潘妈,整个城里都传开了,王方庐夜晚弹琴,惊动鬼神前来听琴,这是后话,放下不表。

大家转着转着,来到王方庐书房。他书房窗户下有一棵黑牡丹,黑牡丹大家连听都没听过,在经文堂却亲眼看到了。看惯了大红大紫的牡丹,深紫发黑的花朵大家都觉得没看头,倒是王方庐给起的名字"黑玉"引起大家的兴趣,说像古琴的名字。于是,大家谈到王方庐的琴,首先表扬他的师父王方源。王先生微微一笑:"青出于蓝胜于蓝,方庐早就超过了我。"王鲁生不这样认为:"先有老师,后有学生,儿子的每一点进步都是老师的功劳。"

王熙再次起哄，要求参观师弟的斫琴室，正好刘阒先生也在，让大家见识一番。

王方庐只好前头带路，来到经文堂的后罩房。房子里全都是古琴，有的快完工了，有的才开始做。王方庐介绍刘阒和大家认识，并请他传授制琴经验。刘阒没有推辞，他是王方源介绍来经文堂的，这里边的人他认识不少，大户家中的琴多数是他制作的。他清了清嗓子开口："恭敬不如从命，我说一下制琴的几点感受。古琴最好用古材，琴面用杉木，琴底用梓木，这两种共振木材主要体现刚、柔、虚、实、阴、阳，"刘阒拿起一块云杉木，"我认为云杉是最好的制琴木材，云杉纹理通直，材质致密，年轮宽度均匀，在每一个年轮中早材至晚材的过渡较为平缓，各部分木材结构无显著差异，能均匀传播高频声音而不变音调。"

隔行如隔山，原来制琴还有这么多道道。刘阒继续说："古琴材料需要干燥后才能使用。古琴材料的干燥与其他木材制品不一样，必须经过长期储存才能使用。这个储存阶段一般叫作天然干燥，实际上，它既与干燥有一定的关系，又不完全是木材与水分的关系。"

说到这里，刘阒卖了一个关子："这个关系是我们斫琴业的机密，我就不告诉大家了。"说完，他哈哈大笑。关于木材的干燥，刘阒和王方源、王方庐、王燕宾都透露过，这是他最欣赏的几个人，也就没有机密了。古材的水分含量达不到标准，制出的琴天气干燥时声音明亮，阴雨天就会变得沉闷。

3

中午吃饭，分成了三桌。王鲁生陪着臧翰林一桌，王方庐和王熙、孟家三兄弟、孟儒等一桌，其他人一桌。管家和三水先给三桌上了珠兰贡尖茶。王鲁生作为主人先站起来说:"这是'瑞生祥'刚邮寄到诸城的谷雨新茶,大家先品品。"

诸城人除了能喝酒,也有饮茶的嗜好,专营茶叶的商号都称茶庄。光在城关的就有"裕泰""阜康""三合""大成""同春""同茂""和丰""福合成""瑞生祥"等近十家。相州的"三聚义"、枳沟的"义聚和"也经营茶叶。这些茶庄都是大户的家业,既是竞争对手,又是合作伙伴,采茶、制茶、运输、销售,实行完整的一条龙作业。每年谷雨前半个月,这些茶庄派人去安徽歙县琳村采购毛茶。茶叶的采摘和初步加工由本地茶农自己完成,把芽叶采摘下来,放锅里文火翻炒,待茶叶炒蔫,搓成条状,再以炭火烘干,成为毛茶。歙县有茶市,诸城茶商先进山收购毛茶,运到琳村,雇佣当地女工将毛茶挑拣,择出黄叶、茶枝,用筛子将碎茶筛出,成为净茶。净茶用炭火烘烤,趁热加入新鲜的珠兰花,立即装箱封固,即成为"珠兰香茶"。新茶通过新安江装船运到杭州,再从杭州运到上海,由上海经青岛运回。

诸城城南的朱泮、山坡几个村也有种植茉莉花的,这些茶庄会在夏天收购鲜茉莉花,熏制茉莉花茶。

王方庐那一桌还在谈论古琴,只听臧翰林说:"这里边我年龄最大,能和年轻人坐在一起喝茶吟诗,很高兴。我们茶也喝了,就开始吟诗吧。他们那一桌除了举人就是秀才,作诗于他们是小菜一碟,你一首我一首地开始了。"

作为东道主,王方庐一马当先,吟出第一首诗,大家不禁为他的文采折服。王熙说:"我师弟要不是被古琴的光环罩住,也是一个大诗人。"

三水正给王熙倒茶,听到有人赞扬少爷把控不住:"难怪我家少爷把王先生当作最好的朋友,知少爷者,王先生也。"

王方庐就讨厌三水多说话,可说一百遍他也记不住,无奈地笑道:"有孟家三位少爷在,谁的诗歌也会失色。"

…………

经文堂一年一度的牡丹盛会,饭菜由王方庐的夫人朱且清亲自指导,有几个还是她亲自掌勺的。经文堂从县衙大街路西的饭店请了厨师来家里做菜,每张桌上都是八菜一汤,有诸城烧肉、烧鸡、干锅麻辣虾、水煮肉片、韭菜炒鸡蛋、芝麻羊肉、炖酱白菜、炸香椿鱼、木耳海参汤。

面食除了经文堂自己做的饽饽,每张桌上两盘油炸糕,是三水父亲西吉专门送来的,每年都送,雷打不动。大家对大鱼大肉不感兴趣,打动味蕾的是炸香椿鱼和油炸糕,每一桌都吃得空空如也。

孟儒最后离开的时候,问王方庐知不知道这道炸香椿鱼,饭店厨师是怎么做的,笃敬堂后罩屋墙根全是香椿,他想学着做,因为太好吃了。王方庐知道是夫人朱且清做的,让三水快去问少奶奶。

三水五分钟后返回,带回一张纸,字迹清秀,上面写着:鲜香椿洗净晾干,少许的面里放一点点碱,然后往里打两个鸡蛋,放盐搅拌成糊,把香椿裹上面糊油炸。

一根根油炸香椿,像极了春天的鱼。

第十二章

1

经文堂"牡丹诗会"那天,王云龙特意留下来,告诉几个密友一个天大的消息,孙中山已于八月在日本东京创立同盟会。同盟会以孙中山提出的"驱除鞑虏,恢复中华,创立民国,平均地权"为宗旨,之后,他还在《民报》发刊词将十六字纲领归结为民族、民权、民生三大主义。

这无疑是死水起波澜,在座的无不对清廷之腐败、外国人之横暴扼腕叹息,深恶痛绝。王方源第一个站起来说:"我拥护孙先生的革命纲领,我先把话撂这里,清政府很快就要完蛋。"琴心堂专门托上海亲戚订阅的报纸,王方源不仅自己阅读,还让儿子、学生都读,同盟会成立,他们第一时间就知道了。

王熙、王方庐这些年轻人纷纷发表了自己的看法,他们对清廷的痛恨一是源于他们的所见所闻和王方源推荐的革命书籍,二是这个圈子早就在谈论革命,多数话题都是王居一最先提出的。

臧翰林毕竟年纪大一些,他显得比较沉稳,"朋友一直给我邮寄《民报》《晨钟》,从文章中不难看出革命党是真心要开创一个新时代。明眼人都清楚清政府已病入膏肓,不可救药,我们要同心协力推翻它。如果我没猜错,王云龙是从五莲丁家官庄的丁承德那里得到的信息"。

王云龙回答臧老爷子："您猜得没错，我家和丁家历来交好，我是从丁承德那里得到信息的。他从日本来信说同盟会成立，山东籍学生加入的有五十多人，他和黄县徐明鉴、博山蒋锡藩、潍县齐书唐、海阳萧九等，成了莫逆之交。"

王云龙说到这里，吟诵着萧九的抒志藏头联："以卧薪尝胆乐乐壮志，成驱虏兴华伟伟宏业；箫声夜半惊残云，九州梦中醒睡人。"吟诵完，王云龙看着王方庐说，"他和你是一年出生的"。

王鲁生说："听说丁承德年龄也不大，只比方庐大三岁。"

"对。丁承德年轻有为，萧九就是他介绍加入同盟会的。"

王云龙又把蒋锡藩这个人着重推出：废科举后，他肄业于山东省师范学堂。求学期间，与徐宝田、张季元等在博山考院旧址创办高等小学堂，培养学生达数百人。光绪三十一年（1905）秋，锡藩被选送到日本弘文学院留学，以后转入日本明治大学法政专科就读。

锡藩学习成绩优异，待人诚恳，在校有威信。赴日不久，列强瓜分中国，清廷卖国求荣，他感慨万分，写下血书："不清中原，有如此血！"并咏"义气塞两间，肝胆照千古"，众同学为之激励。山东留日学生徐明鉴、丁承德、蒋锡藩、齐书唐、刘鸿焘等人先后入会。此前曾有人持观望态度，自蒋锡藩加入同盟会后，中国留日学生奔走相告："蒋君加盟矣。"在他的影响下，众人纷纷加入同盟会。

在座的直赞，"山东多英豪"。

王云龙这时从怀里掏出一份《晨钟》，让大家传阅，并说丁承德把《晨钟》邮寄给他，希望在山东多发展同盟会员，以备将来起义。

其实，这些人中有人读过《晨钟》。《晨钟》像一盏在黑暗处闪烁的灯火，在他们心中忽明忽暗，只等王云龙第一个捅开这层窗户纸，大家不再藏着掖着。

  王云龙动员相州大户创办私立三等学堂后，继续奔走呼号，游说其他诸城大户，臧翰林紧跟其后出资筹办了臧家私立有志小学，孟炼、孟陆昆仲创立敬业小学，南门里于家成立于氏育英私立小学，东关四山堂成立王氏私立小学。知县毛澂将华严寺的观海书院加以修葺，修建成诸城县立高等小学。即使有的大户顽固不化，以旧姿态广布乡野，企图与新式教育抗衡，但历史的车轮谁也无法抵挡。不长时间，这部分私塾就向小学校靠拢。王云龙在建校动员上不遗余力，城里乡镇德才兼备之人皆被他推荐进学校教书。他对穷人的孩子出资赞助，对有弃学想法的，登门陈说利弊，直至复校。这一切努力，都是受丁承德影响。谋求强国，莫过于办学。

  谈到最后，王云龙才摊牌今天来的目的："当今社会水深火热，民不聊生，我等哪有闲心观赏富贵牡丹，相信大家和我是一样的心情。今天聚此，不过都想听听各自的心声，今后的路如何走，如何去寻找一条救国救民的光明之路。"

  为了保密，王鲁生有意安排大家在王方庐的书房。王方庐可能听到萧九和他一般大，却有如此雄心壮志，他无法控制情绪，竟然拿过身边的古琴，弹起《秋塞吟》……

  伴随着忧抑悲愤的琴声，屋里所有人的心里都被激荡出想抗争的涟漪。

  王方庐弹到《秋塞吟》第五段，心中的控诉达到高潮，声泪俱下。王方源难抑悲愤，站起来说："王先生，您就把真实的想法告诉我们，海禁废除后，我等屡被欺侮。至甲午中日战争，庚子年，八国联军之役创剧痛，使中国坠入深渊。有识之士目击清廷之腐败，心痛外患之逼迫，咸知非颠覆清廷无以救中华民族之衰败。你让我们出钱还是出力，我们这里的几个人都不会说半个不字。"

王云龙昨天刚接到丁承德的来信，清廷要求日本政府颁布取缔留日学生组织的通告，欲禁党人。同盟会遂召开大会，决定组织各省留日学生与清廷进行斗争，丁承德、蒋锡藩作为山东代表出席大会。中国留学生极力反对日本政府的"取缔规则"，决定罢学回国，不再受辱。这部分留学生很快会回到国内，游说国内有志之士募集经费，创办公学，给留学生提供校舍，同时给无钱受教育的穷人子弟提供读书的机会。

对王云龙的提议，大家各抒己见，最后决定在诸城创办东武公学和农林学堂。

2

"诸城牌坊九十九，还有一座没人走"，因为它建在城墙上。这句流传颇久的话，极言诸城牌坊之多。

牌坊之制起于何时，尚待考究。诸城牌坊，以石为主，间或有木质牌坊（也称牌楼）、砖石牌坊。牌坊的结构取法于宫殿建筑，用写意手法雕出飞檐建瓴。牌坊按用途分为三种：宣扬封建政教的夸官坊，歌颂封建礼教的功德坊，提倡妇女贞操的贞节坊。

诸城有牌坊二十三座，《乾隆诸城县志》记载的十五座已经不见踪迹。牌坊主要建造在大街和通衢上。县衙前大街，依次是张世则坊、翟銮坊、侯廷柱坊、丁惟荐、丁自劝坊、陈烨坊、陈良相坊、王隆、王梁坊、臧惟一坊、王侍坊、王逵、王承武坊、王良相坊。东市（县衙东段）有邱橓坊、邱让坊、邱橓、邱云章父子经元坊。西市（县衙西段）有李士魁、李相、李旦坊。阁街东有丁纯坊；阁街西至后门口有臧斐、臧节、臧惟一、臧尔劝、臧尔令坊、臧节坊、臧尔劝坊；东关有侯璧坊；西关鱼市街至估衣市街有邱氏世恩坊，胡应参、胡来进坊。此外，相州、孟疃、古城子、黄疃等地都有牌坊。相州最早有九座，至清末还剩七座。臧氏一门兄弟父子多显宦，牌坊竟达七座。臧惟一，一人三坊：及第建坊，儿子得中建父子坊，致仕归家又建备载所历官职坊。

臧尔劝坊，时人谓之"司马牌坊"，坐落在炭市街（阁街以西）。高约两丈，宽丈余，青石结构，四柱三门，正面书"大司马"，背面书"大中丞"，均为万历十五年（1587）建坊时董文敏书魏体大字。坊檐四角悬小钟，石椽三出檐，中部檐下竖长方形石刻"圣旨"。坊脊顶部雕一狮虎形兽，兽首尾两端刻有两个小石人，翘首斜身用力以牵之。民间传说，此系姜太公之子向父求官，太公不私，封其为"神上神"，令其凌驾于圣旨之上，任凭风吹雨打，日晒霜浸，虽居高位，亦应饱经风霜。兽身之上，还雕有一宝瓶，刻天女散花，以彰其功德。坊周雕有"夸官游街图"，工笔精湛，堪为石雕艺术之典范。坊西三百米处之臧惟一坊，上刻"世登皇甲"，亦极壮丽。

前学巷之"儒林"中有大成坊，为明代成化年间知县阎鼒所建，董文敏书"大成坊"三字。坊系木石结构，称"木牌坊"，因坊体通身涂红色漆，也称"红牌坊"。

红牌坊建于文庙大成殿门外，是文庙建筑群的组成部分。牌坊正南建一大影壁，黄琉璃屋脊，滴水檐，墙脊两端镶嵌两只黄琉璃大象，翘鼻相对向天，面壁镶"二龙戏珠"浮雕，二龙相戏，惊心动魄。

立足影壁向北望去，但见琉璃瓦顶，三出飞檐，有木坊狼牙椽，椽端雕刻云钩，中部镶木匾，红底贴金，上书"大成坊"三字，其下有四挺方石柱，每柱前后各镶戗鼓一对，两面顶靠加固，雕作鼓形。

文庙大门两侧，有两座木石结构坊，刻阴文欧体红底金字，面东者曰"德配天地",面西者为"道冠古今",坊形与大成坊相似。

大成坊就在对山堂臧植堂家的门口,紧挨对山堂的是望山堂,这是臧植堂的弟弟家。

对山堂今天比以往任何一天都热闹,在河南当官的臧植堂回来了。他是清末监生,捐资任河南通许县知县三年。他身上流淌着臧家的血,为政清廉,爱民如子。在任期间,他一心为民,经常自己掏钱为老百姓做事。废除科举后,他创办学校,专门让穷人子弟上学,遇到劣绅,一律严惩,从无偏袒。前段时间,因为直言得罪朝廷,有人让他备厚礼前去道歉,他袖子一甩:"我有脸去舔当官的屁股,还不如回家种田去。"当地老百姓听说臧植堂要辞官回诸城,送来"万民伞"和"万民衣",依依惜别。

3

臧植堂到家屁股还没坐稳,王云龙找上门来。他是何等聪明之人,三言两语,臧植堂听明白了王云龙来此的目的,是让他协同王方源、王方庐、孟家出资创办东武公学。臧植堂和弟弟每人都有数量可观的地,拿出点钱不在话下。他在河南经常和臧翰林书信往来,臧翰林每次来信都有意无意传递一些新信息,故此,臧植堂一口就答应了王云龙。

文庙,是纪念和祭祀孔子的祠庙建筑,在历代王朝更迭中又称作夫子庙、至圣庙、先师庙、先圣庙、文宣王庙,尤以"文庙"之名更为普遍。封建王朝对孔子尊崇备至,把修庙祀孔作为国家大事,到了明清时期,每一州、府、县所辖之地都有孔庙或文庙。

文庙自古是文人心中至高无上的朝圣之地,东武公学设在文庙,可谓人心所向。王云龙给几个人明确分工,王方源和王方庐负责招生,公学是个新生事物,穷人家的孩子可以来上学,太阳这是从西边出来了,人们纷纷奔走相告。

对山堂邻居王少聆和住在南关的乡绅祝清芳站在一边看热闹,从牙齿缝里挤出狠话:"这些泥腿子还想读书,肚子都饿到脊梁上了。那个王方源带着他的徒弟就是出风头,会弹个破琴有什么了不起的?哼,让我们拿钱,门都没有。"

东武公学设文、理、法、音乐四科,没有固定的课程。王方源、王方庐、王熙教授音乐,其他教师多数是从国外回来的留学生。

受维新思潮影响,诸城城里有识之士认识到农业教育对农业发展的重要性。王云龙再次出面,推荐臧少梅出任农林学堂堂长。臧少梅推辞着:"王方庐无论学识、家世都比我合适,还是由他来当这个堂长吧。"

"方庐一心钻研弹琴、斫琴,甚至分不清小麦和韭菜,让他当农林学堂堂长,不可,不可。"

在南门里关帝庙,臧少梅领着几个人,砸毁了火神殿神像,农林学堂在此挂牌开学。

中午,王方庐从东武公学回家,刘妈瞪着一双惊恐的眼睛说:"少爷,您那好友臧家少爷,砸毁了关帝庙火神殿神像,可是要遭报应的。您见了他,一定说说他,可不敢再乱来了。"

第二天,王方庐遇到臧少梅时,神秘地笑了笑。臧少梅也没问他笑什么,没事人一样,大摇大摆地去了农林学堂。

臧植堂过来观看农林学堂的情况,臧少梅把埋在心中的一个想法说出来:"我想集资在炭市街开设一个惠民大药房。穷人看病一律记账,痊愈后再交钱。"

臧植堂说:"这个主意好,钱我来出,你只管筹划成立。"

臧植堂忽然想起来什么似的,说:"我没去河南时,听过王燕宾的琴,这人的性格我比较欣赏,听王方源说他治病有一套,可给他设个中医门诊,他家里经济不怎么样,多给点诊费,就算帮他。"

"他那个人傲得很，请不来。"

"让王方源出面，还能请不来？"

王方源领着王熙、王方庐在招生，臧少梅过来和他商量请王燕宾坐诊的事情。王方源哈哈大笑："我和臧老爷不谋而合，我还想请王燕宾来东武公学教琴。"

王熙多嘴："大，您和臧老爷一样，都是想帮王先生吧。"

王方源说："惠民大药房给王燕宾付银子，东武公学是公益，没费用。"

王熙说："您暗着帮王先生的还少？"

王方源笑笑，不再回答。

臧少梅私自把谦益堂西南角城楼下的三亩地捐给了农林学堂，让学生种植土豆、地瓜等作物。放学回到家，父亲质问："这么大的事，你自己就做主了？"

"不就是几亩地，算什么大事？"臧少梅转身回了自己屋。

母亲生气地对父亲说："捐地，我觉得还是小事，他领着砸毁神像，真是造孽呀。"

半个月后，臧少梅让谦益堂的管家去南方购来桑树苗，他领着学生把自家城西圩子外的十几亩地全部种上了桑树。等桑树长出桑叶，他要让学生学着养蚕。

王方庐更是疯狂，白天在东武公学教授音乐课，晚上回家和刘阗斫琴，不惜耗费巨资，志在让每一个喜欢音乐的学生都得到一张琴。

他把刘阗制作的琴用千字文编列字号，如天字号、地字号、玄字号、黄字号等。

第十三章

1

从济南师范馆匆匆走出四个人,是刘恩泽和他的同学丁庚秾、丁竹臣、王默轩。他们四人沿师范馆东路,左转进入无名路。从无名路,左转进入泺源大街,然后右转进入趵突泉南路,从南路过右侧慧池泉,稍向左进入趵突泉北路,再过右侧的五三街,来到白雪楼。

这四人神秘兮兮地来白雪楼,可不是来玩的。只听刘恩泽对其他三人说:"钱也筹到了,我看报馆就设在这里。"

泰安人丁庚秾和刘恩泽一同考入济南师范馆,刚来就听同学津津乐道刘恩泽在高密老家的故事。丁庚秾特别崇拜他,所以当刘恩泽提出设报馆,丁庚秾陪着他选地方,还修书一封给自己的父亲,让他尽快找人送银子来,他有要事要干。父亲一向宠他,也没问钱用在哪里,按数让管家把钱送到济南。

王竹臣是齐河人,中秀才后第二年考入济南书院,前年考取山东师范学堂。他在父亲四十二岁时出生,备受宠爱,可是在他十七岁时,父亲就去世了。他长得人高马大,人称"王大牛"。王默轩是安丘官庄人,在四人中年龄最小,十七岁中举人,他的字写得好,别号"七十二名泉烟雨楼主"。王默轩擅颜体,尤擅行草,题写过无数匾额、招牌,墨迹遍布济南。泰山上亦留有他的刻石联:地到无边天作界,山登绝顶我为峰。

他们有钱的出钱,无钱的筹钱。在白雪楼设立报馆,也是四人都同意的。这"白话报馆"四个字出自王默轩之手。

报馆选址白雪楼,刘恩泽着实动了一番脑筋。白雪楼在趵突泉公园内,人来人往,便于掩护。白雪楼原是明代诗人李攀龙的藏书处,以前的早就倒塌了,现在的这座是清朝顺治年间时任山东布政使的张缙彦在原址重新建起的,人称"泺源白雪楼"。新建的白雪楼,为带戏台式二层仿古建筑。建筑面积约四百平方米,其中主体建筑三百平方米,配廊一百平方米。白雪楼前檐出厦,落地木槅,红柱花窗。正厅内安置李攀龙坐姿铜像,侧厅有其弟子及名人所题写的诗文匾额,墙上悬挂大幅会友图。北侧设戏台,南侧有假山,与湛露泉、酒泉、石湾泉相邻,西侧为无忧泉,东侧挨着一排紫藤架。因为是秋天,紫藤的叶子纵横交错,从叶子间垂下一根根约半尺长的坚硬豆荚。

刘恩泽很满意这个地方,他要以此为阵地,施展自己的抱负,"前行不畏虎狼恶,取还真经救众生"。

农历二月,一束束金色的阳光照到趵突泉青褐色的石头上,柳树还没冒芽,柳枝随意在水面上飘荡。白雪楼热闹非凡,刘恩泽四人的报馆开张了。师范馆一多半的同学都来祝贺,还有人嚷着让王默轩留墨宝。在济南高等大学堂读书的王居一来得最早,他喊着:"恭喜报馆开张!"

"你是老乡,可要多多投稿。"刘恩泽是在一次朋友聚会中认识王居一的。

"放心吧,只要我的文章你认为可以就行。"

"谁不知道你是大才子,和我就不要藏着掖着了。"看到有熟人走来,刘恩泽忙过去招呼。

等大家到齐,刘恩泽致发刊词,他说:"希望即将创刊的《白话报》，开山东革命宣传之先河。希望同学们敢于解剖社会之鄙陋，踊跃投稿。"

....

后来，王居一把五月份发行的第十六期《白话报》，让父亲带给王方庐、王熙等人。《白话报》为手写体、石印，线装，四十面。第十六期内容设有社说、时论、历史、地理、教育、卫生、理科、小说等栏目，有《中国铁路调查表》《旅顺口日俄战争记》《渤海黄海海界线考》等文章，还刊有古埃及文字、中国古篆等图例。

丁承德在东京得到《白话报》创刊的消息，立即派谢鸿尘回国，秘密发展刘恩泽加入同盟会，并修书一封让刘恩泽主持山东同盟会工作。

得到丁承德的认可，刘恩泽办报的劲头更足了，言论愈加激烈，论政首斥贪官，论学首崇新知。

严酷的冬天说来就来。早就看刘恩泽不顺眼的学监方砚念把他叫到办公室："学生的本职是读书，你只管把书读好，办什么乱七八糟的报纸？"

刘恩泽一听，不服气地反驳："我们办的报纸不过是实话实说，有哪点不符合当今的内愚外丧？"刘恩泽说的内愚，是指清政府愚弄欺压百姓，外丧是指丧权辱国。

"你们意在引导学生走上邪路，打着办报纸的旗号，任意妄为。"

刘恩泽一听，忽地站起来，气愤地说："我们旨在敦促民众认清政府和帝国主义列强的真面目，从而自强、自立，担当起民族振兴、国家富强的责任。"

"你这是煽风点火，势必把自己毁灭掉。"

"那是我的事，与学校无关。"

"你再执迷不悟,我开除你。"

"开除就开除。"

刘恩泽和学监针尖对麦芒,油盐不进,方砚念一怒之下把刘恩泽开除了。

大家连夜开会,商议对策。第二天,学生涌向省府请愿,要求恢复刘恩泽学籍。

学校一看刘恩泽来头不小,遂调走方砚念,让刘恩泽继续上学,但是逼着他停办《白话报》。

2

王云龙被聘为诸城县立高等小学校长,这无疑给了王云龙又一块培养人才的阵地。有相州私立三等学堂的办学经验,一切水到渠成。相州私立三等学堂本就对教师的选择较为严格,延请的都是饱学之士:聘请小梧村晚清举人王在萱教授古文、四书;聘请济南高等学堂毕业生教授格物、数学;重金聘请英、德传教士教授外国语。

王云龙接任县立高等小学校长后,安排的课程和相州私立三等学堂的高小班一致,无须费太多精力,他秉承的是丁承德信中所说的"建学校,为培养革命人才而努力"。

周三,他又接到丁承德的来信,揣到怀里走出来。

他让两个学生分别送信给王方源和王鲁生,请他俩到六合春吃午饭。

这个六合春,有德胜放这里卖的油条,还有焦家的发面包子。早上,豆腐脑一个铜板一碗,用一个厚实的大木桶装着,上面有一个小盖,打开后是成凝胶状的乳白色豆腐脑,冒着热气。店家打开桶盖,拿起旁边那个弯把儿小瓢,伸进桶内,打一个旋儿,轻轻一舀,小瓢里就填满了鲜润嫩滑的豆腐脑。把豆腐脑盛入一旁的大海碗里,撒上事先准备的芫荽末、咸菜末和虾皮,最后浇上几滴酱油。每天早晨,来喝豆腐脑的人络绎不绝。

王方源和王鲁生接到口信,皆吃了一惊,以前都是他们请王云龙来家里吃饭,今天是刮什么风,他请他们了。

二人刚坐下,王云龙让伙计端上两盘包子,说:"快尝尝,包你俩说好。"

二人搞不清王云龙到底在搞什么名堂。"这焦家包子,哪有东大门瓮城的柴家包子铺和南门里吴家包子铺的包子好吃。那两家的包子,一个铜板一个,皮薄馅多,咬一口,猪肉、虾米都出来了。"

王云龙狡黠地一笑,说:"你俩说的包子铺,我没吃过?昨天臧少梅就请我去吃了。改天我让你俩尝尝杜家的方瓜包,那才叫包子,也是臧少梅请我吃的。"

杜家方瓜包,王方源和王鲁生哪能不熟悉。杜家方瓜包之所以成为诸城有名的风味小吃,与它的制作有关。立夏前后,精选带花蒂的鲜嫩方瓜,制成瓜丝晒干。干方瓜丝既可以保持鲜嫩的味道,又可以一年常用。做包子时,先把干方瓜丝用清水淘洗、泡透,捞出来挤干水分,切段。然后加入适量的黄花菜、木耳、粉条、猪大油,顺时针搅拌均匀。头等面粉发酵后,揉匀分剂,擀成薄面皮子,包上瓜馅,包子的合口处捏成花结,形似猪耳,每个重约半两。生包进蒸笼,先旺火开锅,小火十分钟出笼。出笼时,将包子的一边花结上抹一层薄薄的香油。蒸包色泽透亮,隔皮见馅,油汪汪的花结,令人馋涎欲滴。杜家方瓜包,吃起来柔软味香,清爽可口,蘸蒜泥食之,味道更佳。

王方源实在忍不住:"王先生,我们今天不是要开包子会吧?"

王云龙要的是小包间，他用眼神示意王鲁生把门关上，然后才小声说："我接到丁承德的来信，他已经同意诸城的自费生去日本留学。"

王鲁生疑惑："他们不是已经陆续回国，怎么还派自费生去日本留学？"

王云龙把丁承德信中阐述的意思大概一说，原来是孙中山先生打去一个电报，不赞同留学生全部回国，有被清政府一网打尽的危险。

他放低声音："最近有人盯我们的梢，出于安全我才没去你们家，叫你们出来吃包子的。丁先生信里一再强调，治愚强国之本在于教育，而为人师者，必须先有渊博知识。只有认真学习研究东西方文化，积极参加社会活动，才能挽救国家命运。你俩一直希望王熙和王方庐去日本留学，机会来了。"

高密、安丘陆续有自费生去日本留学，王方源和王鲁生希望自己的儿子走出去，一是振兴国乐，二是寻求真正能挽救中国的道路。

十天后，王方庐和王熙背着自己的古琴，坐着两套骡子的马车到高密，从高密坐火车到青岛，从青岛坐轮船去了日本。他们一行几人，怀着严肃的心情，没有顾及一路的凶险，满怀壮志和雄心，扬帆东去。

王方庐和王熙走的时候，没几个人知道。

3

谢鸿尘介绍刘恩泽认识了刘栋厚等人。刘栋厚是潍县人，和丁承德一起在日本加入的同盟会。因为是同族，刘恩泽和刘栋厚二人很快成为知心好友。

丁承德给刘恩泽写信，一再强调办报、办学的重要性。刘恩泽按照丁承德的建议，先筹办聋哑学校，继而在趵突泉创办山左中学。因为有"开除学籍"先例，刘恩泽与刘栋厚、丁洪勤商量，以他们二人的名义到提学司申报立案，才被批准。

山左中学初设中学班三个，招八十人；师范班三个，招一百五十人。没想到大家听说是刘恩泽办学，都来报名，很快就有四五百人。这时徐明鉴、齐书唐等陆续回国，刘恩泽请他们到学校任教讲学。

因为《白话报》事件，为避开清政府耳目，徐明鉴建议把学校迁到北杨家庄。

迁址后，山左中学改为"山左公学"。刘恩泽任校长，刘栋厚任学监。

公学，并非公费。刘恩泽要亲自向社会和公学里有钱的学生"化缘"。这天，刘恩泽刚起床，安丘学生张世荣就送来一千两银子，是他让父亲捐给公学的。张世荣回家对父亲说了高密刘恩泽办学的艰辛，希望父亲援手相助。父亲向来钦佩办学者，痛快地拿出一千两银子，说哪天没钱了，写信回来，让管家送到济南去。王居一写信给父亲王云龙，介绍刘恩泽和山左公学，让他在诸城大户中集资。王方源和王鲁生解囊相助，让田管家从高密坐火车亲自送到济南王居一手中，由他转达。

因为捐资，刘恩泽记住了王方源和王鲁生的名字。

山左公学实际上是同盟会员活动的机关，校舍内仅有教室及教职员寝室，学生散住在邻边村舍，远者离校二里。无论刮风下雨，刘恩泽每天晚上提着灯笼巡察学生宿舍，奔波于泥途，亦无倦容，与学生欢洽若家人。他不仅让学生读《晨钟》《民报》《义军》，还给学生讲《亡国惨记》等。这天，他抱着《申报》等来给学生看，其中一人说："昔俄国学生夜聚一室读禁书，谓为人生至乐，吾辈今日也颇似之。"

刘恩泽大喜："我终于撒下了革命种子。"

诸城学生钟小贤找到刘恩泽，说："诸城距高密仅仅半天的路程，有缘成为刘先生的学生，我也要投身革命，希望先生成全。"就这样，钟小贤和他的同学刘筱唐、邵林逊成为同盟会员。

为了锻炼学生体魄，坚定其心志，刘恩泽在第二年的四月，率学生步行去泰山。学生统一服装列队前行，教师跟在他们身后，观日出，游灵岩，览齐长城遗址，画山川。

看到学生们精神饱满，刘恩泽大发感慨："此习行军之野操也，他日赴汤蹈火，信大义者，吾徒也。"

从泰山回来后，山左公学成立了学生会，刘恩泽任会长，下分评议、执行、判理三部，三部又分科若干，有理事等职。学生可投票选举，学校和学生共议大事。各地学生慕名而来，山左公学一时名声远播。

山左公学的革命活动很快引起清廷注意。刘恩泽因思想激进，早已是他们锁定的危险人物，从办报纸到闹学潮，无一不被视为越轨行为。当时的山东巡抚杨士骧虽然对刘恩泽十分赏识和器重，料定其将来必成大事，刻意加以笼络，但他对刘恩泽的反清革命行为又十分敏感和警惕。他料定刘恩泽的办学必非安分之举，再加上外界的一些传言，使他倍加留意山左公学的动静。因此他一面捐银五百两资助山左公学办学，一面密令提学司的方砚念暗中监视，探查学生的动向，为自己在学校的进退处理上提供口实。

光绪二十三年（1897）冬，与刘恩泽素有旧隙的方砚念，在刘恩泽向当局提出筹建政法学堂时借机发难，以私学不得开设"政法课"为由，不予立案。刘恩泽据理力争，方砚念理屈词穷，凶相毕露，声言山左公学内有革命党，企图谋反，应予查禁。

为转移清廷注意力，避免当局寻衅破坏，保全公学，培养革命人才，刘恩泽决定辞去公学学监职务。学生闻知后，无不泪下。

第十四章

1

相州吉星堂，吕氏的肚子开始疼，她咬牙忍着没喊孙老妈。

前几天，吕氏的肚子偶尔也像针扎似的疼。

还没出正月，天气竟然不那么冷了。

早上五点，吕氏挪动着臃肿的身子穿好衣裳。吉星堂里除了孙老头、孙老妈，就是她起床最早。

天空中，还挂着半块月亮。房顶、树梢、花台子上，飘动着一层薄雾，像女人脖子上的一方纱巾扯来扯去的，太阳出来时，才会断开。河东巴山方向，太阳刚冒头，露出小半个圆圆的脑袋。

街上已经传来卖大豆腐的叫卖声，院子里的玉兰树上叽叽喳喳立着几只喜鹊。

大门吱扭一响，孙老头挑着一担水走进门，喊着："六太太早！您可得小心点！"

"潍河这么远，够你辛苦的，"吕氏躲到甬路一边关切地说，"你年岁也不小了，注意点脚下。"

孙老头放下担子，擦擦脸上的尘土，说："这水必须放上两天才能给金鱼换。"他左手提溜着一个小水桶，顺手倒进脸盆里，几条小鱼在盆里蹦来蹦去。"冻化得差不多了，我在河汊子里捞到几条小鱼，给大恒养着玩。"

大恒！想起大恒，吕氏的胸口顿时憋闷，天地昏暗。

孙老头赶紧搬过来一条长凳递给吕氏："您歇息一下。"

吕氏坐下，满脑子是大恒。

大恒是吕氏的大儿子，刚出生就被奶奶抱到房里，由她喂养。男孩子一出生就得离开母亲，精神独立，这是王家家风。其实，无非想让媳妇留出空闲，多生养几个孩子。

自己生的孩子，不能自己养，任是哪个母亲也受煎熬。

小鱼很快适应了水盆里的环境，自由自在地游着。孙老头用手搅着水："这些小家伙，还挺好玩。"他转身时，吕氏已经走了。

"唉，不容易呀！"孙老头嘴里的不容易，是说自己还是说六太太，恐怕连他自己也搞不清楚。

王天为睁开眼睛，发现吕氏已经不在身边。他起床穿戴，仿西绸长袍外罩一件锦缎夹袄，下身着折边棉裤。他眼睛不大，却炯炯有神，眼神里似乎总闪烁着一层捉摸不透的东西。他和吕氏住在东厢房，墙上悬挂刘石庵的扇面，条案上摆满了纸笔墨砚，梳妆台上放置着一对好看的官窑瓷瓶，旁边躺着一对铜镜。

厢房门前种有夹竹桃、迎春、栀子、石榴树。厢房门口的条石上的盆景被孙老头移到前厅去了。随着气温升高，孙老头再把它们移至门外，摆回这里。迎春的枝条还没长出叶子，满身的花，干干瘦瘦的。

王天为伸个懒腰走出屋，来到条石边。看到门外的一切，他触景生情，忽然想起王氏七世祖写的一首诗：

小院新晴韵事多，花如巧笑鸟如歌。
劳云归岫空留影，客水争堂亦起波。

思欲招朋难酒费,渐成独啸得狂疴。

愁心未解随流水,陆海沉沉两鬓燔。

王天为正咂摸着诗歌的意境,吕氏一脸痛苦地走过来。

"怎么疼成这样,"王天为把吕氏扶进屋,"快去炕上躺着。"

尽管王天为已经做了父亲,对女人的生育却不是很了解。

孙老妈去大饭屋替吕氏监督做饭的女工,听孙老头说六太太脸色不好,慌慌张张地跑过来,说:"六太太怕是要生了!"

"你动静小点,一惊一乍的,被奶奶听到又得数落。"吕氏的脸上,已经看不到一点血色。

"我去请示奶奶叫老娘婆,六少爷,你看仔细点。"

王天为不知道怎么办好,在屋里走来走去,倒像他要生孩子似的。

"你坐下,晃得我眼晕。"吕氏疼得从炕这头滚到炕那头,她让王天为倒杯水喝。

王天为给吕氏倒了一杯开水,她只喝了一小口,哆嗦着手放在炕沿上,疼得汗珠子直冒。

2

当天晚上十点钟左右,天气忽然大变,大片大片的云像约好了,聚到王家院子上空。在大片乌云当中夹杂着一片火红的云彩,像要燃烧起来。

孙老头看了看天,自言自语地说:"异象呀!从来没见晚上还有这样的云彩。"

吉星堂大院里,杏树和玉兰树上的喜鹊越聚越多,飞来一批,又飞来一批。

孙老妈忙活着,嘴里叽咕叽咕地说着接喜,把炕席一角揭起来,说是取"揭席"的谐音。她还在炕上撒上一层沙土,说是代表地仙,婴儿出生落地生根。

忙活完这些,孙老妈才朝外招招手,等在外边的孙老头抱过来一些谷秸。孙老妈把谷秸铺在沙土之上,按相州的说法,孩子生下来就有饭吃。

老娘婆就住在镇子上,来得很快,佃户出身的她,方脸盘、高个头,说话像炒豆子,落到地上能砸个坑。

她进屋的第一件事,先揭开柜子,拉开抽屉,"早开口,好生养"。她又打开房门、橱门的锁,意为"松关"。当她看到王天为还呆呆地站在屋里,就喊:"男人都出去。"因为男人带"难"的谐音。

做完这些,她才用一根骨头管子听听吕氏肚子,试试脉搏,确定地说:"最快生也得傍明天,脉才上到七,满到十才会生。"

吕氏算了算,傍明天才生,那不得疼死?

老娘婆拿出一条白布巾,一把剪刀,对孙老妈说:"快叫大饭屋烧热水,给六太太弄点吃的,有鸡子吗?"鸡子指鸡蛋,相州人都这样叫。

老娘婆用布满老茧的手,将着吕氏的两肋:"别紧张,又不是第一次生,这次肯定比生小少爷快。"

疼痛渐次袭来,吕氏呻吟翻滚。尽管她紧咬嘴唇,站在屋外的王天为还是感受到妻子无尽的痛苦。

奶奶这时从上院走过来,问:"什么情形?"说着,她面无表情地走进屋里。

"怎么着也得傍明天,"老娘婆问候奶奶后,故意大声说,"不受罪叫生孩子?"

"放松!"老娘婆继续按摩吕氏的肚子,她是想辅助肚子里的孩子出来。"你试着孩子往下走,就用力,只有娘俩一起使劲,才生得快。"

吕氏疼得更厉害了,实在绷不住,发出一声声号叫,整个吉星堂都在晃动。

"闲杂人都到院子里去,几个人守着就行,得几个时辰。"老娘婆说完,奶奶率先走出屋子,站到廊下。

王天为把拳头顶在廊柱上,不大一会儿,又开始来回走动,如同困兽。

"怎么先下脚?"老娘婆神色慌张地喊孙老妈,你快过来。

"难……"孙老妈差点喊出后边那个字,她看到婴儿没下头,先下的脚。

只短短的几分钟,老娘婆就累瘫了,可千万不能让六太太出事。她使劲捋吕氏两肋,辅助活动肚子。老娘婆脸上淌着汗珠,衣服湿透了。

"王家列祖列宗,保佑六太太,顺顺利利生下孩子。"孙老妈一看这情势,吓得扑通一下跪在炕前祷告。

过了好长一段时间……

老娘婆带着哭腔问屋外的奶奶:"保大人,还是保孩子?怕是我弄不了!"

"是男是女?"奶奶问。

"看不出。"孙老妈抢先回答。老娘婆看了一眼孙老妈,她用眼神祈求着老娘婆。

"保大人!保大人!"王天为给母亲跪下,拽着母亲胳膊,哭着说,"娘,你救救大恒他娘,大恒不能没有娘啊!"

奶奶像是在和自己斗争:"大人、孩子都保!"

又过了好长一段时间,东边天幕上出现微微的白色,天就要亮了。忽然,惊雷在院子上空炸响。奶奶的身子一哆嗦,王天为却浑然不觉。

"不到二月二就打雷？"奶奶朝着天上看，刮风下雨，不是宰相就是祸害！

"王家列祖列宗，救救六太太！"俗话说："说生孩子不是生孩子，是吓人。"孙老妈磕头如捣蒜，吓傻了。

此时的老娘婆突然果断起来，她用手心慢慢地顶住婴儿小脚，轻柔地往回缩，直到婴儿两只脚平着缩进去，她才长长地松了一口气。

天上下雨了，大雨点子有铜钱大。

此时的吕氏痛苦到极点，喊叫着："我不想活了！不想活了！"

"王家的列祖列宗，保佑六太太和孩子！"奶奶、王天为还有孙老头等都跪在院子里，烧纸磕头。

老娘婆反倒镇静下来，她安慰着吕氏："不要紧，不要紧。用劲，用劲，就要出来了。"她继续按着吕氏的肚子，上下揉搓。一边揉搓，一边唱："大柜小箱开了口，孩子才敢往外走。"老娘婆嘴手并用，轻轻托住婴儿的头，慢慢地往外拉，其实她心里比谁都担忧。

这时镇上传来高亢的鸡鸣，雨突然停下来。

吕氏使完最后的力气，就要昏死过去，婴儿出溜一下滑了出来。

咔嚓一声，老娘婆拿起剪刀，剪下婴儿的脐带。

哇——哇——

清脆的哭声，撼动了整个王家大院。

泪水、汗水汇集在吕氏苍白的脸上，她用微弱的声音问："是小厮还是闺女？"

"闺妮子！"孙老妈给吕氏挼了挼鬓角湿透的头发，兴高采烈地说，"这小喇叭似的哭声还真像个小厮。"看着可爱的小家伙，她又说:"跪生娘子站生官,这孩子别看是闺妮子,将来说不定比小厮还厉害。"

"闺妮子能怎么厉害?"吕氏瞅一眼孩子,长得不像自己,眉眼像王天为。她用手摸摸孩子,"再有大处,将来还不得是人家的。"

"闺妮子家的!"奶奶进屋看了一眼,转身离去。吕氏明白生了闺女,婆婆一肚子不满意。

"听这哭的气力,比小厮劲头还大。"王天为进屋关上门窗,心里想可别冻着她娘俩。

王天为的姐姐、两个妹妹都跑过来看孩子。她们在天井里遇到母亲,问:"什么孩子?"

"闺妮子。"

"重男轻女,"二小姐偷偷撇嘴,"就像自己不是女人一样。"她说的话只有自己听得到,被奶奶听到可就麻烦了。

大姑奶奶派丫头过来送给吕氏一个大红包。

"孩儿的生日,娘的苦日。"老娘婆吩咐孙老妈,"给六太太煮两个鸡子压压惊。要是生个小厮,可以煮六个鸡子。"老娘婆一句话分成两句话说,"小米鸡子一起煮,煮熟后,用瓢喝,瓢越大,奶下得越多。"

尽管生了个闺妮子,吕氏的心情却出奇的好。

3

吉星堂又一次热闹起来。

大门口挂起红红的绸子。红绸子长短有讲究,一尺半长,三寸宽,凡是路过的,看到飘扬的红绸,都知道吉星堂生了个女孩。

大恒出生时,大门上挂了用腊条制作的弓,二尺长,上面搭一根弓箭。不言而喻，吉星堂生了个男孩。

王璞喊来孙老头，让他去院墙外栽下一棵楸树。到小姐长到十八岁，楸树干可做出嫁用的手提箱。

相州，不论大户小户，只要生了女儿，一律在门外或者天井里种下一棵楸树。等女儿长到十八岁，媒婆在院外看到楸树，就知道有女待字闺中，会上门提亲。女儿出嫁时，大户人家用楸树干做成两只手提箱，装一些分送孩童的糕子、果子、栗子、枣子。小户人家把楸树干做成柜子，假装柜子里装满嫁妆。其实，空空如也。

孩子出来的第三日，诸事依然繁杂。

小婴儿水润的小脸上起了一层皱。

孙老妈端来热水，放了少许食盐和五谷，用一块细软布蘸着水给婴儿擦洗。"开天目，点龙眼。"她先洗孩子的脑门和双眼。"点龙鼻，开龙口。"她又洗孩子的鼻子和嘴巴。"洗全身，去污秽。"她把孩子从头到脚洗了一遍。

常顺套上马车，咧着个大嘴傻笑着，陪王天为到妻子娘家报喜。车上的筅箕里放着十九个一斤多重的大喜饽饽，饽饽中间点了红点，里边包着栗子和红枣。

吕氏十四岁那年没了父母兄妹，只有一个二十岁守寡的嫂子，两个侄儿活了一个，祖母婆健在。

王天为从妻子娘家回来，带回了十九个红皮鸡蛋。

厨房里的女工忙得不亦乐乎，从早上忙到中午。山海关巷住的几乎全是王家人，大的堂号有十几家，都是雕梁画栋的三进院子。王璞家的兄弟，王天为一族，每家都送了一碗手擀喜面，顶上卧着两个鸡蛋。

孙老妈在晌午头分别给灶王爷、炕嬷嬷、宅神、青龙、白虎、宝神、屋祚、淘气分喜钱，喜钱内里夹着一张红纸。

胡妈过来嘱咐孙老妈："别忘了给淘气喜面汤，他可是看孩子的。"

"忘不了。"孙老妈把一碗面条端到吕氏睡觉的窗户台上。

"还要记得，去十字路口给路神发发喜钱。"胡妈操心很多，"烧完的纸灰倒入茅房，财不外流。"

坐月子的吕氏也没闲着，她拿一双筷子照量一下孩子鼻梁："叨什么来，叨鼻梁。叨什么来，叨鼻梁。"希望孩子长个高高的鼻梁，漂亮好看，长大找个好婆家。

"闺妮子家的！"奶奶没好气地将一摊泥糊在东厢房墙上。接着，她把泥归拢成圆形，用棉槐条子在上面捅眼。

孙老妈装作没看见，她端着吕氏的午饭：干稠的小米黏粥，三个鸡蛋。

她从奶奶背后悄悄地走过去，奶奶这次破天荒地没发火。

4

孩子出生的第六天，吕氏娘家人过来送汤米。

娘家嫂子是雇马车来的，家里再不济，不能让小姑子在王家丢了颜面。她提着大包小包，有米有面。最显眼的是六个红纸围腰鸡蛋，寓意让女孩长成杨柳细腰，还有六斤猪肉。

嫂子给大恒送汤米时，比这复杂：六个带小红帽的鸡蛋，寓意男孩将来做个高官；"小囤子"一件，套头小裇，前边开口，不到底，开口处系两根布条，衣裳前后各缝一块长方形红布，代表姥娘家的门，三辈子不离姥娘家的门，后领口处钉类似粽子样的红布，叫背心，希望孩子长命百岁；还有猪蹄一对，越走越亲。

这次来送汤米，嫂子最担心的是吕氏生了闺妮子受委屈。她一进屋就对小姑子说："好好坐月子，什么也别想。"

"闺妮子家的,爷爷奶奶不稀罕。"

"自己稀罕就中。"嫂子朝小姑子笑笑,顺手给孩子肩上搭了花线,脖子上挂了银锁,脚上缠了银链子。"有些东西不用强求别人喜欢,孩子也一样。"

吕氏费力地坐起来,她对孙老妈说:"去抓几把豆子,让嫂子回去的时候,撒到地里去,好生根发芽。"

"你就甭操心了。"嫂子挠挠孩子的小手指,问:"孩子还没起名吧?"

"闺妮子家的,谁搭理。"吕氏叹了一口气。

大恒出生的第六天,风光百倍。王家摆了二十多桌酒席,王璞在前厅贴了大恒的名字,让孙老头去祠堂挂上写有"添丁"的灯笼,由奶奶抱着到祠堂拜祖先,告诉祖先:王大恒,何年何月何时出生,日贪玩,夜贪睡,乖乖长大。爷爷王璞接过大恒,用一双筷子夹起煮熟的鸡、猪肉、鱼、豆腐、葱、米糕等,在孩子的嘴唇上象征性地碰一下,一边碰,一边说:"金鸡报晓、有食有禄、年年有余、大富大贵、聪明智慧、步步高升……"凡是能想到的与福禄喜沾边的好词,都强加到大孙子身上。

现在生了个闺妮子,爷爷肯定不满意。

娘家嫂子回去时,已经是下午四点多。

不知谁家的狗狂吠几声,家中的大黄狗立即应和,被孙老头呵斥住。吕氏想睡却睡不着,艰难地翻了个身,翻身就浑身疼。

门吱扭一声,王天为走进来,关心地说:"趁着孩子睡了,你就眯会眼,别闹出月子病来。"

"孩子的名字,爹给起了吗?"

"王晴韵,我给起的。"王天为记起七世祖的诗:小院新晴韵事多,花如巧笑鸟如歌。

"大大同意?"

"有什么不同意的。"

王天为想捉弄一下吕氏,他说:"反正大大在乎的是男孩子,你也是。"

"你不是?"

"我不是。"王天为走过来慈爱地摩挲着晴韵的小手,他喜欢这个孩子,感觉比他的生命还重要。

5

镇上的人起得早,天还黑乎乎的,院门外就有了脚步声。

孩子出生的第二十四天,奶奶过来给晴韵铰头。

"来!"孙老妈拿着一个拨锤样的面穗说:"给孩子戴在脖子上,就不知道害怕喽。"面穗是刚烧熟的,带着浓郁的面香味。

奶奶满面春风,迈着小碎步来到孩子跟前,说:"嬷嬷铰铰头,活到九十九。"说着,她用剪刀左铰三圈,右铰三圈。

因为奶奶满脑子里是小男孩,"心有所思,手有所剪"。坏了,铰成了"锅盖"。

生米煮成熟饭,无法更改。奶奶哭笑不得:"晴韵,你可要有出息,看看嬷嬷对你期望多大。"

奶奶自己给自己打着圆场,自己送了自己一个好。这就是奶奶,一个掌管全家家事的人,特别是儿媳的命运。

很快,王晴韵满月了。

奶奶让胡妈送过来一些粗布给晴韵做尿布,吕氏省出一些,为自己缝制了一件浅蓝竹布大襟褂子,她还为孩子做了一件小夹袄。吕氏的针线活和绣活都好,做的夹袄穿在孩子身上不肥不瘦,不长不短,恰到好处。结婚时,吕氏从娘家带来的衣裳不多,嫁来王家还没添置过一件新衣裳。

孙老妈抱着晴韵，夸奖说："六太太针线活就是好，恐怕整个相州没人能赶上您。"

"孙婆卖瓜，自卖自夸。"吕氏笑了。

"那天六少爷从城里带回一个坐月子的方子，是王燕宾先生开的：出满月那天，用黄酒炖一只母鸡，要炖一天一后响。连肉带骨头吃掉，不长月子病。"

吕氏苦笑一声："生了个闺妮子，还好意思要好吃的。"

"您说怪不怪，"孙老妈靠近吕氏，"我禀报了奶奶，她竟然答应了。"

吕氏很惊奇，不相信地问："这是真的？"

"连老爷都同意了。"孙老妈接着说，好像是大姑奶奶发了话。

晴韵生下来从来不哭，小丫头只有个枕头那么大，圆圆的小脸，像只搓红了的拳头。她睡得很甜，两只小眼睛闭得紧紧的，眉毛刚看出大体的轮廓，小嘴巴一吸一吸的，像在吃奶。孙老妈用被子把孩子包得严严实实，她用红绳子在孩子胳膊弯处缠三道，腰部缠三道，腿弯处还缠了三道。

孙老妈把孩子抱到前厅，王璞首先接过去，孩子竟然睁开了眼睛。爷爷高兴地说："小家伙，长得还挺稀罕人。"

太阳刚好转悠到正南方，大厅里的阳光饱满起来。

来人声响很大，众人一看，大姑奶奶来到前厅，她说："来，看看我的重侄女！"

大姑奶奶可是稀客，尽管她住在这个大院里，却像一株在后院扎了深根的植物，很少走出来。

"丫头。"大姑奶奶视爷爷奶奶如不在，赏孩子礼物。

花花绿绿的一大堆礼物呈现在众人面前。

"这个家就是不缺闺妮子。"大姑奶奶用手勾一下晴韵的下巴颏，"可惜，闺妮子的命不好。"

然后她把孩子还给孙老妈,回后院去了。

6

"老爷!奶奶!"孙老头叫他们一声,眼睛却看着吕氏,"六太太娘家来搬月子了!"

"搬月子?"奶奶的脸顿时变了,"就是贩卖人口,也得把孩子给我留下!"

吕氏一听坏了,嫂子没买礼物过来请示,就来搬月子,这不是找挨呲吗?

奶奶立即把矛头对准吕氏:"不是我说你们老吕家,这么小的孩子,大初七的,能住娘家?"

"你们不论,我们还论呢。"奶奶憋了一个月子的怒气终于找到出口,开始发泄。初一、十五先不说,十四、二十三是月忌,大初七孩子不宜出门。

吕氏茫然不知所措,她低着头说:"娘,都是我考虑不周全……"

第二天,吕氏嫂子才带着礼物,亲自上门拜见了爷爷奶奶,道了歉,又请示了晴韵住姥娘家的日子。

初九,晴韵才可以住姥娘家。

那天早上,金灿灿的阳光被镂空的窗格筛成斑驳的光影,落在晴韵的脸上,透着橘红。听到母亲忙碌的声音,她睁开小眼睛张望,吕氏被女儿可爱的模样惹得心花怒放。

吕氏拾掇好两个大包袱,要去上院和奶奶告辞。带晴韵回娘家住六天,奶奶定是有不少活计让她干。听王天为说,大姑子的婚事定下来了,她得帮着缝制嫁妆。

吕氏走不快,一双小脚就像街上孩子玩的陀螺,三转两转才到奶奶住的上房。奶奶住在坐北朝南的上院。进门是红木彩雕屏风，转过屏风，奶奶坐在八仙桌右边的太师椅上。八仙桌带束腰，三弯腿，牙板刻了很多拐子龙等浮雕，美观、精巧。太师椅呈屏风样式，靠背板，扶手与椅面成直角。奶奶今天穿一件乌绫棉袄，头戴乌兜，乌兜上坠一块熠熠闪光的翡翠。手中拿一杆铜制旱烟袋，烟袋杆由细长的铜管弯曲而成，铜嘴在拐弯处起棱，作为装饰。中间破开，为"葫芦"形，两头各镶嵌一块温润晶莹的圆形釉玉。釉玉夸张，比烟袋杆还粗很多。

大恒正在玩风车，嘴里喊着"飞呀，飞呀"，看到吕氏，就要扑过去，被奶奶喝住了。没想到大恒转身太快，把梳妆台上一个大明正德年制的花插碰下来摔得粉碎。这个花插呈浅灰蓝色，饰以双勾石榴，是奶奶最喜欢的物件。若是别人摔碎了，非被打死不可。现在摔碎花插的是她的大孙子，是她命里的孙子，她的手轻轻扬起，又慢慢地放下。

吕氏没有料到会发生这种事情，站在那里不知道如何处理。奶奶把大恒抱到怀里，摩挲着孙子的头，心疼地问："吓着了没有？"大恒被吓蒙了，奶奶一问才哇的一声哭起来。胡妈走过来，打扫花插碎片，她担忧地看了一眼吕氏。吕氏在心里庆幸，多亏孩子不是我教的，否则就得挨婆婆一顿骂，说不定还得挨打。尽管不是自己教的，但孩子是自己养的，孩子犯了错，做母亲的就有责任。胡妈意味深长的一眼，是提醒自己马上认个错。吕氏看着儿子，大声呵斥："大恒，你是怎么搞的，毛三躁四的。"

守着婆婆，她哪敢打儿子，也就斥责几声。自从儿子被婆婆抱走，她连见儿子一面都得请示。有了女儿晴韵，心里多少才好受一些。唉！哪个孩子不是娘的心头肉。

大恒刚开始时，只是抽泣，母亲一说，他的哭声大起来，像个小猪一样在奶奶怀里拱着。

看到孙子伤心,奶奶瞪了一眼儿媳:"咋呼什么,孩子还有不犯错的,不犯错的叫孩子?"

"不哭了,不哭了,咱来耍风车!"奶奶拤着大恒脊背,看孩子哭得上气不接下气,又冲吕氏道:"哭出个毛病来,你管?"

吕氏揉搓着衣角,不敢再言语。

奶奶就是这样一个人,对儿媳、对小辈,板着一张脸,不苟言笑。对大孙子百依百顺,如果天上的月亮可以拿下来,她会翻个筋斗飞上天去。

大恒哭得厉害,无非是想引起母亲注意,让母亲抱一下自己。奶奶不发话,母亲不敢过来,他也不敢过去。

初春的风,带着凉意。

奶奶喊胡妈:"给孩子拿帽子过来,别受了凉。"胡妈从里屋给大恒拿来帽头儿。大恒的帽头儿由六块黑红缎子间隔连缀而成,上锐下宽,缀檐如筒,石青锦缎缘其边,帽顶缀一个黑色丝绒疙瘩。疙瘩上拖一根一尺多长的红丝线穗子,帽檐下方的正中钉有绿色玛瑙帽正。

戴上帽子的大恒更加帅气。奶奶给大孙子正了正帽子,对吕氏说:"可能天为对你说了,你姐姐的婚事定下来了,你看看哪个该做帮着做做。门帘、对枕、棉袄、棉裤的,这些你都清楚……"

家中的大事,吕氏总是最后一个知道。家务活,吕氏却是第一个知道。

古琴

第十五章

1

相州福星堂东厢房里,传出任琳因轻轻的哭声。

照顾她的任妈大声说:"这个大院就是个牢笼,当初要不是小姐你嫁过来,我才不来这里。您看看年前七太太生了个男孩,奶奶就对您那样。这天长日久的,若是您不怀孕,今后的日子可怎么过?"

刚说完,她又自己打自己的嘴巴:"呸呸呸,我的乌鸦嘴,这是说的什么。"

王天檀一般一个月回家一次,现在好几个月也不见人。任琳因猜测定是好几年不生孩子,做丈夫的讨厌自己了。五太太为了要孩子,什么方都吃过,神也求过了。听说西霞岗天齐庙灵,上个月她还和任妈去了一趟。西霞岗天齐庙是诸城三大天齐庙之一。据载,唐朝贞观年间,诸城相州西北有一处茂密山林,除松树外,方圆十几里多为高大家槐。其中有九棵百年老槐,几人环抱不过来。此山被乡人命名为"九槐山"。山上的家槐,当地人称"狗屎槐"。狗屎槐,小枝,绿叶,树姿优美,对土壤要求不严,耐瘠薄,喜阳光,树冠为圆形,呈花蝶状。

夏末满树的槐米,多如天上的星星。槐花盛开之时,乡人采摘槐米用于染布或入药,还可做成槐花茶。进入初秋,槐花脱落，露出一串串槐角。槐角呈扁豆状，透亮。孩童摘下槐角，把果肉外边的胶皮填入口中，竟有甜润的感觉。那些巧手的主妇，还会制作槐皮冻。霜降过后，把槐角晒干，大锅翻炒，吃后可治痔疮。

冬天，多余的槐条可为乡人提供柴火，槐木成材之后，还可打制家具、农具。四里八乡的大户，每到年关都会登上九槐山，怀念远方的亲人。衣锦还乡的求学者，第一件事就是登上九槐山，坐在槐下，饮茶作诗，乡人也叫此山为"槐（怀）乡山"。大家都说，这是一座仙山。

据传，某年盛秋，在河南修道的一个道士做了个梦，梦中东岳大帝昭示，可去一个叫"九槐山"的地方建庙。道士询问大帝九槐山的位置，大帝不语，手指西北方向。道士醒来，燃香请符。香未燃尽，符即随风而起，道士跟随其后，经七七四十九天，来到山东诸城，神符停止不动。道士知道这是大帝考验自己的修行，正不知道如何行走，一股浓香从西北吹来，塞满肺腑。举目望去，香气传来之地，烟雾缭绕，仙气十足，道士清楚这就是建庙之地。

道士来到九槐山后，立即飞鸽传书，召集来二十几个老道。这些道士不仅运来诸城难得一见的梁檩木料，还随身携带自己的马叉、大衣箱，箱子里有武衣、戏服，他们不仅武艺高超，还会演戏。

相州本就是块风水宝地，民风淳朴，乡民善良。看到道士在九槐山动工建天齐庙，一些乡贾富户积极捐款，拿钱拿粮；穷人拿不出钱粮，就加入兴建的行列中，搬砖搬瓦，抬土抬筐。

天齐庙，倚九槐山西北角而建，历时一年多才初具规模。后经过几年的添建，庙宇逐步完整起来。据说东汉时曾重修。

往东一里有余，有个叫"下凤岭"的古老村庄。明洪武二年（1369），赵氏始祖由青州老鸹村搬来九槐山下居住，和老村的人重建村庄后，叫作"北崖头"，后来因地势较高，改村名为"霞岗"。之后赵氏繁衍为一个大家族，后有其他姓氏陆续迁来，在东面岭下扩大出一个新村庄，先是分别叫作"上霞岗""下霞岗"。后来，人们根据居住的位置，叫作"西霞岗""东霞岗"。九槐山的天齐庙，老百姓也顺口叫为"霞岗天齐庙"。

此时的任琳因继续小声哭泣着："西霞岗天齐庙也去了，娃娃也拴了，但愿上苍可怜我，给个一男半女，省得我整天抬不起头来。"

刚才蔡氏在后院遇到任琳因，朝着一只鸡，指桑骂槐："养个鸡还下蛋呢，有的人连个鸡都不如，还有什么脸面？"任琳因叫了一声娘，她装作没听到，转身离去。

七少奶奶生的孩子，在两个月大时出疹子死了。蔡氏盼星星盼月亮得来的孙子，竹篮打水一场空，任琳因的肚子也不见变化，她能不发怒？

2

王璞的书房，东西南三面墙上全是书橱。房角摆画缸，内放名人字画和书法长卷，偌大的房间较显逼仄。《道德经》《古文观止》《聊斋志异》《史记》等经典著作都是不同开本的线装书，另有很多蝴蝶装、包背装古籍。

王天为推开书房门，坐到西边的椅子上。

王璞比往常更严肃："你五哥天檀，听说加入了什么党？"

王天檀这几次回来，经常和王天为谈论一个叫刘恩泽的人，语气中全是崇拜。他滔滔不绝地讲述刘恩泽的故事：刘恩泽祖上家贫，靠人工磨面、开小饭店糊口，到了父辈时，才由朋友接济，买驴推磨。他幼年时参加劳动，深知农民疾苦。一天，他看到地主称粮食的时候,用的刮板不是平的,而是往下凸的,克扣佃户粮食,出于愤怒,跟地主评理,还将收租的管家打了一顿,警告他以后别再这样欺负佃户。有一天他从城里回家,当时麦子已经成熟。他遇到一个穷人到他家地里割麦子,其实就是偷麦子。那人看到他就跑,他说谁家没有点难处,不要紧,你割吧,这是我们家的,你放心割就行。

恰逢清末乱世,政府腐败、列强欺压,刘恩泽就走上革命道路。1899年,高密在官厅、康庄一带爆发了抗德阻路斗争。刘恩泽善于用计,他清楚乡民的反抗斗争受到德军和官府两方面的围堵镇压,绝无胜算的把握,劝阻领导人与德人、官府斗争应以谋略智取,据理力争,并主动承担起交涉调停之责。刘恩泽的行为被领导者所误解,怀疑他是在帮官府说话,是里通外夷,不但将他赶出抗德队伍,还把受到德军、官府剿捕镇压的怨恨发泄到他身上,扬言将对其不利。

刘恩泽好心被当成驴肝肺,只好奔走济南,考入山东大学堂师范馆。

王天为从小就同情穷人,觉得刘恩泽确实值得尊重,要求五哥找机会给他搭线。五哥带给他几本德文书和一份《晨钟》,他对德文书不感兴趣,对《晨钟》则比较好奇,上面登载着不少反清文章,有的直接是战斗檄文,王天为读了好几遍还不过瘾。

"没听说什么党。"王天为终于明白了父亲的担心。

"你就别装了,我还不知道你那点心思。王居一去济南高等学堂读书,丁承德刚回国就当了高等学堂老师,他肯定也是革命党。王居一还没得空,放暑假回来,不动员你才怪。"

王璞好像心有余悸,继续说:"就是王居一不联系你,你身边的五哥也是定时炸弹,你不能再在诸城,你得出去。每当听到哪里的革命党人被杀,我的心都要蹦出来。"

其实，王天为只是对《晨钟》的文章感兴趣，对革命的概念还是模糊的。

"你五哥这次回来，说破天我也不让他去高密了。"

"您也别听风就是雨，怎么敢确定五哥是革命党？"

"我不聋不瞎的，城里的王方源找过我，是你云龙大哥让他找的，让我也参加，我听说王在萱也是了，凡是进东武学堂和农林学堂的学生、老师，都是。"

王天为暗暗一惊，难怪好长时间没有见到王方庐他们，原来在干大事，这些人也真不够朋友，怎么没联络他？乡镇就是消息闭塞，明天非去趟城里不可，找他们去！

王璞好像看透了他心里想的，说："王方庐和王熙，早就去日本留学了。"

原来最近的很多事情，王天为都不知道。

王璞突然向儿子投来不满的一瞥，话锋一转："天柯媳妇又生了一个男孩子，只比晴韵小两个月。"

王璞刚才还在谈革命的事，忽然转到孩子身上，王天为一时猜不到父亲到底要干什么。

父亲的一瞥，他心知肚明，也不能明着顶撞父亲，问："叫什么名？"

王璞若有所思："叫王致乙。"

王天为站起来给父亲倒了一杯茶，也给自己倒了一杯，坐下问："大，您找我来什么事？"他不能顺着父亲刚才的话题，生男生女有那么重要？

王璞一副胸有成竹的样子，"我和北京亲戚联系好了，车票也买好了，后天就叫常顺送你到高密，坐火车去北京念书。"他慢慢地饮一口茶，继续说，"家里你也不用挂着，男子汉大丈夫，就得走出去。明天你先去宋家庄子看看你王辛叔，和奚泓道个别，这孩子内向，也就和你说得上话。"

父亲这是怕他当革命党，把他送去京城，离王居一、王方庐、王天檀他们远远的。不过，王天为内心是兴奋的，钻出吉星堂这个铁壳子，到大城市呼吸一下新鲜空气，一直是他的愿望。王天为和五哥王天檀感情最好，五哥去高密后，他的心就蠢蠢欲动，现在父亲给了他机会，何乐而不为？

他装着不情愿："怎么非去那么远？"王天为了解自己的父亲，越是和他反着来，他抵制的劲头会翻上一倍。

"我的话，你也敢不听？"

"去……就是。"

3

积德堂中药铺门前的大树上，知了没完没了地叫。王天为戴着一副玳瑁框水晶眼镜，蓄着山羊胡子，迈着大步走在大街上，他不像在走，像在飞。

远处墙根下，几个佃户的孩子在玩"蹦钱"，王天为好奇，走过去看。见是吉星堂六少爷，孩子们知道他脾气好，也就没有散去，若是别家少爷，孩子们早就吓跑了。

这些孩子大张旗鼓地议好输赢须付的铜钱，赌天咒地。孩子们用"剪子、包袱、锤"裁决先后，依次用手捏着铜钱朝墙上掷去。清脆的声音响过，铜钱落地。事后，铜钱离墙根最近的那个孩子，去掷离墙根最远的那个铜钱。掷中为赢，掷空为输。

王天为光看孩子玩还不过瘾，他加入孩子们的行列，把口袋里的十几个铜钱全部输光。

事实上，是王天为有意掷不中的。孩子们都不敢拿六少爷的钱，他把眼一瞪说："都拿着，愿赌服输，我输了就得给你们钱。"

等孩子们把铜板收进口袋，王天为快速拐过墙角，直奔抱德堂。

昨晚就是父亲不说，他也要来和奚泓说一声。北京说近不近，说远不远，交通又不方便，王辛叔的病，让他替奚泓担忧。奚泓比自己小几岁，但学识几乎和自己相当。除了天檀，奚泓就是他最好的朋友。

王天为站在门口刚要举手敲门，门房刘三见是吉星堂六少爷，把他请了进去。

抱德堂影壁上的"福"字，占据中央，两边绘松鹤延年图，粗壮的藤萝附着其上。

王天为先去正房见过奚泓母亲木氏，奚泓父亲在家族中排行第八，王天为喊木氏八婶。

木氏娘家住城里金家巷，大户人家，父亲中过进士，曾做过翰林院编修。嫁到王家前，随父亲到过贵州等很多地方，算是个见过世面的女人。她喜欢诗词、绘画，穿一件绿色丝绸单衣、黑缎裤、黑色绣花鞋。头发拢到脑后，盘成大髻，髻上插一根凤凰银簪。皮肤白皙，眼神里却流露出遮挡不住的忧郁。

"给六少爷上茶！"木氏随手把水烟袋放到八仙桌上。

"八婶，明天我就要去北京读书了。八叔的病怎么样了？"

木氏长长地叹一口气："还能怎样，这几天是越来越厉害了。"

"您也别急，再找个好大夫看看，城里王燕宾的中医好，可叫我父亲捎信，让王先生给八叔看看。"

木氏抽了一口烟："说不急是假的，相州附近的名大夫都找了，他的病是心病，良药难治。你们这些孩子，都得出去看一看，窝在这个镇子里，看不到大的东西。等奚泓长大，我也让他去北京读书。"

王天为怕话题深入下去，惹得八婶伤心，站起来说："我去书房看看，去和奚泓告别。"

抱德堂有一百多间房屋。书房在大院西南角，西跨院的大客厅西侧。穿过一道月亮门，门内是一个小院，走廊花架上，攀缘着一株凌霄。凌霄橙红色的喇叭花扭成花瓣，蜜蜂嗡嗡的声音从凌霄的枝条上传来。王天为顺着走廊，然后拐上一条南北方砖小径，来到书房。

书房大门上，刻着奚泓父亲写的对联：拥书随得意，吃酒是闲情。

王天为不清楚为什么没有横批。

从书房里传出塾师王正南的声音，他正在教奚泓和他的姐姐艺亚学习《笔算数学》。

王塾师讲得投入，根本没有注意到王天为的到来。

王天为站在台廊下，听得入了迷。

尽管抱德堂在创办王氏私立三等学堂时捐资很多，但是木氏总觉得儿子太小，可能还有别的顾虑。

王正南可谓名师，思想和学业都比较通达。他见多识广，在广东待过几年，自修过算学，能够演算代数，还懂《佛经》和《易经》。他融会贯通，大半时间教奚泓和艺亚学习商务印书馆出版的中学用的《新体地理》《历史教科书》，及烟台天主教会印行的《笔算数学》。

十九世纪初期，在山东乡镇中，奚泓接受的教育已相当超前。后来奚泓能快速地接受"五四"时期的各种新思想，以及在文学创作中吸纳若干新知识，都离不开王正南的潜移默化。

萍惠首先看到了王天为："六少爷来了，您怎么不进去？"

萍惠的声音不大，王正南在屋里却听到了，遂走到门口招呼："六少爷，来了！"

"王先生好！"王天为还礼。

王正南欣赏王天为的豪放不羁、才智过人。为了不打扰他俩说悄悄话,王正南借口找木氏商量点事情,起身去了前厅。

大小姐王艺亚走过来和王天为打招呼,她不像别家小姐那样羞羞答答,穿戴也和别家小姐不一个风格。水红色锦缎上衣,浅紫色锦缎绸裤,头上戴一个闪光的鎏金孔雀开屏头饰。头饰闪光,和她白皙的皮肤搭配起来,锦上添花。

艺亚打完招呼,到院子里赏花去了。

萍惠没有跟着大小姐去,她给王天为和奚泓倒上茶水,把奚泓书桌上凌乱的纸张整理好叠放在一起,然后她拿起砚台和毛笔去井边清洗。

萍惠返回时,剪了几枝书房门前的月季花,插进花瓶,放到窗台上。窗户中间封着绵纸,可以自由开合。两边镂空雕花,带蝙蝠、石榴等图案。萍惠微微颔首,用鼻子闻闻,她的脸色立刻红艳起来。

书房一共三间,西南出厦,两级台阶。台阶两边种着月季,月季花红黄相间。檐下四根弧形檐柱,柱子上雕刻着梅兰竹菊。台廊上的茉莉、栀子散发出淡淡的幽香。门口左边安置着一张石头小桌,周围四只石凳。

奚泓的眼睛发着亮光,"六哥,我刚借来一套《封神演义》,问家中经管田地的张先生的儿子借的。"奚泓眉飞色舞地说着,"他告诉我他有全套的《封神演义》,我就催他快拿过来,可惜少了一本。"

"我也喜欢这套书,'潍水鱼郎'梅轩叔就有。"

"上海书局印的,油墨不好,每个字的勾画旁边都有黄晕,没几天我就看完了。

尤其是姜太公封神那一段最精彩,还有哪吒闹海,他借着莲花、鲜藕还魂,脚踏风火轮的样子,让我着魔。"奚泓要么不说话,一说话像河水开了闸。"就是书里还有一些东西我看不懂,阐教什么的,着实闷人。"

"你还小,愿意看一些你一枪我一刀的故事,等你长几岁,你就懂故事里所指的阐教是什么了。"

萍惠过来给王天为加了茶水,把奚泓的茶杯往他跟前推了推。萍惠的眼角微微上扬,红晕氤氲到脸上,气氛顿时暧昧起来。王天为是过来人,洞悉其中的奥妙,但奚泓只有十岁多,还未开蒙。一个用心,一个无意,根本合不到一起。

王天为踌躇着:"奚泓,我明天要去北京读书了。"

这是王奚泓没有预料到的,他还以为和往常一样,王天为是过来找他玩的。

奚泓转身对萍惠说:"你去照顾姐姐吧。"他想和天为哥说一会儿话,此去北京,还不知道多长时间才可以见面。

他俩说着话不长时间,从花园里突然传来萍惠惊恐的喊叫:"老爷,您别被槐树枝子划破了手指。"

只听到有人呜里哇啦地发出几声怪叫,奚泓一听就是父亲。他迅速站起来,天为也跟着站起来。

4

王天为在北京齐鲁中学读书。

媳妇吕氏既要照顾不到两岁的女儿,又要不停地穿梭于吉星堂各个角落。一日三餐,都要请示奶奶。她先去奶奶那儿领了指令,打开仓库,按数量称好各种粮食,看着大饭屋的女工摊成煎饼,数了个数,如实上报给奶奶。逢年过节,女工舀了几瓢面,揪了几个面剂子,擀了多少饼,就是鸡下了几个蛋,她都得一五一十地禀报,不能谎报。

天天如此，日复一日，年复一年。

大姑子的婚期越来越近，吕氏晚上捞不着睡觉，扔下绣花针，拾起缝衣针，白天黑夜连轴转。

功夫可怜那有心人，栩栩如生的梅花、喜鹊出现在大姑子的鸳鸯枕、抱枕、对枕上。吕氏还在对枕两头绣上淡雅的兰花，斜角绣着古诗：与我共幽期，空山欲归远。

女子的美好与一尘不染，吕氏用一针一线诠释得纯真而美丽。大家直纳闷，一个不识字的女子，是如何懂得绣上古诗的？原来大姑子跟着惠先生读过私塾，她才是幕后军师，授意弟媳妇绣上去的。

此诗，却未卜先知了大姑子多舛的命运。

黑绸包边的大红门帘，吕氏在中间绣上二龙戏珠，坠着大红穗子，穗扣上包九个铜钱。吕氏还做了厚得不能再厚的龙凤被、合欢被；施针匀细、设色亮丽的绣花鞋、棉裤棉袄。龙凤毛巾上的图案，阴阳浓淡，图案艳丽。

吕氏把这些东西在炕上摆成一大溜，孙老妈惊呼着："六太太，眼跟前，就这绣活在相州没人比得过你。"这句话，孙老妈不知道说了几百遍了。

吕氏有点羞涩："就这点手艺，也就是自家人不嫌弃。"

孙老妈撇着嘴："嫌弃？有本事自己做。"

"可不敢乱说，奶奶听到就不得了。"

"就是守着你说说。"孙老妈瞅瞅门外，哪敢出门说去。

半个月后，大姑子盛装出嫁。

那天天气不应时，太阳缩着头，北风刮得呼呼的。

相州大街上，人挤着人，感觉就像那年五少爷王天檀结婚一样，区别在于今天是看嫁姑娘。

任琳因在帮着六弟媳妇忙活，她的肚子还是瘪瘪的。那年去霞岗天齐庙娘娘殿拴了娃娃，竟然真怀孕了，可惜不到三个月就小产了。后来连续去过七八次，都没有怀孕。王天檀一回家，任琳因就在他耳边念叨让他娶个小妾，给王家生儿育女。王天檀听了火冒三丈，说："你别整天在家胡思乱想，我们祖上就不让娶妾，没有孩子怎么了，还不让人活了？"任琳因看王天檀没有指责她的意思，问他为什么长时间不回家，是不讨厌她了？他回答，有大事要干。

看着大姑姐出嫁，任琳因突然想起自己出嫁时的盛景，万千心酸，万千委屈，突然想哭。

大红花轿，锣鼓喧天，八挑八抬。

"看着了吧，大户人家就是不一样。"女人们指指点点。

"人家的钱也不是天上掉下来的，还不是一辈辈靠读书做官、勤俭持家积攒下来的。"

"这些大户，平日都很节省，儿女办喜事讲场面，就是死要面子。"

"嫁闺女嘛，总得光耀一下。再说王家大小姐好不容易才嫁出去。"这人说的话，有点不怀好意。

嫁妆挑筐里装着紫砂茶具、挂镜、挂屏、胭脂盒子、沉香如意，还有形高、颈小腹大的大瓷撑瓶、染了红色的鸡毛掸子、红木梳头盒子、火盆、脚盆、四季衣裳等。

那些抬着的，是楠木匣子、梳妆台、铜盆架、黄花梨炕桌，还有楸木手箱子一对、书籍两箱、文房四宝一箱、太师椅一套。

送亲的队伍喜气洋洋，浩浩荡荡。吕氏在心里羡慕，自己结婚时，因为娘家不富裕，陪嫁不多，婆婆一直冷眼相看。得来的几个磕头钱，没舍得做衣裳，她托常顺买来一头小牛，养在佃户家里，下了小牛一家分一个。卖小牛的四十吊钱，她从来不舍得拿出来，存在家中账房那里，以备急用。

大女儿风风火火地嫁出去，总算了了王璞的一块大心事。

早饭后,孙老妈附在吕氏耳朵上喜滋滋地说:"奶奶夸你了,说你是王家第一好儿媳妇。"

吕氏红了脸:"那是奶奶高抬我。"

"给大小姐置办的嫁妆,省下一大笔缝衣裳费。"

原来王家第一好媳妇是这么来的。

5

又是一个冬天。不是所有的故事都带着色彩。五十多岁的大姑奶奶,要嫁到城里于家。

对方合大姑奶奶胃口,地主家庭,可以吃香的喝辣的。但是男的比大姑奶奶年龄略大一些,已儿孙成群,所以他不想大操大办。大姑奶奶不认这个理,非得八抬大轿,大鸣大放地出嫁。

于家老地主听了后,急火攻心,竟一命呜呼。王家死爱面子活受罪,抬轿的问回哪里去?大姑奶奶说回家去。抬轿的问哪个家?大姑奶奶答,回城里的家。

大姑奶奶是抱着老地主的牌位拜的堂。然后草草埋葬了地主,大姑奶奶又灰头土脸地回到相州,成了一个寡妇。

自从大姑奶奶回到吉星堂,王璞的心情就没好过,他时常哀叹,苍天为何如此待王家?

他正烦恼着,孙老头跑过来报告:"王辛老爷快不行了。"

王璞喊上二儿子王天成,爷俩一路小跑去了抱德堂。

宗德堂、世德堂、爱贤堂、戴德堂、积德堂,还有王家几个堂号的人都跑过来帮忙。

大家站在院子里七嘴八舌议论着:"要不是受族里人祸害,八哥也不至于走了这条路。"

有的人声音小:"八弟,这个年龄,就要走了呀……"

木氏握紧丈夫的手,她已经十多天没好好睡觉,眼睛肿成铃铛,人消瘦了两圈。王辛瘦得皮包骨头,嘴唇哆嗦着,只有往外呼的气,没有往里吸的气了。

他的手四处乱抓,眼神涣散。他这是要见奚泓,王辛张牙舞爪的样子,木氏看得懂。

木氏朝柳妈招手说:"快去叫奚泓来,让艺亚她们几个也过来。"木氏嗓子嘶哑,发出的声音已经很小。

王辛嗓子眼里,咕噜咕噜的声音越来越大。

"大大!"艺亚第一个哭着跑过来,奚泓兄妹三人也跟着跑过来。

王辛的手继续抓舞着。"奚泓在这里!"柳妈把奚泓推到老爷跟前。王辛突然安静下来,他看了一眼奚泓,看了一眼木氏,他又看了一眼木氏,看了一眼奚泓……

柳妈带着哭音问:"送老衣裳买来没有?别让老爷光着身子走了。"

"没早准备下?"

"八哥这个年龄,能早准备下?"王辛这么年轻,在相州不过七十是不准备寿衣的,问的人才感觉问得荒唐了。

账房张先生进了屋,拿来刚去寿衣铺子买的送老衣裳,艺亚在柳妈的指导下,哆哆嗦嗦地哭着给父亲穿寿衣:"衣裳肥,大大穿着肯定舒坦。"

"大,服服帖帖地穿好您的衣裳。"柳妈继续教着说。

王辛嗓子里咕噜咕噜的声音瞬间消失,手软绵绵地垂下来,一直垂到炕上……

镇上的阴阳先生马上来到屋里,喊叫帮忙的人:"头西脚东,烧几张倒头纸,马上入殓,别让八老爷背炕坯。"

"抱德堂的老人,各堂号闲着的,都过来帮忙。"

王璞看着大家说:"待客的事,你们各堂号自己安排。"他又对宗德堂王兰儒说:"抱德堂和宗德堂,赶紧拨差,一是报丧,二是请纸匠扎糊白马、万寿山、宅院、金山、银山、聚宝盆、金童玉女……"

抱德堂是"孝家",来吊唁的客人不叨扰孝家,由本族本家的叫客人到自己家中吃饭,为"待客"。

租种地主家土地的佃户,地主可随时指派过来干地主家的活计,比如搬送出嫁的姑娘,帮着洗衣裳,节假日帮着做饭,红白事帮着干活等,都叫"拨差"。拨差没有工钱,但必须随叫随到。

阴阳先生第一件事就是写讣告:"中华硕德王辛府少君享壮寿32岁。"他写好递给张先生,张先生贴在影壁墙上。

按照阴阳先生吩咐,门房刘三用白纸做一灵牌放在灵桌上,又剪一个"座签",上端扎起一束白纸条,下端呈尖角,表示丧男。座签绑在木杆上,挂在大门左边。纸条多少看年纪大小,一岁一条。然后,他用竹篾扎一张弓,用苇秆糊三支箭,谓"竹弓苇箭"。箭搭在弓上一起放在灵桌上。

阴阳先生招呼刘三,还有引魂幡,纸条下端也要呈尖角。阴阳先生说着把王璞递过来的五块小石头,分别写上金木水火土,称"五行石",准备下葬时用。

最后,他在备好的青布瓦上画符,查看安葬日期,犯不犯重丧等。他又安排扎糊哭丧棒、扎糊棺罩、车、马,剃剪买路钱等。

一干人等,忙得悲悲戚戚。

6

父亲死后,王奚泓大病了一场,最担心奚泓的是萍惠。

萍惠为什么来抱德堂，此事说来话长。

她家住山海关，父亲虽为武秀才却喜欢咬文嚼字，自命清高，但生性鲁莽，不善营生。平日靠教私塾挣几吊钱为生，时常抱怨生不逢时，"天生我才没有用"，靠喝酒解闷。五十多岁，穷得叮当响，养不活家中儿女。听说抱德堂大小姐需要一个聪明伶俐的女孩陪伴，前去央求同住山海关的王璞过来说情。

萍惠长得乖巧伶俐，绣活与吉星堂六太太有一拼，绣得花儿要绽放，绣得鸟儿要起飞。武秀才乃书香之家，志趣相投，王璞一说和，木氏信得过，萍惠便来了抱德堂和艺亚做伴。

这天是初二，奚泓吃过晚饭，照旧来书房看书。

吱扭一声，萍惠打开房门，一个人来偏房，拿出针线笸箩，准备给奚泓和小姐们缝制过年的衣裳。

"这件毛蓝丝绸穿在奚泓身上，一定好看！"萍惠端详着一块蓝色丝绸走了神。

"什么好看？"萍惠刚才的自言自语，被进门的柳妈听到。

萍惠忙岔开话题说："加上几道褶子，腰身显瘦。"萍惠的手里换了一块鸭蛋青丝绸，给小姐们做衣裳的布料。

柳妈用手比试一下尺寸说："不错，小姐们穿着会更大方。"

柳妈走后，萍惠无心缝制衣裳，出了房门，直接去厨房。她把刘三去集市上精心选购的山药洗干净，用自制的竹片刮去山药皮，把山药切成铜钱大小，加上白糖，放在火炉上炖。

坐在炉子边，萍惠发起呆来。炉子里燃烧的木柴，舔着红红的火舌，不时炸出噼啪的火花。有心事的女人，在夜晚像一幅简笔画。

"萍惠，让柳妈炖就行，你还要缝制衣裳。"木氏从她身后走过来，萍惠都没有察觉。

"没事的。"萍惠回头看一眼太太，脸儿红了。

木氏帮萍惠把耳朵边耷拉下来的一缕头发拢上去。"将来嫁到谁家,都是一把干活好手,"木氏添上一块木柴,"就是不知道谁家会有这等福气。"

像和谁赌气一般:"我不嫁!"萍惠把头一扭,"我谁也不嫁!"

萍惠可爱的样子,把木氏惹得笑起来。

萍惠的脸上起了火,和火炉一个颜色。

萍惠把山药盛到一个细瓷碗里,对木氏说:"给二少爷送山药去!"木氏和萍惠一前一后来了书房。

书房里的四个孩子看到好吃的,聚拢过来。艺亚说:"萍惠做的甜粥,肯定好吃。"

"娘,你也吃!"二小姐静亚上前摇着母亲胳膊,"看,您又瘦了。"

屋里挤满笑声。奚泓一手看书,一手端着甜粥,他在专心致志地看《封神演义》。

粥喝到一半,奚泓的心思还在书里。

7

到了晚上十点,一个穿黑衣裳的男人从侧门进了吉星堂,到书房和王璞耳语几句,匆匆离开。

王璞喊来孙老头,小声嘱咐几句,孙老头从侧门跑着去了宋家庄子。

孙老头见到账房张先生,把老爷说的话告诉了他。

张先生赶紧来到木氏门前,敲门问:"太太,睡下了吗?"

柳妈过来问:"张先生有急事?"

张先生不便对柳妈说,这时木氏听到了敲门声,走出来问:

"张先生,什么事?"

张先生一脸慌张,进到屋里小声说:"吉星堂王璞老爷刚才捎信来,说高密土匪王二麻子要来相州吃大户。"张先生顾不上施礼,"四老爷担心土匪来抱童子。"

高密土匪来相州吃大户,首选就是抱德堂。抱德堂是相州首富,老爷去世又不到一年。

木氏遇到事从来不慌张,她对张先生说:"你去把马车备好,下边的人问起来,就说你老婆生病了,你让人回家送药。"稍停,木氏又说,"你先让马车夫朝着你家的方向走,出了庄子再从东大庙折回来,到后门等我们。"

"我担心镇子上有土匪的眼线。"张先生走到门口,木氏又说了一句。然后她低声吩咐柳妈,去叫醒孩子,带好贵重东西,我们连夜走。

柳妈说:"我留下来看家。"

"不用,你是奚泓的奶妈,奚泓放心不下你,一起走。"

萍惠简单收拾了几个包袱,把贵重东西装进箱子。柳妈领着大家从游廊到后花园,她扒拉开墙角的蔷薇,露出一扇小门,大家依次穿过,奚泓走在最后边。

深秋,夜晚凉意加深。镇子上传来几声狗叫,走过来一辆马车,是张先生。马车上放置着几个大木头箱子,还有几个大篓子。木氏明白这是张先生准备的吃的用的,这个人的办事能力总是超乎她的想象。

"一切拜托先生!"

"八夫人,您放心就是。"

她们立即启程,连夜赶往诸城南部的桃林大山。秋天的夜晚,带着些许静寞,带着些许萧索。一轮弯月挂在空中,像一叶孤舟飘荡在清澈的河中。不一会儿,这轮弯月隐进夜色里,只留下半个脸庞。旁边几颗星星不即不离,月亮才不显得孤单。

小姐们在颠簸和碰撞中睡着醒来,醒来睡着。王奚泓没有睡,书中的故事情节交替出现在他的脑海中:林间、山中、湖畔、水边,突然飞出一支发着呼啸声的响箭,紧跟着就从四面八方涌出一批强盗,喝令"留下买路钱"。若无反抗,便顺顺当当地将钱物劫走;若遇上镖客或护送的官兵,免不了一场厮杀……

萍惠担心王奚泓受凉,从包袱中拿出一件夹袍,给他披在身上。

木氏身心疲惫,她望着苍茫的夜空,心里想,一定要保住抱德堂的后代,哪怕倾家荡产,哪怕丢了自己的性命……

走了大半个晚上,才来到大山脚下。

"这是什么山?"从睡梦中醒来的艺亚问母亲,"我们要在这里住下来?"

"杏花山,"木氏走下车,"这是我们王家祖传的山林。"

什么东西都是模糊的,视线中出现一个个黑魆魆的山头。置身山脚下,不辨星光,薄雾氤氲,裹挟了远山近岭。风拂过山林,石也黯淡,影也婆娑。脚下的促织轻声呢喃,不知名的鸟儿发着怪叫,潮湿的夜如泼墨一般。

艺亚有点害怕,她紧靠萍惠,静亚姐妹躲到柳妈身旁。奚泓却喜欢这陌生的山林,喜欢夜晚山林静静的和谐与淡淡的孤寂。

越走山道越窄,后面的山道窄到仅容马车通过,车夫还不能下地,双脚翘在半空中。山道下是一眼望不到底的大沟,稍有不慎,就会车毁人亡。

马车夫说:"再往前走一段路,马车也不能通行了。"

一小段路后,果真像马车夫说的,路窄得马车也过不去了。奚泓跳下车,萍惠取下装着夫人贵重首饰的大包袱,背在肩上。

走了大约五十米,出现了另一座山。有一条羊肠小道通往山上,车夫让大家先走,他随后把东西扛上山去。

萍惠搀着夫人,艺亚拉着两个妹妹,奚泓扶着柳妈。山上草丛里的促织子多,变换着节奏,高一声低一声地哼着小曲。月牙从云层里钻出来,山上的植被清晰了一些,大片大片的梓椤树分布其间。干净的风和蜿蜒的山路让奚泓睡意全无,他睁着一双明亮的眼睛,看这看那,不时驻足。

萍惠不时地回头,她以为奚泓累了,提醒:"二少爷,你注意点脚下。"

木氏却脚下一个趔趄,被一棵梓椤树钩住,朝着山下滑去。眼看着木氏有生命危险,萍惠不顾自己危险,跳过几棵梓椤树,几个俯冲,一把拽住木氏,把木氏拖了上来。月光下,萍惠左手被树枝划伤了一道口子,渗出血水。她不管不顾,扶着木氏,继续上山。

转过山头,往西走,才出现一条明晃晃的小河,河边散居着几户农家。酣睡中的他们,谁也没有发觉沿河逃亡的几个人,只有村子里的狗狂叫起来。

又走了好长时间的山路,登上一个山坡,大家才见前边游弋一盏灯火。

"是八夫人吗?"一个六十岁左右的老头跑着来到跟前,"我刚收到张先生捎来的口信,下山来接您。"

老头姓王,叫王四娃,祖辈给王家看管山林。张先生送走木氏,叫最贴心的长工骑上快马来杏花山,让王四娃悉心照顾好八太太和少爷他们。长工老家就是南山,熟悉山路,他从后山小道抄上来,说完立即返回了相州。

王四娃提着灯笼在前边带路,大家跟着来到一座石头屋前。

奚泓吸吸鼻子,是山鸡的味道。他跑到石头屋里,喊:"我来烧火。"

"听说你们要来,老婆子把我白天打的山鸡炖上了。"王四娃看一眼正在烧火的婆婆。

第二天,王奚泓早早地起了床。眼前,石头屋子依山而建,被连绵起伏的大山围着,薄雾环绕在山的四周,像是给山穿了一件薄夹袄。太阳出来,脱掉夹袄,大山的线条更加细腻。屋后的山脊上,一道小溪顺石而下。山脚下,一条清澈的小河蜿蜒东去。

奚泓一口气跑到山顶,俯瞰远处,农户小如蚁房,层层梯田,道路弯曲,河水蜿蜒。

"你就是抱德堂的二少爷?"一个黑乎乎的男孩跑过来,怯怯地问。

"你是王四娃家的娃?"男孩看着和自己年龄差不多,身上穿的衣裳打着多处补丁。

"你叫什么名字?"

"石头。"男孩的大眼睛足有山鸡蛋大。

"石头。"奚泓笑着,这名字好。大山里最不缺的就是石头,石头坚硬,随地而生。

第十六章

1

高密土匪王二麻子来相州后，果真先去了抱德堂。土匪用枪托竟没砸开抱德堂的大门，张先生事先叫人在大门后顶了几人粗的大棍。

土匪哪会甘心，继续砸门。这时，诸城东乡一股土匪也直奔抱德堂而来。

两伙土匪，火并起来。结果就是两败俱伤，土匪败走相州。

抱德堂安然无恙。

土匪最忌空手而归，高密王二麻子的手下北撤时，顺手抱走了相州西巷子一户地主家的儿子。绑孩子，土匪叫"抱童子"。土匪开出天价，西巷子地主家一时拿不出这么多钱，第二天才把钱凑齐。心狠手辣的土匪在第一天晚上就把孩子摁在锅底灰里活活憋死了，土匪从来不容忍拖延时间。地主家把钱交给土匪，领回的却是孩子僵硬的尸体。

镇子笼罩在"抱童子"的恐怖中，过了一个月才慢慢地平静下来。张先生亲自到杏花山，把八太太和少爷、小姐接回抱德堂。

木氏他们前脚刚到，王璞后脚就赶过来。张先生把王璞引到上房，见了木氏，互相问候，柳妈给王璞搬来一把官帽椅，让他入座。

"得让奚泓去诸城县立高等小学读书,相州是没法待了,得断了土匪的念头。"

"在南山,我一直考虑这个问题,四哥,您看奚泓什么时候去城里好?"

"事不宜迟,正是开学季,给孩子打点一下,动身吧。"

王璞走后,木氏把奚泓叫到跟前:"你暂时不能在相州待了,我和吉星堂你四大爷商量着让你去县城读小学,不知我儿意下如何?"

自从父亲去世,王奚泓成熟了很多,他说:"母亲放心,只要有书读,儿去哪里都行。"他沉吟一下,又说,"柳妈的男人和孩子都没了,你要按时给她几个零花钱。"

"这个不用你担心,母亲的为人你还信不过吗?"

2

转眼到了来年春天,吉星堂二少爷王天成结了婚。

八太太姓孙,名本华,是一户地主家的独生女,从小娇生惯养不说,衣来伸手饭来张口,从来没干过一天活。

本华人如其名,长得非常好看,乌黑的头发盘在脑后,两缕头发垂在耳旁,水绿色的簪花衬着黑发,清雅脱俗。她穿一件水红锦缎棉袄,下身是一条黑色丝绸棉裤,举手投足,丽质天成。

…………

时间过得太快了,一晃又是一个春天。孙本华非但没适应给公爹梳头、听公婆指令的生活,在吉星堂,她感觉一天比一天透不过气来。

直到生下儿子王致航,孙本华的脸上才见笑容。

一天,吕氏来看望本华。本华刚照顾儿子睡下,看嫂子来了,骗腿下炕问候。

"妹妹,奶水多些了吗?"吕氏看看孩子,"致航还是不胖呀。"

王天成的大儿子,王璞给起名"王致航"。

本华第一胎就生了一个男孩,嫁妆也满满当当的,在婆婆眼里有面子,婆婆时不时地嘱咐吕氏多关照弟媳一些。长嫂如母,公婆不说,吕氏也会照顾本华,况且两个人的名字里,都有一个"华"字,吕氏感觉两个人就像亲姐妹一样。

吕氏,叫吕青华。

"六太太,您坐。"照顾孙本华的韩妈搬来一个花凳,她惴惴不安地说,"八太太还是奶少。"

吕氏穿一件毛蓝偏襟棉袄,大洋布衬领。青色棉裤,裤脚缠着绑腿。白色洋袜子,尖角黑棉布鞋。鞋子前部尖圆,后部圆肥,系鞋襻。鞋头绣着缠枝牡丹两朵,绣功精妙绝伦。

孙本华一直羡慕嫂子的手工活,夸奖说:"嫂子,你绣的牡丹像活的一样。"

"妹妹喜欢,嫂子哪天也给你做一双。"

"那敢情好。"本华笑起来,像是刚开的月季花儿。嫁到王家,很少看到她笑过。

"这是我父亲的把兄弟樊子山开的下奶偏方,你试试,看管不管用。"吕氏从口袋里掏出一张纸条,瞅瞅门外,"樊大夫医术了得,在相州一带很有名气,放心吃就行,就怕奶奶……"

"猪蹄一只,木瓜四只,炖烂食用,连吃三天。"本华念的时候,声音很小,她也条件反射地望望窗外,她俩都怕被奶奶听到。

"韩妈,晌午头时你去厨房炖了给八太太吃,那时奶奶正好困午觉。"吕氏吩咐着韩妈。

"嗯。"韩妈点了点头,张了张嘴,但是没说什么。韩妈不说,妯娌俩也知道她想说什么。

"我把猪蹄扣到瓦盆子底下了,去年你们不是晒了很多木瓜?"吕氏的声音更小了。

"木瓜有,晒干了收在笸箩里,我这就去取。"

韩妈离开后,吕氏才站起来,对本华说:"妹妹,有什么委屈你跟嫂子说说,别憋在心里,会憋出病来的。"

"嫂子,我……"

"习惯就好了。"吕氏轻轻拍拍本华手背,"做媳妇就这样,你心里就是压着一口气,把气逼出来就有奶了。"

本华的眼泪不由自主地掉出来。

有人来敲门,是孙老妈,她急三火四地过来找吕氏,说奶奶让她过去一趟。

吕氏让本华好好休息,她走出屋子。本华的屋外长着一棵老杏树,杏花骨朵像抹上去似的,一不小心就会蹭下来一些。一只从没见过的鸟儿在树上发出一声怪叫,吕氏听了心里慌慌的。她想近前看看是只什么鸟,一摊鸟屎啪地落在了她的头上,她连着吐了好几口唾沫,呸呸呸!

鸟屎掉到头上真是晦气,这是只什么鸟?为什么会落在杏树上?为什么朝着自己叫?为什么把鸟屎拉到自己头上?它要告诉自己什么?难道要发生不祥的事情?

无数个为什么纠缠着吕氏。每次听到婆婆召唤,她总是紧张。她踮着小脚,穿过天井,恓惶地朝上房走。刚到后院,她又听到自己头顶上传来那只鸟的怪叫,她顿时绷紧所有的神经……

吕氏走到上房,感觉像是长途跋涉。

奶奶说话比以前温和了许多,毕竟吕氏给大女儿缝制了一大套嫁妆,算是给吉星堂立下了汗马功劳。

"明日是二月二,你把事情都安顿安顿。"

"娘……"吕氏刚要张口说弟媳的奶不多,是否用樊子山的下奶偏方。不想奶奶抢先说:"本华我看就是娇惯,这不吃那不吃的,难道还要我张着口喂她?"

"她……"

吕氏小心地看着婆婆,谨慎地说:"她在家没干过这么多活。"

"你是说嫁到王家,她受罪来了?"奶奶立时火冒三丈,"谁做媳妇也不是来享福的,当年我做媳妇那会,比你们……"

奶奶刚要吐出"受罪"二字,一想不对,生生地又把这两个字咽了回去。

"我不是……"

"不是什么?"奶奶接着发火,"要不是看在你给大姑姐做了套嫁妆,我处处让你个头高,不过做人也别太嚣张了。"

大恒这时跑过来,依偎到吕氏身上:"娘!"

吕氏眼皮包着眼泪,就是不敢掉出来。

"回去吧!"奶奶把大恒拉到身边,把烟袋锅子朝鞋底上磕磕,说:"老八家的奶不多,你给她找个添奶的。"

3

吕氏恐怕明天起晚了,她先到大饭屋对女工交代清楚要做的事情。两个女工刚摊完煎饼,脸上身上都是灰。

"六太太好!"吕氏脾气好,对下人从不甩脸子,女工见了她也不紧张。

没等吕氏吩咐,她俩就争着你一言我一语的:"六太太,明日早晨吃面汤?"

"二月二,肯定要吃龙须的。"吕氏笑着回答。

"你看我这嘴。"宋妈用左手拍打一下,"我怎么胡说八道起来。"

秦妈清点着煎饼个数，说："宋妈的面比我擀得好，我负责去小饭屋炒蝎子豆。"

"你说我手艺好，我就手艺好了，总得六太太说了才中。"

"你是要卖怎么的？"宋妈随手把秦妈头上的一根麦秸草拿下来打趣道。秦妈随手打了一下宋妈，"就我这张皱巴巴的脸，卖给谁？"

女工在吉星堂每天不得闲地干活，还总是有说有笑的。吕氏羡慕她们，这种羡慕写在脸上，她和气地说："秦妈，你揭着煎饼，我和宋妈去舀面，回来时，我再过过煎饼数。"

去面屋舀了五瓢面，吕氏点完煎饼个数，临走时她嘱咐："往外送草灰时，检查一下有没有火星子，别弄起火来。"

吕氏踮着小脚，去上房对奶奶汇报今天摊了多少个煎饼。奶奶拿下嘴上的烟袋，问："明早的事安排好了？"

吕氏点点头，她没有看到大恒，也没敢问。生了儿子，却没有管儿子的权利，吕氏的郁闷不少于弟媳本华，只不过她肚子大，能容事。做大户人家的儿媳妇，没有个能容事的肚子，前景乐观不了。

吕氏已经好几天没去看望大姑奶奶了，她穿过回廊，顺脚过去一趟。大姑奶奶坐在门口晒太阳，吕氏脆生生地喊一声："大姑！"

"来了！"大姑转过身子，"你可有些日子没来我屋了。"

吕氏挨着大姑坐下来。

大姑奶奶屋前种植着几丛月季，花名"金凤凰"，植株健壮，花色金黄，开时明艳，无香气。丫头给六太太施礼，去屋子里端出一杯茶。

大姑奶奶的脸上抹了粉，依然遮不住眼角的皱纹，不笑还好，一笑显得更老。"我是老在娘家了，混天熬日头的，就是等死！"

"大姑,您可别这么说。"

大姑奶奶站起来,随手折下一朵月季花,递给丫头。"哼!多亏爹娘还给我留下些地,你公公婆婆才不敢给我使脸子。"

只差一个火星,就可以把大姑等到五十多岁才出嫁,却嫁给牌位的怒气激出来。激出来,将是一场难以扑灭的熊熊大火。吕氏看事不好,找个借口溜之大吉。

她直接到西厢房看望弟媳,本华躺在炕上,看到嫂子便马上坐起来,说:"嫂子,偏方喝了一次,心里就舒坦了很多。"

"舒坦就好。"

4

小饭屋挨着饭厅,炎热的夏天,女工都去小饭屋里做饭。小饭屋里支着一口大锅,一盘小炕,暂时没有人住。屋前种植着好几棵大月季,月季丛生,盛开着大红的花朵,蜜蜂在上面盘旋飞舞。王璞嘱咐孙老头以鱼腥水浇之,花朵大而艳丽。

秦妈推开饭屋门,把"蝎子豆"放在大锅台上。她刚在锅底点着火,大恒不知道从哪个地方跑过来,撒娇说:"秦妈,我要听瞎话。"

秦妈是个瞎话篓子,她经常讲给大恒听,他听上瘾了。

"我要烧火,"秦妈逗着大恒,"误了事,奶奶少不了骂我。"

"她不会骂的。"大恒目空一切,不把奶奶放在眼里,"说!快说!"

秦妈给大恒讲了这样一个故事:

相州街里有一户大地主,他家后花园一直没人居住,都说闹鬼。半夜常听到几个小孩在嬉戏吵闹,还不时传出朗朗的读书声。一日,

古琴

一个刘姓人路过这里,看到小院赛过仙境,主动要求来小院居住,他还把自己的名字改为"和尚"。到了晚上,他听到孩子的读书声,但感觉就像是自己的孩子。之后,他娶妻生子,每生一个孩子,就少一个孩童的读书声,直到他生了三个儿子,读书声彻底消失,小院从此安静。

后来,这个人做生意发迹,成了相州大户。有人问起,刘姓人家说了实情,他精通相州历史,此地原来是个庙宇,庙宇的阴气不适合寻常人居住,故晚上才有动静。他把名字改为"和尚",和尚住庙,自是理所应当。

"小少爷,到别处耍吧。"说完故事,秦妈催促着大恒快走。

"我还要听一个,"大恒要无赖,"你不给我讲故事,我对奶奶说你不好好干活。"

"小小年纪,就这么多坏心眼子?"

"谁叫你不说。"

"我教你唱个民谣吧,唱完这个,你必须走。"

"中!"大恒两只手托着腮,立起耳朵听。

"二月二,龙抬头,家家锅里嘣豆豆,惊醒龙王早升腾,行云降雨保丰收。"

秦妈唱一句,大恒跟在后边唱一句。

"二月二,煎年糕,细些火,慢点烧,别把老公公的胡须烧着了。"

秦妈一边唱,一边朝灶底扔一把麦秸草,灶底忽地鼓出一股青烟,豆香顿时包围了小饭屋。

大恒站起来想凑到锅边看,秦妈吓得说:"小少爷,快走吧,被老爷奶奶发现,把你的干净衣裳烤脏了,非得骂死我。"

锅里的豆儿开始炸裂,发着嘭嘭声,地瓜的甜香和豆花的浓香搅和在一起。大恒大声说:"秦妈,我要吃豆儿!"

秦妈把裂了身子、带红皮的地瓜棋子放到小簸箕里凉透,递给大恒几个,说:"不是我不给你吃,咱家的规矩你不是不清楚。你是小孩子,我不敢给,被奶奶知道了……"

"大恒!大恒!"胡妈在远处高声喊叫。

大恒一溜烟跑了。

孙老头在井边撒草木灰,路过的大恒看见,好奇地问:"你在干吗?"

一看是大恒,孙老头撒谎说:"我在抓蛐蜒。"

"抓了蛐蜒喂金鱼?"

"嗯。"孙老头心里笑,小孩子真好哄。其实,草木灰是从潍河边一路撒来的,直撒到家中的水井边。在相州,这叫"引龙"。引龙有两种目的:一是把龙引到家中,龙来了,百虫躲避,大人孩子不得病;二是兴云布雨,雨可以下到王家田地里,万物皆收。

古琴

第十七章

1

　　章太炎因为"苏报案"被清廷逮捕，判刑三年。出狱后，被孙中山派人接到日本。

　　那天是六月初六，两千多留学生来迎接章太炎。六月，在日本素有"水之月"之称，是雨季开始横扫日本全境的月份，降水量全年最高。这天风追着雨，雨追打着留学生头顶的雨伞。留学生站在漫天的雨帘中，热情地呼喊："欢迎章太炎先生！欢迎章太炎先生！"

　　从诸城来留学的王熙和王方庐置身在这满腔热血的人群当中，他们都想一睹敢骂光绪皇帝"小丑"的革命志士——章太炎。王方庐走到哪里都背着他那把心爱的古琴，担心琴被雨水淋湿，他一手抱着琴，一手打着伞。章太炎第一眼就注意到这个另类的学生，因为他不仅喜欢弹琴，更是个另类的人，人称"章疯子"。

　　在先秦时期，琴已流行。孔子倡导的"六艺"中的乐，主要指古琴。相州王家和孔家姻亲不断，王熙的爷爷王长普多次参与孔府雅乐的典礼。王方庐在来日本之前，从刘闰精心制作的古琴中甄选了六张送给曲阜孔府，琴底刻有"弟子王方庐敬献"。

　　丁承德把章太炎请进屋，外面的雨下得更大了。章太炎招手让王方庐跟着进屋，王方庐正不知道进好还是不进好，章太炎又喊:"让你进就进,磨蹭什么?"

王方庐只好走进来,丁承德喊着不肯离去的学生,说:"大家暂且散去,章先生暂时留居日本,有的是请教的机会。"

章太炎无视屋里其他人,劈头就问王方庐:"你叫什么名字?从哪个省份来?跟谁学的琴?"

王方庐才来日本一个月,是投奔丁承德来的,二人同龄,很快成为好友。王方庐和王熙在诸城东武公学教授音乐,传播革命思想,刚到日本,丁承德就让他俩加入了同盟会。他俩一边帮着发行《晨钟》报,一边考察就读哪个学校。王方庐从来不爱凑热闹,况且屋子里的都是大人物,他本不想进来,但章太炎先生让他进,他就不好拒绝了。章太炎问得这么急,同盟会里的纪律他还不是完全清楚,正不知如何回答,丁承德替他解了围:"王方庐的理想是音乐救国,他来日本学习音乐,主要想振兴国乐。"

"好!"让章太炎喊出个好,可是不容易。

章太炎的性格真是怪,他从来不喜欢别人代为回答,喊了"好"后又没好气地说:"我问他,又不是问你。"

很少有人跟丁承德这样说话,但这人是章太炎,得另当别论。

章太炎的性格倒是和王方庐对路,第一次见面就有知音的感觉。王方庐回答:"章先生,我叫王方庐,来自山东诸城,师父叫王方源。"

都知道章太炎爱抽烟,早有人给他递了香烟,他吸烟不是把烟蒂含在嘴里,而是把一根烟的大半含在嘴里。刚才他边吸烟边和王方庐说话,说得专注,烟烧到嘴唇,可能烧疼了,章太炎拍着嘴,嘴里还冒出火星来,这"魔术"场面大家也不敢笑。

章太炎喊着再给他一根烟,然后对着王方庐说:"你师父王方源,我在北京就听过他的名字,琴弹得好。"

丁承德忘了章太炎刚才批他的事,说:"他师父不光琴弹得好，书画、诗词都好。"丁承德是从王云龙的来信中了解的王方源，因为王云龙每锁定一个同盟会员，都来信向丁承德汇报。

这次，章太炎没有斥责丁承德，说："既然把人家方庐叫了进来，请他抚琴一曲如何？"

既然章太炎执意让王方庐弹琴，丁承德说："那就欢迎王方庐先生弹奏一曲，算是迎接章太炎先生。"

"弹琴就是弹琴，别说迎接不迎接的。"章太炎鸡蛋里挑骨头。

丁承德苦笑一声，没有作答。那边王方庐已经坐下抚琴，他弹的是《秋江夜泊》。从他琴声中流露出的沧桑与漂泊、寂寞与惆怅，正与章太炎此时的心境相吻合。

屋里的这些革命者，漂洋过海，抛家舍业，为推翻清朝统治，不顾家庭，只关心民族大业，喜怒哀乐可尽弃，功名利禄已无惑。曾经的漂泊，人生的沉浮，世事的烦忧，随着王方庐琴声的诉说，悲伤激荡。懂古琴的觉得王方庐弹得太好了，不懂的觉得王方庐也把他们的心情用琴声表达了出来。他的琴声刚一停歇，掌声就响了起来。只见章太炎站起来，一脸激动，走到王方庐前，说："国之无乐，蒙大耻辱久矣，朝枢乃甚无人，却不知山东者王方庐何也？"

有章太炎这一句话，王方庐顿时在留学生中有了名气。章太炎建议王方庐就读东京音乐学院，王熙就读艺术大学，都是学音乐的。学成之后，都可回去报效祖国。

章太炎不久就任《民报》主编。在东京留学生欢迎会上，他呼吁，只要晓得历史，"就是全无心肝的人，那爱国爱种的心，必定风发泉涌，不可遏抑的"。他以王方庐的古琴为例子，讲解国学作为培养民族主义情感的重要性，如果国不幸衰亡，只要学术不绝，国家就有复兴的希望。

一到周日，章太炎如果没有大事，就让丁承德约王方庐来弹琴交心。就是丁承德不约,王方庐也和王熙约好,周日来找丁承德,一是家里的书信都寄给丁承德转发,二是来看看丁承德有什么安排需要他们去做。

转眼到了八月,王方庐和王熙分别收到家里邮寄来的钱和衣物。他俩拿走衣物,把钱都给了丁承德。王方庐说:"听说章太炎先生蘸着盐粒子吃饭,买菜的钱都没有,这些钱留给他用。我写信,让父亲多寄些钱过来。"

丁承德说:"你俩留点,也得吃饭。"

王熙说:"丁先生,我俩你不用操心,抽时间教课,饭钱就有了。"

两个人坐了一会儿,看看没有别事,计划告辞。丁承德忽然想起来什么,说:"中午你俩留下,我们山东昌邑的一个老乡要来,应该很快就到了。"

2

丁承德千方百计发展会员,诸城、五莲,交给王云龙去发展,这个他放心。昌邑的陈明侯时年二十五岁,有勇有谋,文武兼备,丁承德派人去劝说。陈明侯早就想加入同盟会,但是他说,入盟何必在分部,宣誓当到本部去!陈明侯十六岁时因家贫失学,随父亲到东北谋生,看到日本人在东北的恶行,作诗:"孺子降生日,中原多难时。老亲曾一嘱,恢复属男儿。"

就要见到这血气方刚的陈明侯,丁承德心里激动。他让人帮着做了几个山东菜,正好王方庐师兄弟来,他一直还没招待他俩吃顿饭呢。

陈明侯在东北奔走学习军务,他崇拜章太炎,听说章太炎来了日本,他也以学习军操的名义到了日本。刚进门,陈明侯就喊着:

"章太炎先生在哪里？"

丁承德几个人齐齐看向陈明侯，好英俊的山东大汉，一米八多的大个子，浓眉大眼，双目炯炯有神。丁承德问："是陈明侯吧？"

"是俺，您是哪位？"

接他的人回答是丁承德。陈明侯抱拳："噢！幸会。"

丁承德把王方庐、王熙介绍给陈明侯，老乡见老乡，两眼泪汪汪。陈明侯也不急着见章太炎了，坐下吃晌午饭，聊一些山东的事。虽然才来几个月，在王方庐和王熙的心里，却像过了好几年，两个人都想问问老家的事。

陈明侯好几年没回山东，但从家人的书信中，了解到山东这几年也不平静，革命党都在活动，要么在学校，要么在新军中。

丁承德趁机问："你身边有没有优秀的人才，可以发展到同盟会来。"

"你还真问到点子上了。我有两个好兄弟，一个叫启予，一个叫蒋慕谭，都是河北人。蒋慕谭原名蒋建封，因仰慕谭嗣同，把名字干脆改为蒋慕谭了，他俩都毕业于'保定军校'，能文能武，我们仨早就结拜为兄弟，人称'关东三侠'。"

丁承德一听很高兴，又结交了三个有血性的同志。

章太炎那天去了别的地方，陈明侯是三天后才见到他的。和章太炎聊了几句，陈明侯发誓："陈明侯不死，国家不亡。"丁承德提出让陈明侯加入同盟会，他痛快地说："这次来日本，就是干这个来了。"

当即，丁承德让陈明侯填写表格，念了誓词。

又过了五天，正好孙中山来东京，陈明侯去拜见，他太激动了，进屋竟然忘记脱鞋，手下人认为陈明侯狂妄，孙中山则认为他不拘小节，能干大事。

陈明侯一坐下,孙中山开门见山地问:"同意加入'铁血丈夫团'吗?"

为了掩护革命组织,当时革命党人在同盟会之外的士官生中发展革命团体,而团体的构成,以士官生加入同盟会者为限,绝不容许别的人员加入,开会地点则临时决定。至于团体中的一切会务、重要活动等,仍然受同盟会本部直接指挥,等于是同盟会的直属分部,或者说,是同盟会下属的一个革命团体。于是,一些秘密小团体纷纷出现。在这些团体中,人才多、规模大、重点进行北方地区革命的,要算"丈夫团"。丈夫团成立后,其组织名册、一切会议记录等都呈报同盟会总部备案,并请求总部保守秘密。

"丈夫团"刚成立时,只有二十八个人,现在陈明侯是增补人员,他当场宣了誓。

时隔不久,启予被校方以"煽动革命"罪开除学籍,后又被扣上"诋斥官府"的罪名逮捕。获救后,东渡日本留学。在日本,他和陈明侯一同加入"铁血丈夫团"。

之后,他们几人受孙中山委派,回国到东三省进行秘密活动。

3

陈明侯和启予回国后,秘密来到东北。他们先在吉林梨树县高丽门外郭家店策划暴动,不想计划不周,被叛徒告密,官兵前来抓捕,他俩只好逃亡到辽阳。

在辽阳不敢久待,陈明侯带着启予,回到山东昌邑。

而刘恩泽被迫离开济南后,先是带领三十多名追随他的学生回到家乡高密隐居,并联络王书山、王天檀等革命党人秘密开展活动。此时,山左公学的危机并没有因刘恩泽的离去而缓解。原来支持刘恩泽办学的山东巡抚杨士骧刚一调走，山左公学就被方砚念查禁，清廷下令缉拿刘恩泽。

刘恩泽从丁承德的来信中得知陈明侯已回到山东，就写信给昌邑的李长庚，他是刘恩泽在济南师范馆发展的同盟会员。

李长庚从济南回昌邑后，一面办学，一面进行民主革命活动。他常说："读尽万卷书，无实用，不谓识字；养成四方地，能自立，才是大丈夫。"

第十八章

1

光绪三十三年（1906），王云龙接到丁承德回国的消息，带着王居一赶到丁家。

丁承德握着王云龙的手说："王先生，这几年在诸城所做的革命工作，别人不知，我是深知你的艰苦付出。"

王云龙微微一笑，引着王居一说："先来拜见丁先生。"

王居一早就对这个老乡慕名已久，今日一见，果然不同凡响。几年后，王居一成为丁承德最得力的学生。

回国探亲，是丁承德打的幌子，其实他是回来秘密探访革命基地。第二天，丁承德约上王云龙父子来到青岛，落脚在万和春饭店，一人点了一碗排骨米饭。三人的米饭还没吃到一半，匆匆过来一人。这人中等个头，面貌平和，朝着丁承德打招呼："表弟，来多久了？多有待慢，刚去处理一件小事，来晚了。"

丁承德多机警的一个人，立即回答："表哥，不用客套，我就是带两个亲戚来青岛随便逛逛。"

等三人把排骨米饭吃完，来人把他们带到一个僻静的小院。这人握住丁承德的双手问："什么时间回国的？我接到您的电报就赶过来了。"

"省河，我昨天才到，主要回来考察一下青岛。"丁承德指着王云龙和王居一说,"都不是外人,有事但说无妨。"

小屋里布置简单,除了一张桌子、几个凳子和喝水的茶具,就是一盘小炕。栾省河给他们每人倒了一杯水,迫不及待地问:"会长,这次回来给我派的什么任务?"

丁承德没有着急回答,而是向王云龙父子做了简单介绍,栾省河和丁承德一同去的日本,见过孙中山,还是孙特别器重的人。碍于组织机密,丁承德没有告诉他们栾是"丈夫团"的人。

介绍完,丁承德对栾省河说:"我计划在青岛创办《晨钟》报分部,你看如何?"

"这里受德国管控,办报没问题。"

"那就好,具体事情你来负责。我还有一个办学想法,等回日本和章先生商量后再定。"

丁承德继续问:"具体工作还有困难不?"

"今欲革命,必不惜做贼乃可,若乃顾身家,惜名誉,此事终无实行之日。"

栾省河当场表示,他会尽最大努力办好《晨钟》报分部,包括所需的一切费用,他都大包大揽。栾省河做事缜密,因为是第一次和王云龙父子见面,他借口出去方便,朝丁承德使个眼色,丁承德跟出去,他悄悄地说,昨天来密信,让他择机南下参加武装起义。

丁承德问:"时间定下了?"

"还没最后确定,一旦确定,那边会第一时间通知我。"

"切记,注意安全。"

丁承德走时再次握紧栾省河的手,但是一句话也没有说。其实,他的心里五味杂陈,这些革命志士,把脑袋拴在裤腰带上,随时都会丢命的。但如果不能舍生忘死,又怎么会取得革命胜利?他一介书生,为了革命,不也卷入你死我活的斗争中吗?

王居一路上主动问起王方庐和王熙在日本的情况，丁承德才想起来，说："我把这事倒给忘了，他俩让给家里捎个口信，都很好。多亏有他俩，帮我做了很多事。"

2

丁承德回到日本，章太炎给他接风。丁承德说："青岛是租借地，在那里办个公学，便于培养革命人才。"

丁承德在青岛办学得到了章太炎的认可。最后决定由丁承德负责向东京鲁籍日侨劝募，刘恩泽负责国内筹款，章太炎在东京延聘教师，派遣陈明侯到青岛筹划负责建校。

此时，陈明侯正在逃亡的路上。

到家的当天晚上，昌邑议事会议长李长庚找上门来。陈家人以为是来抓陈明侯和启予的，大声向屋里示警："李议长，登门有何贵干，屋里脏乱，等我们收拾一下，再请您进屋。"

李长庚马上意识到陈家人产生了误会，爽朗地回答："我知道陈明侯回来了，特来拜访。"

陈家人一看藏不住，陈明侯也不想连累家人，大步走出来说："我是回来了，要杀要砍随你，但不能伤及我的家人。"

李长庚哈哈一笑，"陈老弟，你看我是那样的人吗？"他开玩笑说，"怎么着也得让我去屋里坐一会儿吧。"

陈明侯把李长庚让到屋里，他才说是受刘恩泽之命来传递信息的。原来李长庚在济南就经刘恩泽介绍加入了同盟会。从济南回来后，他一面办校，一面进行民主革命活动。他当议长后，颁布议案：戒鸦片，禁赌博；取消盐场官吏对农民小贩额外加税的陋规；取消衙役下乡传案索取出差费和跑腿费，改为按里程给予合理补资；取消县衙过堂先交各种差费，然后才能呈案候审的勒索恶习。议案很快得到昌邑老百姓的认可和赞扬。

陈明侯有点不好意思，赶忙给他倒水，对他讲吴樾炸五大臣、徐锡麟刺杀恩铭，希望他们几个人也干一件惊天动地的大事。李长庚说，正有大事等着你去干。

刘恩泽捎来口信，让陈明侯和启予尽快去青岛，具体干什么事情，李长庚也不清楚。

在高密秘密组织革命活动的刘恩泽，接到王居一托王天檀转来的密报，让他告知刘恩泽，快速撤离高密。为躲避追捕，刘恩泽只好前往青岛。

陈明侯和启予接到刘恩泽的口信立即赶到青岛与他汇合。刘恩泽有在济南山左公学的办学经验，人又有威信，被推为主要负责人。

别看陈明侯年轻，在圈子里，他被称作性格鲜明的"振古之奇人"。他能文能武，生长在思想传统的家庭，他走上革命道路后常说的一句话就是："不知种族之义者，不足以言政治，更不足以言爱国。"

这天是个周末，陈明侯举行宴会，希望大家出资兴办公学。在座的即墨人吕自任认为陈明侯是维新派，站起来训斥他。

陈明侯说："康梁何足道，必欲救中国，非革命党不可，革命党者，孙文为之率。"说着拿出《天讨》让吕自任看。

《天讨》是同盟会《民报》临时增刊。吕自任拿过来一看，上面有大小十三篇檄文。吕自任又问："然而，你是革命党吗？"

陈明侯曰："革命余本能，余有志焉，君亦有意乎？"

吕自任从十四岁起，来青岛学习德文，早就痛恨德国鬼子在青岛欺行霸市之行为，那些给德国人拉大炮的同胞苦力，还有今年刚建的德国总督府，无时不在挑战着作为一个有血性的中国人的底线。今遇到陈明侯，可谓同路人，吕自任接着加入了同盟会。

他拿出自己的积蓄,临近胶州街(今胶州路)的一处民宅作为青岛公学校址。

大家讨论辩证了好几天,最后将所办的学校定名为"震旦公学"。以震旦为校名,寄托着振兴中华之意。

远在日本的章太炎闻讯青岛创办震旦公学,致函陈明侯:"知青岛大有可为,喜极。"

在筹备学校过程中,陈明侯与刘恩泽分任学校正、副教习。

济南山左公学的学生听说刘恩泽在青岛成立了震旦公学,纷纷前来参加。寿光赵魏民带着刘梅武、王雍夫他们也赶来了。

刘梅武,豪侠之士,精通武术,会飞檐走壁。

刘梅武当了武术老师,日夜演练这些壮勇青年。他和盐民打成一片,一同打击贪婪的盐商、烟贩等。为了革命,刘恩泽成了募捐高手,他利用各种机会向同情革命的各界人士募捐。

丁承德则在旅日华侨中募捐,把募捐文刊登在各大报纸上。

王天檀也来到震旦公学,刘恩泽让他陪自己去诸城。

王天檀直接把刘恩泽领到琴心堂,王方源已经知道王天檀的身份,也就猜测出刘恩泽的身份。

中午时,王方源约了臧植堂、臧少梅、孟陆前来作陪。刘恩泽也不隐瞒:"我在济南的事情,想必大家都已经知道,我正在青岛按照丁承德之指示筹办震旦公学,培养人才,以待更大的革命到来,还望诸城的同人鼎力相助。"刘恩泽说到同人,大家有点蒙。只听刘恩泽继续说:"今天我更重要的任务,是发展大家加入同盟会。"

大家今天亲耳听到刘恩泽宣布,心里别提有多激动了。

王天檀拿出表格让大家填写。刘恩泽特意叮嘱留一些表格,给臧翰林、孟炼、隋棠、王景鬲、王在萱。

臧植堂当场许诺赞助震旦公学三千两银子,后续他还会支持。

王方源、臧少梅、孟陆都表示要卖地捐款。

刘恩泽当天没有走，住在臧植堂家。他和臧植堂谈了整晚，丁承德的意思是让臧植堂回老家仁里建义勇队，加紧训练，以备日后大用。

刘恩泽告诉臧植堂，总部会派人来当教官。

仁里为诸城县许孟练，有诸城西乡最大的地主臧家，素称"北有巴山，南有仁里"。

第二天早上，刘恩泽和王天檀一同离开。

臧植堂去臧家庄找堂哥臧翰林，让他填写入会表格，着重谈了建义勇队的事。臧翰林早就建有一支五六十人的防御团，经过几年的训练，已经是一支战斗力很强的队伍。他授意臧植堂，张贴告示，择优录取。

因为是臧家招人，报名的不计其数，最终择优录取了三百人。

3

刘恩泽负责筹备办学经费，其他事项由陈明侯负责。

为了寻找有力的师资力量，陈明侯专程赴日，同丁承德、章太炎等商讨办学事宜，并负责延聘教师、招生。

经过一个月的努力，办学资金和师资力量已经不成问题，剩下的就是办学资质。德国人对同盟会在青岛的活动已有耳闻，恐怕革命党人办学会危及他们的殖民统治，当陈明侯等人要求办学立案时，立刻拒绝。陈明侯当即与德国官员拍了桌子，愤怒地质问："你们可以立案批准妓院，建学校却不行，难道你们大德意志是器重妓院而轻视学校的吗？"

掷地有声的质问，让德国官员无言以对，只得批准。

青岛大鲍岛区胶州街，正式挂出"震旦公学"的校牌。

震旦公学，其实是同盟会在青岛的革命机关。学校的教职员工都不领取薪水，与学生同甘共苦。师生之间互教互学，无论是谁，只要具有一技之长，就可以成为老师。

学校重视革命思想教育和对学生军事技能的培养，注重把革命思想传播到校外群众中去。

震旦公学虽然规模不大，但师资力量强。

在震旦公学的影响下，礼贤书院的学生也在书院内开展革命活动，学生向校方提出改革教学法，他们干脆剪掉发辫，以示与清政府决裂。

栾省河在全力创办《晨钟》青岛分部的同时，广结豪杰，为震旦公学募款。

在关键时刻，震旦公学联络青岛船厂工人举行了一次反德罢工斗争。各界群众来校串联集议，成为北方社会运动之开端，反对不平等条约。厂里有一个潍县人丁学舜，从小顽皮却聪慧过人。他幼时常拿着秫秸站在高高的土堆上，指挥着小伙伴们冲锋陷阵，摸爬滚打。因家境贫困，他只读了两年乡塾，就随父亲来到青岛，考入德国人办的水师工程修船厂当学徒。目睹外强入侵、清廷腐败，丁学舜向往革命，在此期间他结识了同族丁承德，加入同盟会。他一面秘密组织技工制造炸弹和炸药，提供给革命党人；一面在厂内外积极开展活动，介绍修船厂工人参加革命。

震旦公学开办之后，大批有志之士陆续来到青岛，看到这种情况，清廷十分恐慌。

学堂开办初始，山东巡抚即向德国胶澳总督提出取缔震旦公学的"照会"，胶澳当局未予理睬。

震旦公学的革命活动，渐渐触及德国殖民者利益，引起他们的不安，震旦公学自然而然上了德国殖民者的"黑名单"。

为了防止震旦公学继续从事革命活动，德国殖民者派密探秘密监视学校师生举动,并准备伺机破坏。

当时,德国正无理要挟清政府,索要茅山、潍县、诸城、沂水、沂州等五处矿山开采权,而清政府竟默认德国这一掠夺要求。消息传出后,陈明侯怒不可遏,联络商学界爱国人士,与济南一起组织"山东矿产保存会",领导保矿爱国斗争。

诸城东武公学的学生上街游行,与青岛震旦公学呼应,支持保矿运动。

1908年年底的一天,德国胶澳总督责令陈明侯关闭震旦公学,遭到陈明侯驳斥。

德国殖民当局见无法使陈明侯等革命党人就范,派巡捕包围学校,将震旦公学强行封闭。

年后,胶澳当局下令查封震旦公学,学校只办了近一年时间就被迫停办。

陈明侯哭着给丁承德写了一封血书,字和拳头一样大:"明侯不日出境,震旦公学自将消去,望先生速来青岛主持一切。"

第十九章

1

震旦公学被胶澳当局下令查封，清政府与德国胶澳总督交涉，要其交出刘恩泽等人。有内线把这个消息告诉王天檀，王天檀连夜找到刘恩泽，让他快去外地躲避。

刘恩泽只好乔装成农夫，推着独轮小车，携带四书五经，以游学授徒为名，离开家乡，开始了长达两年多的联络活动。

刘恩泽第一站来到诸城。他先去小仁和村钟小贤家，钟小贤是他在山左公学的学生，也是他介绍加入同盟会的。

山左公学被禁止后，钟小贤接到丁承德的书信去了日本留学。震旦公学成立后，他按照丁承德的安排，回来协助刘恩泽筹集经费。

其实这几天，钟小贤正担心刘恩泽的安全，要去高密探视。父亲嘱咐他不要麻痹大意，既然清政府要抓捕刘恩泽，钟小贤也难逃干系，要以静制动，刘恩泽是个智慧之人，自会找上门来。

钟小贤的爷爷是进士，父亲是秀才，家中三进院的大房子非常气派。刘恩泽推着独轮车走到钟家门口时，门房看是个中年人，一开始认为是要饭的，但是车上有书籍，和少爷特意嘱咐的人差不多，他急忙进正院禀报。

钟小贤是跑着出来的，父亲也是神了，说曹操曹操就到。他出门大叫:"刘先生,我可把您等来了。"

刘恩泽有点困惑:"你是怎么知道我要来的?"

"天机不可泄露。"钟小贤让门房把刘恩泽的小车安顿好,他陪着刘恩泽进了书房。二人在书房里商谈了一上午。没人敢去打扰,因为少爷交代过,他的书房闲杂人等不准靠近。

吃晌午饭时,钟家上的饭菜是他们家过年才舍得吃的:黄瓜拌烧肉、葱炒鸡蛋、油煎黄尖子鱼、芹菜小炒肉、油煎大豆腐、蒜拌白菜心。面食是新蒸的大饽饽,还有一壶小烧酒。

钟父会看眼色,让钟小贤和刘恩泽单独吃,他们没掺和。钟小贤给刘恩泽倒了一小盅诸城小烧,感慨地说:"老师,还是您的脸大,我们家过年都不舍得吃这么好。"他给刘恩泽不停地夹菜,"我父亲这人过日子,整天从嘴里省。麦收时,给佃户吃纯白面饽饽,我们吃煎饼。他说的话还不好反驳,人家佃户下大力气在坡里割麦子,不吃点好的,能割得动,能割得快?"

下午,钟小贤和刘恩泽一起离开。钟母忧心忡忡,对刘恩泽说:"刘先生,您和小贤干什么我管不着,但是一定注意安全,若是小贤有个三长两短,我也不活了。"说着,钟母哭起来。

钟小贤给刘恩泽推着车子,不解地问老师:"您准备推着车子去周游世界?"

"我想从诸城开始,遍访全国同志,开展革命宣传、联络活动。"

钟小贤沉默了,自从认识刘恩泽,他看到老师敢作敢为,为革命不顾一切,说得到就做得到。正是受老师和丁承德的影响,自己才慢慢成长起来。

师生俩到诸城,直接去了对山堂。刘恩泽坐下水都顾不上喝,就问臧植堂:"义勇队的情况如何了?"

臧植堂递给刘恩泽一杯茶,说:"您先喝茶,义勇队现在都是精兵强将,随时可做大用。"

"让义勇队加紧训练和学习,可能随时会调往外地,参加革命活动。"

臧植堂又递给钟小贤一杯茶,他把上次刘恩泽留下的任务做了简要汇报。

刘恩泽上次来诸城,发展几个人加入了同盟会,并让臧植堂密切关注向往革命的人,择机发展。

刘恩泽原计划是不留下来的,可是臧植堂一再挽留他多住几天。

接着,臧植堂让管家去笃敬堂把孟儒少爷叫来。臧植堂建议刘恩泽把诸城的同盟会会员召集起来,给大家说说下一步的打算。

第二天,在东武公学大教室,秘密召开诸城同盟会会议,对外则宣称刘恩泽过来讲学,大家都是来听课的。

到会的有相州的王景麃、王在萱,昌城隋家官庄的隋棠、臧家庄的臧翰林、泊里的吴佐洲,城里的王方源、王云龙、臧少梅、臧植堂、钟小贤、王鲁生、孟陆三兄弟,还有班荆堂、南太古园、西太古园、砚香堂的主人等。

刘恩泽告诉大家,丁承德对诸城同盟会的工作表示肯定,王云龙的儿子王居一在济南已经独当一面,继而又分析了当前的严峻形势,反革命势力定会不择手段镇压,大家一定要做好隐蔽。

由刘恩泽介绍,孟儒和吴佐洲加入同盟会。

2

刘恩泽在诸城住了一个多月,多数时间他在东武公学、农林学堂和高等县立小学讲课。刘恩泽是个讲故事高手,讲到清政府的腐败和无能,他会愤怒到站起来,有时还会痛哭流涕。学生们则在他的循循善诱中,明白了革命的道理。

刘恩泽从诸城到了沂水县埠前庄,会同学生刘筱唐一起去沂州(今临沂)。

刘筱唐是刘恩泽最喜欢的学生,主要喜欢他的义气。

刘成勋也是刘恩泽的学生。在安庆参加举义失败后,刘成勋只好潜伏到青岛,刘筱唐将手中仅有的五十两银子全部赠予,资助刘成勋东渡日本逃难。

刘筱唐的妻子在沂州读书,刘恩泽当即介绍其加入同盟会。

刘恩泽和刘筱唐在沂州分手,刘恩泽一个人上路,继续他的联络活动。

刘恩泽此行全凭走路,路过一些偏僻的大山,还有豺狼出没,随时都有生命危险。在由陕西徒步返转山西途中,有一天当他一人穿越太行山时,突然遇到一只恶狼。情急之下,刘恩泽抽出扁担与恶狼对峙良久,险遭不测。在赴内蒙古途中,因路费用尽,只好靠乞讨度日,幸遇山东老乡资助,勉强渡过难关。

在游历途中,刘恩泽写下"一程风,一程雪,前行不怕虎狼恶"的豪迈诗句,用以鞭策自己,激励同志。

刘恩泽在旅途中留下不少趣谈。在开封一次聚会时,刘恩泽向故友诉说他一路风尘仆仆,曾被野狗追咬的狼狈之相,惹得大家哈哈大笑。刘恩泽即兴出一联曰:客孤行惹狗。在座的一时无人能对。离开开封时,同人为刘恩泽置办一身新装,准备了充足的路费。

一天,刘恩泽行至一荒野之中,遭土匪抢劫。刘恩泽奋力逃到一个村中,至深夜,惊悸未消,疲惫不堪,看到路旁有一草棚,便入内倒地睡去,亦未察觉草棚中有一卧睡的毛驴。睡眠中他伸腿踢到驴身上，把驴惊醒。驴受惊后，奋起反击，用后蹄踢醒了刘恩泽，他这才知道自己睡到了牲口棚里。苦笑之下，他突然想起"客孤行惹狗"的上联，遂自己吟出下联：店小卧惊驴。

3

东北的夏天像一个青年人，疾风骤雨，更像年轻人的脾气。

陈明侯逃亡到日本，短时间内又悄悄回国，再次出走长春。

震旦公学被查封，启予从青岛远走东北投奔了蒋慕谭。

此时"关东三侠"齐聚长春，启予在龙王庙小学当教师，蒋慕谭办报，陈明侯则组织"山东同乡会"，以同乡为纽带发展革命力量。

到了晚上，三人才有时间聚在一起，谈论最多的话题就是如何利用好同乡会。

陈明侯听取二人的建议，在军警界发展会员。当时驻辽宁新民的清军第二十镇中山东籍军人甚多，陈明侯便寄信联络，促使二十镇军官王金铭等在军队内外组织新民山东同乡会，成为关外最具实力的革命团体，在后来的滦州兵谏中充当了先锋。

山东会馆建在东门外的龙王庙，在长春的山东人出钱又出力，还收到了外地山东人的寄款支持。

直隶同乡会不甘落后，买下长春城西门外大佛寺附近的一块地皮，开始建设会馆。

不管山东会馆，还是直隶会馆，都模仿家乡的建筑样式：一所会议厅，数间宿舍，四周围以砖墙，遍种树木，略仿公园模样。

4

当时革命形势发展不平衡,南方高涨,北方消沉。同盟会于是提出经营东北的设想,主张把东北的马贼纳为民军,徐明鉴受命秘密开赴奉天。

到奉天后,他在《盛京日报》任主编,撰写社论,揭露清廷的腐败统治。

周一上午,他正专心撰稿,即墨的栾省河来投奔他。

安庆举义前夕,栾省河接到让他南下的密电,他往来于浙、苏、皖数次。安庆举义失败后,栾省河接到丁承德的密信,让他北上寻找徐明鉴,协助他开展工作。

栾省河凭着自己扎实的文笔,来奉天不长时间,成为《盛京时报》的主笔,也是徐明鉴的得力助手。

徐明鉴和栾省河到各地讲演,结识豪杰,发展同盟会员。他们秘密结识马贼头目杨二虎,向其传播革命思想,告以打天下的道理,并在《盛京时报》上发表相关文章。

不久,东三省总督徐世昌获知到他们的行动,下令缉捕徐明鉴和栾省河,他俩只得前往吉林。

到了吉林,他们继续招兵买马。因为走漏风声,徐明鉴和一些同志被捕。

吉林知县敬佩徐明鉴的胆量和为人,各方奔走,才营救徐明鉴脱险,二人遂成为生死之交。

5

其实,诸城最早的革命者,是芝畔村刘桐阶。

刘桐阶是刘统勋的六世侄孙,清末秀才,屡试不第。二十八岁那年,认为"故乡地小难为用",料理完结发妻子李氏的丧事,离开芝畔去闯荡江湖。

刘桐阶参加了兴中会、同盟会,跟随孙中山在日本、上海、广州、香港等地进行革命活动。

后来,刘桐阶通过诸城亲戚、清末兵部侍郎徐会沣的关系,被破例举荐出任吉林省安图县知事。

安图地处东北边陲,与朝鲜毗邻,朝鲜族居民占半数以上,其余为汉族和极少数的满族。安图山多林密,人烟稀少,文化落后,历任知县都认为当地老百姓"难以教化",到任不久即请调他地,也有施政不当,民怨颇多,被百姓驱逐出境的。

刘桐阶身上带着诸城人的坦诚和真实,切切实实把老百姓的事当作自己的事,亲和,没有官架子,尊重各民族风俗,不到一年时间,就在百姓中树立起良好的形象。

不久,受东三省总督徐世昌之命,刘桐阶任勘分奉吉两省界,兼查长白山主支各脉,及松花江、图们江、鸭绿江三江之源委员,会同副委员许中书、吉林勘界委员刘寿彭,带领测绘生五名、队兵十六名,于五月二十八日,由临江启程,取道长白山之北,逐处复勘。

这次勘查范围广,西以头道花园河为起点,东至红旗河下游,南至团头山,北至两江口。东西长约六百里,南北宽约三百六十里。在这个范围内,多高山峻岭、危崖深渊,每一步都艰难,刘桐阶曾自述:"林密山深,冬夏积雪……不能马,则攀藤扪石,又不能,则雀跃蛇行以进……"

在这之前,中国官员和外国人为揭开长白山的神秘面纱,曾到过长白山,但都没有登上山顶,也没有亲临天池。

别看刘桐阶一介文人,却有诸城人不到黄河心不死的犟劲,他说:"长白山原系我朝发祥之地,图们、鸭绿两江又系中韩国界。朝廷所注意,督帅所留心,国民所关切者……吾辈冒险而来,如不调查详确,恐负此行。"

找向导是个难题,谁都不敢担当此任。有一人叫王凤鸣,佩服刘桐阶的勇气,找上门来。不过他说:"此山与他山不同,山中十日九雾,登而见者百不获一。外人来者,皆未得见,往往雾气迷人,数日难返。否则冰雹骤落,人每受伤。从前来者,均借土人传言,均略绘图,曾未有登峰造极、溯流穷源者。"

王凤鸣的一席话,吓得随行人员不敢向前。刘桐阶骑马率先飞奔,跑在最前头,大家看到"领班"出发,也就壮着胆子随行。

有一天,在寻"穆石"(穆克登所立之石)时,大家迷失方向,东转西转找到半夜也没找到个露营的地方。这时,风寒雨湿,汗雨交杂,众人皆怨。刘桐阶却不敢让大家停下来,明辨不了方向,说明这里异常。他带着大家继续前行,可是走着走着又回到了原地。直到五更天,大雾散去,雨也停下来,望到远处的山峰,大家才辨明东南西北。刘桐阶命令安营扎寨休息,这时东方已经发白。

走了五十多里,经过二十多个险要的沟壑,所有人第二天都生病了。刘桐阶不光会画画,会作诗,还懂中医。他拖着病弱的身子,找来草药,熬给大家喝,他自己喝下去两大碗。

长白山是个宝山,稀奇的草药到处都是,还可随处挖到人参。刘桐阶又把挖来的人参熬成汤,让大家饮下,到第三天所有人又生龙活虎了。

又一天,走了大约九里,过木石河,见河底一巨蛤,其大如箕。大家惊恐不已,一个士兵拿起枪接连射击,直到蛤不动才敢下河查看,是一个比海蛤大三十倍,比河蛤大十倍的"蛤蜊精"。

大家是第一次见这么大的蛤蜊,惊呼不已。那个打枪的士兵,胆子比较大,他把蛤蜊背在肩上,说:"这么大的蛤蜊,里边肯定有珍珠。"

刘桐阶在山头观察,听到大家惊呼,抬头看时,忽然马失前蹄,把他掀到悬崖底下,摔断了肋骨。

大家七手八脚把刘桐阶抬上来,在河边扎营休息。有人抱怨,说士兵不应该打死巨蛤,难道是山神爷责怪了?

那个士兵却捧着从巨蛤体内剖出的一颗直径达一寸的珍珠,用河水洗干净,送给了刘桐阶。这颗状似乒乓球的珍珠,刘桐阶把它系在腰中,竟尘不近身。

刘桐阶忍着剧烈的疼痛,告诉身边人:"把巨蛤熬汤,加一些山菜,再去寻一只山羊来,放在一起煮。"

大家很快捉到一只野山羊,刘桐阶喝了山羊血,又喝下蛤蜊汤,休息四天,竟然脱离了危险。他激动地作诗曰:白山有幸留知己,坠马河边死又生。

刘桐阶身上的伤还没有痊愈,大家让他休息几天再走。他却固执地说:"一鼓作气,登上天池。"

他们是从汩石坡开始登临天池的,直上直下的山崖,看着就眼晕。手攀石,足试石,探之不转而后上。上爬时,向导在前,腰上系绳子,绳子两头垂下来,手足并用匍匐前进。刘桐阶一手握着向导绳子的一端,一手扶着石头,后边一个士兵用手顶着,他才能前进一点点。

有时爬着爬着,只听哗啦一声,大石块就从上边砸下来,快速歪头才能躲过。每个人身上被石头砸伤了不知多少次。

他们实在爬不动了,就停下休息。一共休息了五十二次才登上天池。

天池以长白山山巅为中心点,被群峰环抱,离平地约二十里,故名为"天池"。池水平日不见涨落,每至七日一潮,其与海水相呼吸，故又名"海眼"。后来有猎人自碧螺山下，到达补天石旁，其水热如汤泉，冷如冰海，五步外即深不可测，用脚试试，滑腻异常，故又名"温凉泊"。传说有四个猎人到了钓鳖台，远远地看到芝盘峰下，自池中有物出水，金黄色，头大如盘，方顶有角，长颈多须，低头摇动，如吸水状。四人吓坏了，转身快跑，忽听轰隆一声，回头观察，那奇怪之物已不见了，四人都认为是龙，故又名"龙潭"。

其实，后人口中的芝盘峰，就是刘桐阶命名的。他想念家乡芝畔，才有了芝盘峰的诞生。他还给一个山洞命名为"卢敖洞"，也是根据诸城南部卢山的传说而命名的。

跋山涉水而来，刘桐阶一路给山水起名。他留下诗曰：辽东第一佳山水，留到于今我命名。

石虎滩：怪石林立，横斜仰卧不一形，望之如虎。

仙人梯：在梯子河上，石层如梯。

冠冕峰：重峦叠嶂，气象端严，望之如冠冕形。

三奇峰：三峰比立，石崎琳琅，影印天池。

孤隼峰：峰顶尖秀挺拔，向西斜而有力，形同孤隼。

白云峰：临池耸立，直插霄汉，云触石而出，多白色。天晴时群峰毕露，独此峰烟雾缭绕，或终日不散……

在勘察路上，尽管历尽艰险，可谓收获颇多。一行人随时可以观赏到草木繁盛的景色，还发现了许多珍禽异兽和稀有矿产。

刘桐阶沉迷于给山峰命名的同时，更是诗兴大发：诸君若到天池上，须把银壶灌玉浆。

…………

历时四个多月，一行人不辱使命，查清了长白山的名胜、奇峰，搞清楚了三江源流和中国与其他国家的边界……

6

谢鸿尘在日本时,最好的朋友除了丁承德和徐明鉴,就是王方庐和王熙,因为他喜欢弹琴和弹琵琶。

谢鸿尘夫妇是同徐明鉴一起回国的,他们又一同回到烟台。

到家他们并没有休息,而是急于筹划创办公学。

这天晚上,谢鸿尘正为办学资金发愁,夫人进屋递给了他一张三千两的银票。

家里的钱都用于夫妻俩留学了,谢鸿尘不明白夫人的钱是从哪里来的。

夫人慢慢地说:"我卖掉了娘家陪送的嫁妆田。"

"这如何使得?叫你娘家知道了,我的脸可往哪里放?"

"是你的脸重要,还是办学重要?"

夫人继续说:"男子汉大丈夫,不要被小节束缚住。"

夫人回房休息去了,谢鸿尘留在书房弹琴。

他一个人弹琴到深夜。其实,夫人哪睡得着,她理解他的心情,他是觉得有愧于自己。

谢鸿尘和徐明鉴看了好几个地方,才在烟台西郊通伸村租下美国基督教长老会的房屋作校舍,创办新学。因烟台古代属东牟郡地,故取名为"东牟公学"。

东牟公学占地两亩,建筑面积约四百平方米,为砖石结构封闭式的四合院落。

不到一个月时间,前来东牟公学求学者达二百余人。

东牟公学由徐明鉴任监学,谢鸿尘任校长,由同盟会员担任教员。

一时间,东牟公学成为烟台的革命策源地。

南北各地的志士来此下榻，东牟公学成为辛亥革命北部聚议之所。

谢鸿尘的夫人不仅拿出积蓄捐助东牟公学，还变卖祖产，自办女校，专门招收女学生，培养她们走出家门，放脚、剪发，自立自强。

经过东牟公学三年的思想传播，烟台商埠及邻近各县革命浪潮风起云涌。

两江总督端方极度恐惧，密令稽查东牟公学乱党，缉拿谢鸿尘等。

这天晚上十一点半，谢鸿尘家传来咚咚的敲门声。门房打开门发现地上有一封信，他凭着警觉，立即报告给谢鸿尘，原来是道台大人传递的信息，总督要缉拿他们，让其尽快远走他乡。

谢鸿尘和夫人匆忙打点，连夜逃往潍县。

第二十章

1

王晴韵五岁了,是相州的小名人。

仅一件事,就让街里人对她刮目相看。

这天,晴韵的大姑回相州的娘家。下午婆家却捎信来说她幼小的女儿突发重病,让她快回去。

王璞拨差让佃户来送她,因佃户突发痢疾来晚一步,急火攻心的王璞用烟袋锅子猛敲此人额头,佃户额头上顿时起了个大包,再敲一下就要出血了。

在场所有人都觉得王璞做得过分,但没有一个人敢站出来指责。晴韵刚好玩耍回来,目睹了"大包"事件。她小小的身子跨前一步,一把夺下爷爷的烟袋,气愤地说:"你怎么如此残忍!"

吕氏意识到这个小闺妮子要惹祸上身,她一巴掌掴过去,骂道:"大了你的胆儿,敢顶撞你的爷爷。"

小女子不哭不闹:"爷爷怎么了?他打人就不对。"

"他是客家子!"

"客家子也是人!"

稍事冷静的王璞意识到自己的错误,脸色发绿,哑口无语。大女儿婚后不久死了丈夫,现在外甥女又生重病,他是心里着急才下手狠了点。

吕氏却吓坏了，恐怕老爷体罚女儿，又要捆一巴掌，王璞喝住："晴韵说得对，是我的错。"

有生以来，吉星堂主人第一次认错，迫于五岁的孙女。全家人呆住了，全镇子上的人都传开了。

晚饭后，王璞像白天的事没发生一样，告诉大家一个好消息：四月十二日，他在福建做官的叔侄王鹤要搬回相州住。

说者无心，听者有意。到了十二日这天，晴韵非缠磨着大姑奶奶到街南头去接叔大伯一家。大姑奶奶平日像下蛰一般，大门不出，二门不迈，是该迈出吉星堂晒晒霉气，她破天荒地应了晴韵。

晴韵兴奋得像只小鸟，她跑在前头，丫头第二，大姑奶奶磨蹭在最后。

天像被洗过一样，一丝杂云也没有。从屋顶上射过来的阳光给人明亮的感觉，空气是清澈的，夹杂着潍河水咸腥的味道。

每月逢"二"和"七"是相州大集。以大街为中心，蜿蜒东西，集市上挤满了人。"卖包子""卖潍河鲤鱼""卖烧饼"的叫声从南传到北，又从北传到南。

这天正好是相州大集，晴韵的小眼睛滴溜溜乱转，她发现几个小孩在贞节牌坊下玩猜字游戏。她挤上前去，要大饱眼福。

有一个儿童手里攥着一枚铜钱，在跟前的平地上用手旋转，他猛然用手捂住，对面前的二人喊："字还是面？"

一个猜字，一个猜面。他放开，原来是面。前者被刚才的儿童拧了耳朵，后者得到热烈的掌声。晴韵非要参加猜字游戏，被丫头拉住，说："你是小姐，岂可混迹于穷孩子当中？"

"穷孩子不是孩子？"晴韵的倔劲上来，"我就要和他们玩。"

"随她去吧。"大姑奶奶对自己的重孙女了如指掌，随他爹，属驴的。

贞节牌坊前有一条长长的陡坡，大姑奶奶站立坡下，石坊似矗立云间，有居高临下之势。

相州中心大街从南至北共有七座牌坊，贞节牌坊位于最南端。相传为清朝乾隆十九年（1754）动工兴建，历时三年。当时许孟仁里臧家大户的一个女儿嫁到王家巴山王姓家中，不久夫亡。此女子为丈夫守节多年，传为佳话。经地方官上奏，皇上下旨为其建坊，以表彰女子贞节。

贞节牌坊坐北朝南，无论从石料、石坊布局结构，还是牌坊的雕刻艺术，都可称得上是牌坊建筑中的上乘之作。

此时的大姑奶奶抬眼望着高大的牌坊，心里有说不出的滋味。

牌坊由上好的巴山青垒筑而成。石榫、石卯和石缝接合得严密有度，造型古朴严肃。石坊高十六米，底座东西宽十二米，座基石呈"工"字，均高一点八米。坊身由四根方形立柱组成，包括正门和两个侧门。正门宽五米，立柱由基石至主楼与横石相衔接，并与两侧附楼横脊相平。主楼居中，正面、背面皆镌刻"圣旨"二字。在石坊背面的圣旨二层横石下，自右至左镌刻着"柏贞竹孝"四字。

主楼与附楼均为单檐庑殿式构造。主楼檐上二十二条垂脊，附楼各九条垂脊，垂脊下端均有魑物。主楼顶部横石乃两条卧龙，龙首于石中处几近相吻，龙尾又都翘立外卷成"9"形；附楼横石各雕一卧龙，龙尾形与主楼相一致。其檐四角各挂一铁制小钟，风一刮来，叮咚有声，清脆悦耳。主楼顶部正中嵌有一只背负四珠为串的麒麟。

石坊雕刻有神话传说、仙人花鸟、水草异兽，全部采用浮雕手法，活灵活现，精彩纷呈。主楼正面横石"八仙过海"图，人物神采飞扬，飘飘欲仙；正门横梁石面雕刻"三藏西天取经"图，唐僧师徒四人形象各异，洒脱自然。两侧附楼下，东侧为"古松山石"，西侧为"夕阳泊舟"。东西两侧门横梁亦雕有"荷池水鸟相戏""牧童牧羊晚归"。所有的雕刻人物、花卉、水鸟等，都精雕细琢，惟妙惟肖。

石坊正门两侧柱石、前后基石上，各有石狮子一尊，高一米余，张口对视。东石狮右前爪捺一小狮，西石狮左前爪摁一绣球。石狮下的石墩两角各有两个弓着腰的小人。侧门座石上立石鼓两个。

此刻，大姑奶可谓百感交集，思潮翻涌。一介大户女流，因门不当户不对，在娘家守到五十多岁。门当户对时，却斯人远去，阴差阳错成了寡妇。守来待去，还没有人家臧氏女儿气派，至少得了一座贞节牌坊。

晴韵可能玩够了，蹦跳着来到牌坊跟前，她用小手摩挲着牌坊，问："牌坊上所有人物的眼睛都闭着，其他牌坊可不是这样的。"

大姑奶奶正处在沉思之中，眼睛睁着或是闭着，其实，都是一样的命运。

"母亲说这个牌坊还有一个故事，"晴韵牵起大姑奶奶的手，"您给我讲讲呗。"

"你母亲怎么不讲？"

"她说讲不好。"

"故事没有讲好讲不好，关键是这个故事感不感人。"

牌坊下陆续过来一些人，他们不仅用眼睛看，还用手摸，牌坊基石的边边棱棱被他们摸得光滑发亮。

"小姑娘，"牌坊下坐着一个卖耗子药的。她们光顾着说话，没有注意到还有一个人坐在那里。"我来给你讲讲这个牌坊的故事吧。"

大姑奶奶在心里讥笑，你来讲，镇子上哪个人不知道贞节牌坊的故事？

　　卖耗子药的没去关注大姑奶奶脸上不屑的表情，他只管讲着：死了丈夫的小寡妇，一天比一天憔悴。王家请来建造牌坊的石匠，是个年轻英俊的南方人。这个小伙不光石匠活干得好，脾气也是一等一的好。石匠干活总得吃饭吧，每天都由小寡妇给他送饭。与小伙相见，无疑让小寡妇于漫漫黑夜中看见了晴天。她脸上有了笑容，内心也起了波澜。

　　三年就是一千多个日夜，日日相处，会不生情？

　　牌坊凝聚的无非是血泪、痛苦和怨恨，让贞节、自豪和功名见鬼去吧！十五月圆之夜，他俩私订终身，相约石坊建成，结伴出走。

　　石坊建成以后，石匠担心夜长梦多，没顾上为石人挥刀张目，携妇人仓皇出逃，不知去向。所以这些没开光的石人，都闭着眼睛。

　　"闭着眼总比睁着眼好，睁着眼就得目睹世间的生老病死。"大姑奶奶感叹着，旁边听的人也发出同情，只有那个路过的小脚女人讥讽，"好好的贞节，被她糟蹋了"。

　　晴韵这次安静得出人意料，她摸着棱石，神色严肃。晴韵严肃的表情逗得大姑奶奶和丫头发笑："小人儿，不懂装懂。"

　　"家中耗子造了反，赶集上店来找俺。"卖耗子药的站起来，大声喊叫着离开了。

　　晴韵随着卖耗子药的前行，大姑奶奶和丫头紧随其后。

　　到猪市湾崖时，晴韵被猪仔的哝哝声吸引去了。湾崖上还摆着一溜货摊，有卖家具的、卖古董文玩的、卖珍贵字画的，还有卖文房四宝的。

　　突然，从人堆里钻出来"潍水鱼郎"的大儿子王天恒，他和大姑奶奶打招呼，说："大姑，难得您出来走一走。"

"还不是为了迎接你王鹤叔,再说谁经得起晴韵这小妮子的缠磨。"王天恒一愣:"我光顾着淘书,他们回来我还不知道。"

"你的心思都在书上,哪有心情管家里的事,又看上了哪本书?"

"跟你说个事,大姑千万不要告诉我父亲,我在县城看上一本《金瓶梅》,要五百吊钱。您也知道我的钱,都用来买书了,但是看到好书,我的眼睛就拔不下来。"

"书痴。"

大姑奶奶一回头,却找不到晴韵了。王天恒眼神好,指着猪市湾崖北侧说:"那不,晴韵在那里。"

猪市湾崖北侧有两座高大墓冢,据镇上的人说,某年墓塌一大洞,见棺木完整,但为站棺(棺木竖立),不知真假。此两座墓冢,系何年代,埋葬的又是何人,均无人知道。晴韵好奇,跑到那边看去了。

大姑奶奶生气地吩咐丫头:"把晴韵喊过来。"她对墓冢条件反射,心里想起还没拜堂就去世的死老头子,忌讳去那种不吉利的地方。

王天恒一眨眼也不见了。大姑奶奶愣了愣,叹道:"我这个侄儿,买书都把家败了,五百吊钱一本书,他都舍得买。父子俩,一个画痴,一个书痴。"

2

晴韵指着王鹤身边的几个孩子,问:"这是?"

"来,我看看,这肯定是天为的大女儿。"王鹤盯着晴韵,"你梅轩爷爷写信专门表扬过你。"

"她就是自作聪明。"大姑奶奶一小半指责,一多半夸奖,"吉星堂出了个小鬼精灵,他爹是大鬼精灵。"

"是叫晴韵吧?"婶婶一口软得不能再软的南方话。经王鹤解释,大家才听得懂。"这是你海霖哥、海房弟弟、海汀妹妹。"

"梦洁。"王鹤指着大姑奶奶说:"这是吉星堂的大姑。"梦洁微笑着上前和大姑奶奶打招呼。大姑奶奶想接过梦洁怀里的女孩,女孩的头却摇成拨浪鼓,不找大姑奶奶,却朝着晴韵笑。

"没记错的话,海霖大晴韵四岁;晴韵大海房两岁,海汀小晴韵四岁。"梦洁像背绕口令,把大家绕糊涂了。梦洁接着说,"我也是按照天为六哥的来信推算的,也可能不对。"

晴韵伸出手去抱海汀,一岁的海汀也伸过手来,"我喜欢这个妹妹,娘说,得叫八妹"。

"看,叫八姑的也来了。"王致简、王天成放学了,他们从三等学堂的方向走过来。

"别看海汀年龄小,你得叫她八姑。"大姑奶奶拉过来王致简说。

王致简小时候得过轻微性小儿麻痹症,走路前脚高,后脚低。他不爱开玩笑,走路喜欢昂着头,不注意的话,看不出他的两只脚不一样高。"我自然叫她八姑。"大家被他的憨相逗得笑出声来。天成向前一步,拉着海霖的手。海霖经常跟着父亲回来,致简、天成和他都很熟悉。

王璞这时也来了,大家一路欢笑,簇拥着王鹤一家。

…………

半个多月后,到了五月端午。端午节在相州,与中秋节同等重要,吉星堂大院子里非常热闹。

吕氏让孙老头提前去潍河滩采摘了苇叶,潍河滩上的苇叶长得茂盛,长三四十厘米,宽七八厘米,略带清香,浸泡一天加一后晌,包粽子正合适。

胡妈、孙老妈和韩妈分别用红、绿、黄、白和黑色的粗丝线搓成彩色线绳,名曰"五丝"。天还未亮,她们就把"五丝"拴在大恒、晴韵和致航的手腕上。本华的奶水一直下不来,王璞拨差叫佃户家生了孩子的产妇过来喂奶,因为产妇下坡干活时间太长,奶变酸了,致航喝下再也不吃人奶,瘦得皮包骨头。五丝在致航的手腕上,松得要掉下来。

"来,戴上续命缕!"韩妈还编了一根略粗的五丝,戴到致航的脖子上。前段时间,致航差点死了,连续几天拉肚子,拉到脱肛。吕氏去樊子山那儿求了一个偏方:鲜无花果十个,猪大肠一段,用水煎服。给孩子灌了几次,好歹痊愈了。韩妈一直期盼着端午节的到来,给致航编个续命缕,让小少爷尽快好起来。

晴韵听母亲说,厨房里的女工在包粽子,她小跑着去了。

晴韵一进屋,发现放着好几个盆子。三个大盆里盛着糯米,小缸里放着红枣,桌子上有泡软的高粱秆皮。看到大小姐,秦妈说:"大小姐,厨房里这么脏,你来干吗?"

晴韵一屁股坐在板凳上,说:"我要跟着你们学包粽子,将来养活自己。"

"你一个大小姐,学什么包粽子,将来会有人包给你吃。"宋妈在一边插嘴。

"我要学,不要别人给我包,我要自己包。"

这两个女工拿晴韵没办法,不再说话,算是默许。

秦妈包粽子快,她把两片正面朝上的粽叶交替排好,两手捏紧,不让叶子滑动。晴韵还没看明白,秦妈已经捏住苇叶两头,右手将其环成一个圆锥,左手捏紧四片苇叶交接处,放上少许糯米。晴韵眼睛盯着秦妈,担心漏过任何一个细节。看她学得认真,秦妈耐心教她:"放两个红枣,左手握住锥子筒,拇指和食指掐紧前端,右手把上面叶子折下来,固定住这两个角。"说着,秦妈从桌子上拿一根高粱秆皮，右手拽紧，系了个活扣。

盆里多出一个个粽子。

3

五月端午后的第七天，天上就下起雨来。

豆大的雨点像断了线的珍珠，落到鱼缸里，机灵的鱼儿浮出水面，吮吸着雨滴。雨越下越大，像鞭子一样抽打着吉星堂无花果树和杏树上的叶子，叶片落了一地。

"巧他娘赶上巧他爹，正好七天。"孙老妈巧话多，喊晴韵说，"把手腕上的五丝脱下来，扔到水里去。"

晴韵摇摇头："我还没戴够，我不要扔到水里。"

"小小姐，扔到水里变了蚰蜒，庄稼会有个好收成，"孙老妈硬是脱下晴韵手腕上的五丝，"会保你一年平安。"

"那我去把致航脖子上的五丝扔进水里，"晴韵去了西厢房，"我要致航比我更平安。"

韩妈正站在屋门槛上，扔致航脖子上的丝线，晴韵看到笑了。她心里想："我还是去看看海汀的丝线扔没扔，梦洁婶子不是北方人，她可能不清楚这些。"

晴韵从偏门去了敬恪堂。

山海关一溜七个大院，都是王家祖宅。敬恪堂在山海关的西北角上，晴韵走到福星堂家门口，听到回来住娘家的二姑奶奶在发牢骚："你看'五家'还差不离，'七家'还像个人样吗？""五家"指王天檀媳妇，"七家"指王天柯的媳妇。任琳因有一双三寸金莲，但没有七弟媳妇长得好。天柯的媳妇长得亭亭玉立，皮肤白净，就是脚大了一点。

"二姐姐，我这是老母猪领着一群小猪呀！"蔡氏不敢和二姑奶奶顶嘴,嘻嘻笑着说。晴韵从门缝里,看到二姑奶奶身边站着她的陪嫁杜奶奶,这个女人年轻时,丈夫跟"官"死在外地,无力拉灵回来。守寡的杜奶奶为了给自己立个"后",用她一生辛苦积攒下来的钱,帮她的小叔子成了家,条件是第一个儿子过继给她。幸亏小媳妇连生了两个儿子,大儿子小名叫相龙,大名叫杜培顺;小儿子小名叫小屯,大名叫杜坤顺。两个儿子的名字都是王璞起的,但是王家人都叫他们"杜伙计",这是地主给佃户立下的规矩。

二姑奶奶一抬眼看到从门口经过的晴韵,大声喊:"你的脚怎么还放着?"

三十六计,跑为上策。晴韵说:"我……没带雨具。"答非所问,晴韵跑走了,把二姑奶奶气白瞪了眼。

二姑奶奶可不是大姑奶奶,大姑奶奶疼爱晴韵,二姑奶奶转身就打了小报告。跑了和尚跑不了庙,二姑奶奶的一句话,把晴韵钉在了矮凳子上。

吕氏强行把晴韵双脚泡进热水里,趁着热乎,由孙老妈做"帮凶",协助她将女儿的四个小脚趾狠劲朝掌心处扭。晴韵发出杀猪般的嚎叫。吕氏和孙老妈不为所动,继续扭……扭成麻花样。

"我不裹脚!"晴韵使出浑身解数想从凳子上逃脱,无奈母亲和孙老妈合力而为,晴韵怎么挣扎都是徒劳。"娘,我不裹脚!"

"不裹脚,你将来嫁得出去?"

"我不嫁!"

"闺妮子家的,不嫁你要像……"吕氏差点脱口而出大姑奶奶,赶紧收住口。

晴韵哭喊着、挣扎着:"我不裹脚!"吕氏和孙老妈累得气喘吁吁,给她的脚趾缝里撒上白矾,用长布包起来,用针缝结实。

晴韵怎么挪动，都改变不了眼前的事实。"一次裹不好，得一次次地来，"孙老妈手嘴并用，"怎么着也得裹两个月。"

到了晚上，晴韵的脚掌心像是站在烙铁上烧。她想站起来，可是一步都不敢挪动，寸步难行。睡觉时，她把脚放到被子里，不但疼，被子里有热气，蒸得更难受。她只好放在被子外，最后疼得实在没办法，她剪开了裹脚布。

谁都没想到她有这等胆量，奶奶气得骂："闺妮子家的，本事不少！"

"啪"的一声，吕氏搧了女儿一巴掌："若是由着你的性子，可以把天捅个窟窿！"

孙老妈挡在吕氏和晴韵中间，她又把裹脚布给晴韵缠上。这次缠得更紧、更狠。缠到最后，晴韵疼得哭爹喊娘。娘在身边，装着听不见；爹在北京，距离太远。

4

王天为已经从齐鲁中学考入译学馆。

放暑假，王天为回到老家。

从北京回来的王天为，成为相州一道亮丽的风景，他剪去了大辫子，取而代之的是一头惊世骇俗的短发。王璞没表现出多大惊异，在家时，王天为就是另类，去了京城不有所变化才怪。他送王天为去京城读书，意在让儿子有所变化，有所突破。王璞那矛盾的性格，自己也难圆其说。

有几位族里的年长者，因剪辫子上门讨伐王天为。天为一笑："你们真得走出相州，到大城市看看，外面的世界是何其灿烂……"

一席话，把一群老朽气得拂袖而去。

王天为转而指责吕氏:"北京很多女孩都是天足,现在已经不兴裹脚了。"他要求立即给女儿放脚。

"这时候给她放了脚,到后来受她的埋怨呀!"孙老妈在一旁添油加火。

"放了脚在相州附近是找不到主的,谁家爱要?到北京这些远处找主?"

"找不着,我养着。"

"不叫她裹脚,奶奶那关怎么过?"

"整天就待被奶奶吓死。"看着女儿血肉模糊的小脚,王天为怒气冲冲,"巴山王家的姑娘都不裹脚。"

"巴山的姑娘是不怕,人家常年住在省城里呀。"吕氏委屈得掉泪,"我们住在乡下,闺妮子家的,让人背后里指指点点。"

"闺妮子家的也是人!"王天为变成一头吃人的狮子,他把裹脚布子剪成一条条的,扔到地上跺了几脚。

5

清宣统二年(1910),清政府正在逐步垮台,能够整合社会的新生力量正在萌芽和发展壮大。就像冬天结束,春天来了,大地开始复苏。无论是小草、大树、庄稼,都在尽力地成长之中。每一种力量的发展都是对旧有体制和观念的冲击和破坏。同时,这些新生的力量也在相互了解、相互试探。

因时局不定,相州私立三等学堂停办。王璞二儿子王天成踏上去北京的求学之路。

孙本华生下的第二个孩子是个女孩,像只小猫,那个可怜样,真担心她会饿死。

大恒打秋千时,跌伤了腰椎。吕氏找樊子山治疗,稍有好转,王璞就把樊子山打发了回去。王璞偏信一个会谄谀的内科医生,结果越治越坏。不几天,大恒后背腰间长出一个碗大的脓包,脓水源源不断地流出,不肯收口。

天气说变就变,天空变得格外吓人,一层层鱼鳞云堆积着,全是红色。按照王璞的指示,孙老头把一些盆栽搬到花房里,冬天就要来了。

第二十一章

1

身着西服、留短发的刘成勋受指派回国,来到长春,住到在日本留学的臧姓同学家里。

前段时间,刘成勋来长春找过启予,也是住在臧同学家,同学的父亲清楚刘成勋的底细。

这天,刘成勋要去找启予,在路上听说载洵要路过哈尔滨,心念一动,立即购买了火药,回到臧同学家。

在日本那段时间,刘成勋很少与人交往,脑海里涌现的都是安庆举义牺牲的同志,他发誓要为他们报仇,一有时间就研制炸弹。

每个晚上他都难以入睡。回想着,时任义军总司令的他率马炮营起义……在战斗中,起义军被分割为城内和城外两部分,首尾不能相顾,陷于被动,原定城外进攻,城内开门响应的计划落空。最后,起义军腹背受敌,刘成勋只得指挥部队撤退。

在革命党人的帮助下,他才逃出安庆。几天后,他乔装回到安庆,得悉起义的战友们大都牺牲,炮营队伍被解散。

他只得暂去芜湖的姑母家躲避,到了姑母家,刘成勋才敢放声大哭:"都是我指挥失利,害了他们呀"。

姑母不懂什么革命不革命,但自己侄儿的命不能丢。她非常警惕，每天都到外边观察，唯恐突然有人来把侄儿抓了去。

那天，她又到门外观察，发现附近有好几个陌生人走动。她跑回家关上大门，惊慌地对侄儿说："成勋，你快逃，那些人肯定是来抓你的。"

姑母是个聪明女人，他把刘成勋化装成和尚，让他从后门逃走。

刘成勋没有别的地方可去，只好来青岛找启予。

到了青岛，刘成勋才知道清政府查封了震旦公学，启予他们不知道逃往何处。

一路奔逃，刘成勋身上的钱早就花光了，为了不让清军发现自己，他只好躲进连升客栈。

这天，连升客栈老板逼着他交房租，对他毫不客气地说："你是哪里的无赖，没钱还住客栈，交上钱赶紧走。"

"您再宽限几天，我朋友很快就会送来的。"

"你就别和我玩猫捉老鼠的游戏了，没钱趁早滚蛋，以前欠的算我倒霉。"

刘成勋恨不得有个地缝钻进去，可一分钱难倒英雄汉。

正在刘成勋最难堪的时候，从客栈外走进来一个人，大声说："表弟，不好意思，我有事来晚了。"

刘成勋抬头一看，是他在山左公学的同学刘筱唐。刘筱唐今天来青岛是给在日本留学的三哥邮寄学费，他从客栈外看到刘成勋，站在门外观察了几分钟，紧要节点才走进来。

刘成勋和刘筱唐谈到安庆举义，刘成勋再次落泪，并为渺茫的前途不知所措。刘筱唐说："你快离开青岛，去日本躲避一段时间。"随即拿出要给三哥邮寄的五十两银子，全部给了刘成勋。

刘成勋从青岛坐船到烟台，再从烟台到大连，从大连到了日本东京中国同盟会总部。

往事不堪回首。刘成勋热血涌动,这次他非要炸死载洵,为死去的战友复仇。

他把门反锁,拿出买来的火药,开始制作炸弹。

臧父这人贼坏、贼贪,刘成勋住到他家里,他写信骂儿子,怎么把一个革命党介绍到家里来,小命不想要了。

看到刘成勋神神秘秘的,他猜测一定有重大的事情。装着给刘成勋送午饭,贴到门上听动静。

屋里一点声音没有,臧父不甘心,使劲敲门,说:"成勋,吃饭了!"

刘成勋过了五分钟才打开门。他感激地说:"臧伯父,今后不用麻烦您来叫我,我自己会过去吃的。"

臧父瞪着一双贼眼朝屋里张望,却什么也没有发现,他又妄想进屋里看看,刘成勋顺手把门带上,说:"臧伯父,我们吃饭去吧。"

下午,刘成勋锁好门出去了。有朋友给他送来一个纸包,发现他不在,就让臧父转交。

臧父打开纸包一看,是张两万大洋的银票,他脸上现出贪婪的笑容,把纸包藏了起来。

晚上刘成勋回家时,臧父非但没说有人送钱的事,反而向刘成勋借两万大洋,因为他觉得刘成勋是个富家子弟,他身上肯定有钱。

刘成勋不好意思地说:"臧伯父,我手里确实没钱,过几天,我可以向朋友借一下。"

刘成勋这次回来,主要任务是筹集资金。下午朋友送来的两万大洋,就是他去筹集的,只是他还不知道钱已经送来,并且进了臧父的腰包。

臧父膨胀的贪婪让他不择手段,他说:"你吃住在我家这么长时间,至少得交生活费吧?"

刘成勋手里确实没钱,羞愧地说:"臧伯父对我的照顾,我深表感谢。等我从朋友处筹到,一定给您。"

臧父以为刘成勋有钱不给他,不满意地离开了。

臧父上街,正好看到督府贴出的告示,悬赏五千大洋捉拿革命党。他知道刘成勋是革命党,心想挣钱的机会来了。你不是不给我钱吗,我自己挣。

臧父回到家后,装作什么都没有发生,他给刘成勋做了很多好吃的,说话的语气都比以前温和。殊不知,黄鼠狼给鸡拜年,没安好心呢。

刘成勋逐渐放松了对臧父的警惕,等臧父摸清了刘成勋要去暗杀载洵,卖友求荣的他径直去督府告了密。

这天早晨,刘成勋把做好的炸弹全部绑在腰上,他准备与载洵同归于尽。

可是,刘成勋刚出现在车站,就上来十几个清兵,把他抓住。

被捕后,刘成勋被押回长春。

启予得到刘成勋被捕的消息,和友人多方设法营救,均未成功。

狱中的刘成勋"遵照"清军的要求写下"供词"数千言,阐述其革命宗旨,警告清廷:"尔等决不能诛尽我党,亦只有愈死愈多而已。"

狱卒让他在自首书上画押,他执笔写下"革命"二字。

狱卒从刘成勋的嘴里一直问不出有用的东西。当地的官员请示了省城,把刘成勋押送到吉林缉法司。

长春的清兵为运送刘成勋大费脑筋,动用了五辆木笼囚车,偷偷地从长春旧城南门出城。

五辆囚车,使的是障眼法,其他四辆装着普通囚犯。所有囚犯戴着手铐脚镣,穿着同样的囚服,从远处根本分辨不出哪个是刘成勋。

启予从内线那里听说要转移刘成勋,几人埋伏在路边,但是清军爪牙里三层外三层的,靠近不了。

二月二十七日,注定是一个英雄与这个世界告别的日子。东北明明已是春天,却被皑皑白雪锁住了季节的脚步。

年仅二十三岁的刘成勋被五花大绑在吉林九龙口刑场。刑场四周围着好几百看热闹的人,他们的脸上都是一副像徘徊在十字路口雏鸟的神情。只有一些老人发出叹息:"革什么命呀,年纪轻轻的,就被杀了。"

徐明鉴、启予、陈明侯混迹在人群中,他们计划劫法场救下刘成勋。

其实,清廷爪牙想利用这次机会把东北的革命党一网打尽。尽管刘成勋无法看清他们,但是他已感知到他们的存在。

刘成勋大脑清醒,他不希望他们再做无谓的牺牲,牺牲的战友已经够多了,他昂起头,用尽生命中最后的力气,高喊着:"诸君珍重,我死犹生,我愿以一腔热血,浇灌自由之花。"

刘成勋没有看到一年后实现的共和。"悲英雄不在,空教长啸大风歌。"

直到辛亥革命胜利,刘成勋的灵柩才运回扬州,从徐凝门上岸,暂停于史公祠内。未婚妻跪在刘成勋灵柩前,手捧灵牌哭诉:"我自幼许配你为妻,未结婚而你已英勇献身。我钦佩你为国捐躯的光辉业绩……"

2

丁承德回山东，密谋举义。他提前给栾省河发了密电，让他速去济南议事。

栾省河风尘仆仆地从东北赶来济南，和丁承德密谈了一天一夜。

栾省河建议："山东起事，必先取烟台。"丁承德让他阐述其中的道理，栾省河娓娓道来："彼时，既可断省城之左臂，又可北连辽东，西进济南，钳击京沽，直迫京师。"

在青岛创办震旦公学时，栾省河出谋划策，提出在宗教人士中发展同盟会员，得到了丁承德的赏识。后受丁承德指示去东北，协助徐明鉴创办《盛京日报》，把报纸当作宣传革命的阵地，其非凡的表现，再次得到丁承德认可，所以这次丁承德非常在意栾省河的建议。

栾省河是十一月三号潜回烟台的，他首先联系上一个表亲，还有在烟台《渤海日报》担任主笔的同乡李凤武，让他俩尽快集结革命党人。

第二天，烟台的街头巷尾就贴满了"告我同胞，速举义旗，协助民军，驱逐鞑虏"的标语。

周日上午，值班士兵领着栾省河，进了海防营书记官宫树藻的办公室。宫树藻看到栾省河，激动地站起来迎接，说："栾先生，哪阵风把您吹来了？"

栾省河在东牟公学任过教师，宫树藻是他的学生。

宫树藻知道，老师这次肯定带来了重要任务，赶紧把门关上。

"我知道你现在是海防营书记官，来找你，我考虑了很久。"

"老师，只要是您吩咐的，我都会无条件服从。"

"计划发动烟台起义,你的任务是尽快争取你的父亲,还有你的伯父等海防营实权派加入革命这一边。"

"我父亲和我伯父那边没问题,他俩早就有革命之心,只是没有机会。"

"那你姑父呢?他可是海防营管带,至关重要。"

"我姑父这人比较顽固,我试试看吧。"

"至少得让你姑父同情革命,别站在对立面。"

宫树藻回答:"姑父很疼爱我,我努力和他沟通,您就放心吧。"

当晚,栾省河和表亲戚,还有李凤武碰了个头。栾省河对李凤武说:"李先生,说说这几天的进展吧。"

"我联系了东山警卫队和海军的将校们,他们许诺助革命一臂之力。"

"这么说,烟台的清廷驻军大多已经掌握在革命党手中。"

表亲戚开口:"武昌起义的消息传到烟台,烟台海军学堂学生争相写血书支持,贴标语敬告民众起来革命。校长站在学生一边,驻烟清军产生恐慌,人心涣散。"

三人把看到的和想到的,重新捋了一遍,直到很晚才分头散去。

街头出现的标语和海军学堂学生的动向,顿使登莱青胶道道台兼东海关监督感觉形势不妙,他一边派兵加强守卫,一边电召清军"舞凤"舰来烟,以便随时逃跑。

十一月十二日晚,栾省河、李凤武、宫树藻、王耀东、宫锡德、宫锡恩、杨新亭、张雨臣、丁训初、李士元、李旭堂、由芝贵、萧仕生、王锡之、孙叚臣、刘德亭、曹维新、倪显廷,自称"十八豪杰",聚集于渤海日报社,商定当晚十点发动起义。

以东牟公学师生为骨干力量,兵分三路:第一路由孙叚臣、王耀东带人进攻登莱青胶道道署；第二路由刘德亭、李士元、李旭堂、曹维新等带领前往大清银行放火助威；第三路由李凤武、宫锡德等奔赴海防营清军驻地夺取兵权。

十点的钟声格外刺耳，各路人马闻声而动。但"十八豪杰"的武器少得可怜，只有一支步枪、六支手枪。他们用布包着笤帚冒充步枪、包着苹果冒充手榴弹，就这样走上街头，开始战斗。

第一路的王耀东事先组织了部分学生，从海防营附近街上一个商店抬了两桶煤油放于板棚下，在油桶底用铁锥钻了两个小孔，放入鞭炮，然后在板棚内洒满煤油，点火燃烧。

噼噼啪啪的爆炸声不绝于耳。大火燃烧了将近十一个小时，火光冲天。

第三路宫锡德是海防营营哨官，还是海防营管带董保泰的内弟。他带领人马趁着混乱大喊："革命党大军来啦！"径直闯进董保泰的卧室，把董保泰五花大绑起来。

宫树藻找过姑父董保泰，姑父虽然对清政府不满，但不想背叛主子，没有答应外甥的要求。宫树藻只好锁定姑父的小舅子，两个人关系本来就好，一拍即合。现在董保泰被绑，到了宫树藻出场的时候。

宫树藻装着什么也不知道，大惊小怪地喊着："那是我姑父，快给他松绑。"

董保泰再不识抬举就说不过去了，立即集合队伍，传令将部队指挥权交给革命党。

革命党接收了海防营官兵，军威大振。

他们又夺取了银行。

登莱青胶道台和城内巡警局总务闻风先遁。听说当官的逃跑了，城里的清军斗志全无，纷纷弃枪躲藏。

起义军势如破竹，天快亮的时候，在道署衙门顺利集结。

栾省河组织召开烟台各界代表会议,决定成立义军临时政府。

来迎接道台逃跑的清军"舞凤"舰舰长王传炯是个变色龙,摇身一变,盛赞烟台起义,发誓与革命共存亡。这虚伪阴险的小人,很快得到革命党人的信任,担任了烟台军政分府总司令,成为一大隐患。

3

武昌起义爆发后一个月,全国十多个省陆续宣布脱离清廷。

山东同盟会员纷纷收到丁承德发来的密电,从四面八方向省城济南聚拢,希望抓住机会,一举促成山东"独立"。

各县派了代表,诸城的王景翥、王云龙、王方源、臧植堂,还有济南的王居一,安丘的王讷,高密的刘恩泽、王书山,青州的陈明侯,东北的赵魏民、赵文庆、王雍夫,北京陆军军官学校的张读唐、吕涤源,寿光的刘梅武、李丰冠等同盟会员,都来到济南。

就在大家纷纷涌向济南时,坊间盛传清政府拟以山东土地作抵押,借外债三千万元;山东当局也准备向德国借款三百万元添置武装。济南民众愤怒的情绪不可遏抑。

当晚,丁承德找来他的学生王居一商讨此事。

第二天,以王居一为首的青年学生走上街头,打着"山东人自有主权"的横幅,他们高喊着"万众同心,建设共和大业"的口号开始示威游行。

不时,济南民众加入队伍中来,和学生一起振臂高呼:"山东全省自今以后,与清廷永远断绝关系!"

丁承德在策划学生游行时,徐明鉴和谢鸿尘也在分头行动。

经过三人的精心谋划，各界人士在咨议局联合召开各界座谈会。

此时，《独立大纲》的出台却遭到立宪派和旧官僚的反对。

山东"独立"，首先拿咨议局开刀。咨议局具有地方议会的性质，为各省采取舆论之地。

革命党人丁承德、谢鸿尘、徐明鉴等各界人士，集会于这所注定被历史永远铭记的咨议局会议厅。

当场议决取缔勾结官府、彻底成为革命绊脚石的山东省咨议局，成立"山东各界联合会"，会议推举夏继泉为会长。由他出任会长一职，是同盟会、立宪派和其他各界人士一致协商的结果。夏在京津任职时，于同乡中颇负廉能之望，山东军界将领又多其父昔日下属。他既可与旧势力相抗衡，又便于应付社会各方面的事务。

夏继泉与诸城王方庐，还有一段梨园传奇，媒介就是古琴。

五天后，丁承德、谢鸿尘、王居一假装来大明湖游玩，实际上他们是来大明湖历下亭开会。徐明鉴提出自任"联合保安会"会长，他说："今日之会，乃所谓将虎头编虎须，几不免虎口者。会长一席，毋庸公推，即由本席担任，请速讨论进行方针。"

关键时刻，徐明鉴再次把生死置之度外。

十一月十三日，济南被一层薄雾笼罩着，看不清它的真面目。

在临时布置的大院里，有近一万人参加了"独立大会"。会议从上午八点开始，一直到晚上九点才结束。山东各派政治势力代表，如山东巡抚孙宝琦以及联合会、同盟会、商界和学界，都派代表出席了大会。最后，以宣布山东与清政府断绝关系而告终。

革命党人以"山东各界联合会"名义将情况报告上海军政府，消息很快传遍全国。

王天檀来到济南，联合济南农林学堂学生，配合王居一进行各学校串联。济南青年学生走上街头，大批的群众围拢上来，听学生讲演。学生代表讲到激动处，拿起剪刀当场剪去发辫，其他学生纷纷效仿。围观的人们群情激动，咔嚓咔嚓把辫子剪去。

整个济南到处是咔嚓咔嚓的剪辫子声……

第二十二章

1

清宣统二年（1910）腊月初十凌晨五点左右，济南管带薛宝筠率巡防营官兵包围了商铺宜春苑，包括刘筱唐三个哥哥和九个革命党人共有十五人被捕。

同一个时间，另一支巡防营官兵持枪闯入洋货店万恒盛。昨晚蓝毓昌留下刘筱唐、王玉珂喝酒。喝到兴处，让刘筱唐弹琴。

所有往事涌上刘筱唐心头，特别是爱妻的逝去让他难以释怀，他弹了一曲又一曲，泪流满面。

直到深夜，三人才沉沉睡去。

蓝毓昌是第一个听到大门外有声音的，他披衣坐起，正要拿枪。一个清兵闯进来举刀捅向他的胸口，连捅数刀，蓝毓昌坐着死去。

刘筱唐和王玉珂是被打斗声惊醒的，刘筱唐体格健壮，披着衣裳和官兵搏斗。有一个清兵抡起大刀砍上他裸露的大腿，顿时血流如注。

刘筱唐顾不上大腿上的伤口，继续和清兵搏斗。这时又上来一个清兵，一刀刺进他的腰部，腰上的血染红了他披着的衣裳。

随后上来好几个清兵，才把刘筱唐抓住。

王玉珂刚要跑，一清兵举枪射击他的头部，他受伤被捕。

打死蓝毓昌的那个清兵恬不知耻地显摆说："大秃子才待起，

被我一枪砸死了。"

两个店铺里的人全都被清兵捆缚捉拿，包括不是革命党的小伙计，以及自外地来的过路人。所有人的衣物钱财和店铺里值钱的东西，都被清兵一抢而光。

惨案发生后，王居一带着陈明侯到诸城老家王家楼子躲避。

二人西服革履，短发，戴礼帽。

在中国，长期受"身体发肤受之父母"思想的熏染，多数国人根本接受不了剪发这一做法。况且农村消息闭塞。

二人进了村，王家楼子的人像看西洋景，那些效忠清廷的封建势力，把发辫看成是朝廷统治和帝制标志的大户，怒发冲冠，破口大骂："剪了发辫，不就是要推翻朝廷？一直传言王家父子跟着丁承德革命，果然是事实。"

王居一和陈明侯二人的身后，跟着一群看热闹的人，一直跟到知稼轩大门口。

"看看王家少爷和同来的这个人，把辫子剪了，成什么样子？"

王居一走着，猛地一回头，后边的人吓得立即后退。他瞪圆眼睛，气愤地说："外国人骂我们拖尾奴才，这种民族屈辱，你们还没受够吗？"

大部分跟着的人不敢出声，只有一个年纪大的人反驳："头可断，发不可断。"

王居一更来了怒气："发辫屡被外人讪笑，尤伤国体。军警演练，学生做操，工厂作业有种种妨碍，且有生命之虞。"

陈明侯跟着打帮腔："发辫污垢衣裳，且不卫生。"

喧闹的人群静下来，大家支棱起耳朵听。这些话，是他们以前从没有听过的。

王居一的表弟范玉和堂弟王居钦刚放学回来，看到王居一和他带来的客人,高兴地跑过来,一个喊"表哥",一个喊"大哥"。

王居一却喊门房拿过来剪刀,堂弟和表弟还没弄清怎么回事,他们的辫子已经被王居一剪掉了。

围观的人真是害了怕,一哄而散。刚才那个年纪大的,跑得最快,他一边捂着辫子,一边哭喊:"王家少爷疯了,回家剪辫子来了。"

陈明侯和王居一看着老者的狼狈样,大笑着说:"免豚尾之讪笑,导文明之先机。"

表弟范玉和堂弟王居钦摸着被剪掉的头发,跟着傻笑。

2

三水赶着双套马车去高密接王方庐和王熙。六年没见少爷,盼星星,盼月亮,好不容易把他们盼回来了。

三水一整晚都没睡着,脑子里反复出现的是一家人怎么从西府来到诸城,被县衙诬陷杀了亲戚,少爷如何搭救他们的情景。那时他虽然年龄小,见到少爷的场景却历历在目。

少爷去日本留学,他极想跟着去,他想每天照顾少爷。可是留学需要大笔的银子,不能给经文堂添加负担。他本以为少爷去个一年半载就能回来,没想到一去就是六年,早知道时间这么久,他说什么也要跟着去,少爷读书,他去下苦力。

高密火车站上每驶过来一趟车,三水就紧盯着出站口,怕看不到少爷。过去了好几趟火车,还是没见少爷和王熙的踪影。少爷发来的电报就是今天,肯定不会错的。

又过了半个小时,轰隆轰隆地驶过来一列火车。三水让身边的人照看着马车,他来到出站口的小门。

一个个旅客从火车上走下来,最后有两个人引起三水的注意。

这二人穿着一模一样的服饰：白色西装，头戴那种用厚胶片做帽舌的学生帽，鼻梁上架一副金丝眼镜，戴西式手表，每个人的手里还拖着一个大牛皮箱。

三水感觉这两个人的身形有点眼熟，但他俩的帽檐拉得很低，他不敢确定是不是王方庐和王熙，最重要的一点，他俩的大辫子没有了。"这肯定不是他们。"三水否定着。

等二人走到小站口，三水一眼看到走在最前边的那人身上背着一张古琴，是少爷，是少爷！三水的心都要蹦出来了，尽管他的变化如此之大，这张古琴三水永远忘不了，他跑着喊着，就差跳起来了。

"少爷，王先生！"

王方庐和王熙也发现了三水，他们喊着："三水！三水！"

回诸城的路上，三水不停地问，恨不得把少爷六年的事情统统问个清楚。

王熙还是爱开玩笑："三水，先别问那么多，等你少爷回家，你再问个明白。家里都给我们准备了什么好吃的？"

三水扬起马鞭，一声"驾，驾"，马儿嘶鸣着跑起来。三水说："琴心堂和经文堂这几天可忙活了，就为迎接两位少爷回家。三水让父亲去西河滩大集买了新鲜的大豆腐，少爷到家就可以吃上热乎乎的豆腐馅油炸糕。"

王方庐说："我是真馋三水家的油炸糕了。"

王熙说："有没有我的份？"

"王先生，您在我心里和少爷一样的分量，当然有您的份。"

三水一直用奇怪的眼神打量着他俩，话到嘴边却又吞回去。二人装作没看到，快到诸城时，三水实在忍不住："你俩的辫子呢？"

"剪了。"

"这辫子可以随便剪去?"

"必须剪,到家我就要给你剪。"

3

臧植堂的堂妹夫丁书衍从潍县来诸城仁里看望妻子臧小苏,家里的管家让下人赶马车来送,他非要一个人骑马来。丁书衍这人说一不二,管家也无可奈何。

仁里是诸城西南乡最大的地主庄园,臧姓明代以来即地位显赫的名门望族,其祖上臧尔令在崇祯十五年(1642)冬清兵南下时,亲率自家子弟守卫城西南门,激战多日,由于叛徒出卖,城被攻破,壮烈牺牲。清兵屠城,臧家牺牲了很多人。

丁书衍在仁里庄头,远远看到一个大四合院。到了近前,但见门楼高耸,朱门狮环,"对山堂"三个大字,用笔刚劲有力。

远望五莲山,秀峰奇异,巍峨挺拔,松柏垂影,山雾缭绕。对山堂,望山生意。

丁书衍下马步行,他要好好看一看夫人的老家。仁里大街,两边都是店铺。肉店、菜店、鞋店、剃头铺、茶水铺、中药铺、木匠铺、杂货铺等,人来人往,好不热闹。村子四周有围墙,村东、村西设有炮楼,墙下有壕沟。

这时,前面走来一人,近前询问:"可是潍县的二姑爷?"看样子是岳父派人来接,丁书衍回答"是"。于是,仆人在前边引路,三转两转,来到岳父家中。

丁书衍进了前厅,见一红脸汉子正和岳父说话。他上前施礼,岳父介绍,这是他的侄儿对山堂主臧植堂,刚从河南回来不久。丁书衍听妻子说过堂兄,臧植堂从小善恶分明,疾恶如仇,经常把奸臣魏忠贤、秦桧和族中管教他的严厉长辈的名字粘在大石块上，用树条抽打着说："我叫你不干人事，我叫你祸国殃民！"

"听说兄在河南执政期间，爱民如子。回诸城时，当地老百姓泪眼相别，万分不舍。"

"何止是万分不舍，还送'万民伞'一把，'万民衣'一件。"岳父补充道。

丁书衍和臧植堂交流了几句话，顿有英雄相见恨晚的感觉。他俩喝着茶，谈到当今局势，都很气愤。

谈话中，臧植堂才知道丁书衍认识刘恩泽，原来在济南和刘恩泽创办山左公学的刘栋厚，是丁书衍的老师。

岳父在一旁察言观色，看到丁书衍和侄儿臧植堂有话要说，便和二女儿臧小苏找个借口离开。臧小苏身怀六甲，长时间坐着也不舒服，要到后院休息。

丁书衍说："刘栋厚先生经常带我去潍县的智群学社参加活动，我是在那里认识刘恩泽的。"

臧植堂听刘恩泽说过，智群学社的人都是同盟会员，现在他知道自己和丁书衍是同道中人了。刘恩泽曾经告诉臧植堂，潍县有一富户出资赞助过山左公学和震旦公学，原来就是眼前的丁书衍。于是，臧植堂放低声音说："刘恩泽先生让我在仁里组织了一支三百人的义勇队，每周我都回来看看。"

丁书衍说："我记得有一次听孙先生说派人来诸城训练，难道就是这里？"

"对，就是孙先生亲自派人来指挥训练的。"

其实，丁书衍今天来诸城，一是看望怀孕的妻子，二是受刘栋厚所托，来寻找刘恩泽，有要事相商。

臧植堂让丁书衍饭后和他一块去城里，刘恩泽今天要来。

当时诸城出现了徐、王两大派系，明争暗斗，矛盾重重。听说徐还是袁世凯的拥护者，所以诸城的同盟会员行动格外小心。

从济南回来的人都剪去发辫，王方源带领家里的男人干脆全部剃了光头。

诸城同盟会员都剪了辫子，只有相州的王在萱没剪。

城里大户以祝清芳和王少聆为首，公然反对剪发，他们组织"保发会"，放出狠话"谁剪了头发，谁都会遭到霉运"。

王方庐和王熙留学归来，无异于又在诸城扔了一颗炸弹。这个由大户组成的封建堡垒，尽管活动着部分革命党人，毕竟凤毛麟角，其中有人还是投机和赶时髦。

城里哪有人见过平白无故穿一身白衣服的人，还有那时尚的礼帽、眼镜和手表。不过"护发会"的人说，别看他俩剪了发，肯定不是革命党，看穿得那样，革命党都把钱革命了，哪还有钱穿戴。

王方庐和王熙心中暗笑，他俩的装扮终于达到目的。

4

刘恩泽推着小车，启予打扮成货郎担子，同一天来到诸城。

借着欢迎王方庐和王熙，大家晚上在琴心堂聚会。

到场的有刘恩泽、启予、王云龙、王居一、陈明侯、臧少梅、孟炼、孟陆、隋棠、王鲁生、钟小贤、臧植堂、丁书衍、王燕宾、王天檀等。

刘恩泽把启予和丁书衍介绍给大家，启予说："各县力量现在相对孤弱，大家一定齐心协力，等候总部命令，不要轻举妄动。"

王方源问："刘先生、启先生，我们现在的主要任务是什么，不能干等着吧？"

刘恩泽环顾一圈，看着王方庐和王熙，说："两个年轻人回国，给诸城增加了力量。你俩集中精力训练东武公学学生，动员他们剪掉辫子。"

刘恩泽转而又对臧少梅说:"多发展农林学堂学生骨干,凡是剪发的,都可发展入会。"

刘恩泽讲完,启予接着补充:"王方庐和王熙,不仅要发动学生,还要把秘制炸弹的方法传授给最信任的人,让他们尽快掌握学会。"

"既然启予说了,我再强调一下武器的重要性。相信很快就会有大动作,臧植堂和王方源负责筹款去青岛买武器,其他人该协助的协助。"

刘恩泽最后对丁书衍说:"你在城里住一个晚上,等我安排妥当,明天下午我俩一块去潍县。"

会议结束,大家让王方庐给他们弹一支古琴曲子,已经六年没有听到他的琴声了。王方庐刚要推辞,王方源说:"方庐就弹一曲吧,最近大家心里沉闷,王熙和王燕宾先生也弹一曲,去去晦气。"

三人弹的都是《平沙落雁》,以清丽的泛音开始,节奏舒缓,随着琴声,听者眼前浮现出秋江宁静而苍茫的黄昏暮色。

听者还在景色中流连忘返,旋律却直转直下,由舒缓变为灵动,点缀着雁群鸣叫。

生机和欢跃从琴声中跑出来,美丽的秋江归于和谐和恬静。

三人的琴声都发生了不同的变化。王方庐和王熙的琴声出现了与这首曲子极不和谐的愤懑;王燕宾的琴声则隐藏着意犹未尽的愁绪。

丁书衍喜欢弹琴,他折服于王燕宾的琴声,好像一个迷路的孩子,忽然看见一个巷口,顿时柳暗花明。

吃晚饭时,丁书衍给王燕宾敬酒,请他明天一起去潍县,他要跟王燕宾学琴。

世间缘分难以解释。王燕宾和丁书衍的相识,促成了日后王燕宾和康有为的相见。

第二天上午,丁书衍无事可干,一个人到了超然台。其实,他早就想来超然台拜谒苏公,可是每次来诸城总是来去匆匆。他仰慕苏东坡的为人,对苏东坡诗词情有独钟。

丁书衍先去了苏公祠,看到苏东坡峨冠多髯的塑像,想起他气势磅礴的诗词,不由感慨:"拜坡公遗像,南望马耳,双峰对峙,岚光扑人。穆陵卢山,隐约可见。吊古人之遗迹,实不胜慨然太息也。"

"先生喜欢苏公诗词?"丁书衍回头一看,来了一个少年。少年清瘦,长脸,戴一副金丝眼镜。

"我喜欢苏东坡的《水调歌头·明月几时有》。"说着,丁书衍吟道:"明月几时有,把酒问青天。不知天上宫阙,今夕是何年?我欲乘风归去,又恐琼楼玉宇,高处不胜寒。起舞弄清影,何似在人间!

转朱阁,低绮户,照无眠。不应有恨,何事长向别时圆?人有悲欢离合,月有阴晴圆缺,此事古难全。但愿人长久,千里共婵娟。"

"我喜欢他的《蝶恋花·春景》。"少年也情不自禁地吟道:"花褪残红青杏小。燕子飞时,绿水人家绕。枝上柳绵吹又少,天涯何处无芳草。

墙里秋千墙外道。墙外行人,墙里佳人笑。笑渐不闻声渐悄,多情却被无情恼。"

丁书衍奇怪,小小年纪竟如此缠绵,将来定是个多情男子。

"请问你的名字?"

"我叫王奚泓,诸城相州人。只顾着谈论苏公诗歌,也没请教大哥您的大名。"

"我叫丁书衍,潍县人。"

刚说完,丁书衍就问:"你是相州宋家庄子抱德堂的二少爷?"

王奚泓疑惑:"你怎么知道?"

丁书衍笑了笑,说:"我姥娘家是相州王,诸城巴山。"

丁书衍告诉奚泓他来诸城仁里看望妻子,顺道来城里拜苏公。

王奚泓告诉丁书衍他在县立高等小学读书,时常和同学登上超然台,凭吊苏公。

二人可谓一见成知音,当即称兄道弟。谁都没有想到,最后他俩真成了兄弟。

说话间,王奚泓的同学过来找他。丁书衍和王奚泓匆匆作别,王奚泓邀请丁书衍有时间多来诸城走动。

第二十三章

1

赵魏民到了青岛，没有找到丁承德、刘恩泽和启予。

他想尽办法联系上王书山、邓峻，还有在青岛特别高等学堂读书的班其锐。

几个人聚在一起，商谈了好几天，最后决定以诸城为根据地，发动各县起义。

对以诸城为根据地，赵魏民提出质疑。王书山解释说："高密离诸城近，我对那里地形熟悉，诸城多山近海，可战可守。"

赵魏民说："相州的王景羲在诸城有威望，你去联系他，让他发动诸城的有识之士，做好内应。"

王书山立即去了高密，找到王天檀，让他回相州转告王景羲，到诸城碰头。

形势变得严峻，王书山联系上臧少梅和他的学生臧文杉，几个人一起去了臧家太古园。

王景羲和王天檀比他们晚来一个小时。王书山把在青岛研究的举义方案一说，王景羲立时变了脸色，坚决反对："刘恩泽一再强调不要轻举妄动，我看还是联系上他，听听他的想法。"

王天檀是急性子，对王景羲的态度极为不满："难道刘恩泽先生不在，我们什么也不能干了？"

"五弟，不是不能干，是要慎重。"王景翥非常理智，不管谁说，他都不同意。

王书山说服不了王景翥，只好先回青岛汇报。

王天檀一肚子不满意，一个人去了高密。

赵魏民听了王书山带来的消息，并没有打消他要发动起义的念头。他分析说："青州为本省心脏，拿下青州，西可直捣济南，东可控引胶沂，缴获敌人的军械，打通山东全境。"

有人提出不同意见："青州东接巡防营，兵力雄厚，攻之未必攻下，攻下未必守住，危险极矣。"

赵魏民也来了火气，说："迂儒虑危险则安居，何来以为？"

经过研究，大家决定兵分三路在各县发起进攻。一路由宋林召带领，进攻即墨；一路由赵魏民带领进攻青州；一路由班其锐带领进攻高密和诸城。

赵魏民让陈明侯、吕自任去上海、烟台、大连接洽，联系各地义军。他说服争取清军驻胶济铁路丈岭车站的陆军哨兵刘德懋，在青州行事时率部响应。

鉴于赵魏民和王雍夫的勇敢，大家推举赵魏民为光复青州司令，王雍夫为副司令。赵魏民一边急电各州县志同道合之人，希望能于十二月初一齐聚青州；一边从青岛精选六十个革命党人，跟随到青州。

这六十个人，分两批走。

按照原定计划，先到达的人，潜伏在城外。等快枪、炸弹、地雷及所有军械从地道运到城内，大家集合到一起后，突袭南城。拿下南城，再急攻北城满营。

北城军营都统素来机警，听说各地民军蜂拥而至，命令日夜严加看守。

都统早就让其部下瑞增训练了十几个杀手，遇到可疑之人就杀，很多革命党人遭了毒手。

赵魏民潜意识中感觉自己这次凶多吉少。他去高密拜见了老师，和老师谈了一整晚，特别嘱咐老师要注意身体。

第二天上午十点钟，他步行去了烟捐局，拜别父亲："儿将赴青州，可能从此就见不到您了！"

父子同心，父亲冥冥中也有一种不祥的感觉。可是痛恨清政府的他，却忍着悲伤说："好自为之。"

该见的人都见了，赵魏民一心赴死。他从坊子上了火车，下午两点半到达青州。

藏在店铺的王雍夫出来和他接头。赵魏民说："你们都换上清服，戴上假辫子，从大路走，不要和我一起走。我一会儿由城北夏庄进城。"

王雍夫不放心，要求他和大家一起走。赵魏民却不听，说："夏庄西临满城，城中人都认识我，清兵虽强悍，必不敢在此行凶。"

王雍夫看说服不了赵魏民，只好带着大家从大路进城。

赵魏民身穿西装，手拿皮包，大摇大摆地往青州城北走。

螳螂捕蝉黄雀在后，赵魏民刚走到夏庄庙东，隐蔽在暗处的瑞增从他背后射击，子弹穿透了赵魏民的头骨。

其实，军营早就命令全城戒严。北城守兵全部上城墙守卫，南城守兵来回巡视，南北两城士兵共有好几千人。

王雍夫正等着和赵魏民汇合，城墙上却传来清兵的喊叫声："城内的革命党投降吧，赵魏民已被打死。若不投降，只有死路一条。"

王雍夫听到赵魏民死了，他不敢相信这是事实，刚才他俩还在谈话，人说没就没了？

王雍夫满脑子里只想着为赵魏民报仇，他愤怒地高喊着："冲啊！冲啊！为赵魏民报仇！"

义军和清兵力量根本无法相比，那么多清兵，义军也靠近不了。

王雍夫失去理智，继续喊着："冲啊！给赵魏民报仇！"他带领义军和清兵血战，可是敌人高踞城头，占据了制高点，冲锋的革命党人一个个倒下去，躺在血泊中……

王雍夫冷静下来，让其他人快撤，他只身一人前往赵魏民停尸的北关萧泾寺。

大家上前阻拦王雍夫说："去就是一死。"王雍夫把枪对准自己的太阳穴，说："今天谁要拦我，我就死在你们面前。"

大家眼睁睁看着他一个人去了北关萧泾寺。

到了萧泾寺，他揭开棺盖，看到赵魏民圆睁双眼，像活着一样。

王雍夫扑通跪下，咬牙切齿地发誓："赵魏民，你安心上路！不报此仇，我誓不为人！"

王雍夫站起来，他要和敌人同归于尽。

这时，赵魏民的父亲一步闯进来，拉住他说："雍夫，不要这样。纵不自惜，独不为国家惜乎？"

待王雍夫安静下来，赵父揭开棺盖，用自己的衣袖给儿子轻轻地擦了擦脸，把他睁着的眼睛轻轻合上，老泪纵横："魏民，你是父亲的骄傲，放心走吧，父母你不用牵挂，我们会照顾好自己的。"

接着，赵父盖上棺盖，和王雍夫小声说了几句，一起走出萧泾寺。

赵父把王雍夫和十几个革命党人秘密安排到一家旅店中。他连夜找到青州知县，说："我儿子已经死了，我也没有什么牵挂的了，如果你不想那些人再在青州起事，就送他们出城，我和你也相安无事。"

2

诸城知县派人找来皇华下六谷村的丁剑虹，对他说："丁翰林，各县形势不是很好，现任你为会长，招募壮丁，按时巡逻，确保革命党不能进城。"

吃午饭时，琴心堂田管家无意说起招收壮丁的事，王方源放下筷子，和儿子王熙耳语几句，便去了经文堂。

王方源见到王鲁生，问："方庐呢？"

"整天在书房不知干些什么，连媳妇都不准靠近。"

"我去看看。"

王鲁生陪着王方源来到儿子的书房，轻轻地敲门："方庐，你师父来了。"

屋里立时传来打扫的声音，过了有五六分钟，王方庐才打开门。他接连打着哈欠，看样子又是一晚没睡。

王方庐的古琴还是放在原来的地方，只是屋里多出一张桌子，很奇怪的是桌子上什么也没放，但明显看出是刚才收拾过了，因为桌子上残留着一些粉末。

王鲁生和王方源像是明白了王方庐整天躲在书房里干什么，既然他不想说，他们也就没有问。

王方源对王方庐说："听田管家说，县里在招收壮丁，我已经让王熙去找臧少梅堂长，安排几个人进去。你现在去东武公学，找你培养的几个骨干，看看他们的家人有没有合适的，让他们去应征，到时可做我们的内应。"

谁也没有料到，三水报名进了防御队。王方庐找到他，不解地问："你进防御队干吗？"

三水把王方庐拉到一边，说："少爷，我不是冲动来的，你干什么我管不了,但保护好你,是我一辈子的职责。"

既然三水这样说,王方庐也不好再阻拦。

丁剑虹发现了王方庐,过来打招呼。王方庐守着丁剑虹不好多问,就让三水先回队里。

防御队招收了六十个队员,丁剑虹带着他们日夜操练。五个城门,白天每个城门十人站岗;晚上更加戒备,城门上增加人手,城墙上还派人轮班巡守。

臧少梅集合农林学堂师生,说:"奉县谕,教师、学生都要在夜间守城,每三个小时一班。"然后,他让臧文杉排好班,每个班选出班长。

当天晚上,王云龙、臧少梅、王方源、王方庐、王熙聚集到对山堂臧植堂家。王方源严肃地说:"县里既然成立了防御队,我们成立歃血团,到时将成为诸城独立的中坚力量。"

臧少梅抢着说:"那就以农林学堂学生为主。"

王云龙说:"县立高等小学也组织部分学生参加。"

王方庐说:"东武公学也要参加。"

深夜,人们已经进入梦乡,连狗的声音都听不到了。原本皎洁的月光,被蒙上一层迷雾。

歃血团在火神庙农林学堂大教室成立。参加歃血团的一共十八人,有王熙、徐士元、徐次青、徐培阶、王墨田、王香谷、王次中、王荐秋、杨占奎、李霖、李珂臣、李恭臣、孙献臣、徐彝侍、徐彝俸、臧律均、臧文杉、王文卿。臧文杉任团长,臧少梅、王方源、王云龙、王方庐做他们的监督老师。

歃血团集体宣读誓言:"凡参加者定要同生死,共患难,绝不反悔变节。"

歃血团宣誓完毕,每个人刺破手指,把血液滴在一起,歃血为盟。

别看臧少梅做事大刀阔斧,是个粗中有细的人,他把歃血团写有誓词的盟书埋到火神庙的后墙基里,计划等诸城独立胜利再取出来。

第二天,臧植堂带上四千两银子,和臧少梅一起去青岛购买军火。

臧植堂走的时候,特别嘱咐王方源,尽快联系高密的人做炸弹。王方源悄悄地对他说,方庐已经制作了一些。

3

王书山从青岛带着两名革命党人潜到高密城内。他先找到王天檀,问:"城中敌人的布置,你清楚不?"

王天檀说:"最近我的任务就是摸清敌人底细,他们的情况我基本掌握。县内除高密地方武装,南关驻守着清军张树元的一百多个陆军。"

王书山第二天通过亲戚联系上清军陆军的一个百长。他开门见山地说:"现在的形势你也清楚,我没别的要求,给你的兵一个月的薪饷,只要听到枪响,你们不开枪就行。"

这么好的条件,百长自然答应,到时随便编个借口就可以搪塞过去。

只是,王书山随身携带的银子不够,亲戚先拿出来四百两银子。

王书山让王天檀密切关注清兵动向,他返回青岛汇报情况。

送走王书山,王天檀把青岛来的二人安置在劝学所,这里靠近东门,届时打开城门,就可迎接班其锐他们。

王天檀说:"到时青岛来的人会说'飞抛血衣',你俩回'今朝报仇',如果暗号对上,立即打开城门。"

古琴

二人默记于心。

1912年腊月初九晚上，班其锐、王书山、邵林逊等十几人，从青岛乘火车直达高密。

他们直接来到东门，发出暗语："飞抛血衣。"

城内的二人回："今朝报仇。"

暗号正确，隐蔽的二人打开东门，放他们进来。

有人朝天空发了红色的信号弹，信号弹升上天空。

随着信号弹的升起，枪声、爆炸声，从高密城的各个方向传来，看样子王天檀组织的人马也开始行动了。

高密知县还在和"周公"谈升官梦，听到枪声，一激灵爬起来，喊着："快跑，义军打进城了！"

知县自己先乱了，他带着侍卫仓皇逃跑。

义军零死亡，毫无阻碍地占领县衙。

高密宣布独立，推举班其锐为临时司令。

攻取即墨的革命党人畅通无阻，顺利攻取县城。遗憾的是，即墨宣布脱离清廷不到两天，德国人借口即墨"与外交极有关系，不能驻兵"，派马队一百三十余骑抵达即墨城中，逼迫民军出城。

德国人同时电告山东巡抚张广建，要其迅速出兵，杀回即墨。张广建闻讯后，立即派张树元亲自率领五百余名清军，赶赴即墨夺城。

清军与德寇两方夹击，寡不敌众的革命党人与民军且战且走，退出即墨。无奈之下，放弃高密，向诸城撤退。

4

青州知县骑虎难下，如果不放走王雍夫他们，赵魏民的父亲肯定会和他鱼死网破，只好按照赵魏民父亲提供的地址，找到王雍夫住的旅店。知县不情愿地说:"你们在这里,旗营已有所知晓,现在青州各处戒备森严,如果你们再行动,我更难保全。最好你们离开这里,我可以派人将你们送出青州县境。"

王雍夫略一思量,此时在青州活动确实困难,不如去安丘,再谋进攻之事。

于是,王雍夫答应了青州知县。县长派人抄小路把他们送到安丘高崖村。

来送的人抱拳施礼,说:"各位勇士,已到安丘境地,就此告别,多加保重。"

为安全起见,王雍夫他们磨蹭到天黑才进安丘城,住到了南关店。

王雍夫心情极度郁闷,闭上眼睛就是赵魏民死不瞑目的样子,千恨万恨,借酒浇愁,王雍夫晚上一个人喝了一斤多景芝白干。

以王雍夫平常的酒量,半斤就会醉,现在一下喝进去一斤多,走路都摇摇晃晃的。他眼前出现无数个赵魏民,这些"赵魏民"睁着眼睛,仿佛在说,你为什么不替我报仇?

古琴

第二十四章

1

钟小贤正要去琴心堂找王方源,刘恩泽来到他家。

从老师刘恩泽的神色上,钟小贤知道有任务。他一边嘱咐门房不要告诉任何人老师的到来,一边把刘恩泽领进书房,他还特意叮嘱管家什么人都不准过来打扰。

钟父这几天眼皮一直在跳,尽管刘恩泽经常来找儿子,有时他在钟家一住就是半个月。但这次刘恩泽的到来,钟父的心里总感觉慌慌的,好像有大事要发生。儿子经常往家带陌生人,又是卖地,又是让出钱,前段时间为了给启予筹资,竟然私自把家里的一匹好马卖掉。钟父装聋作哑,也不让钟母过问。

刘恩泽关上书房门,还朝窗外瞅了瞅,才对钟小贤说:"急着来找你,是想让你去泊里找青帮的王帮主,让他帮着出一部分人和枪。咱们的举义需要青帮豪勇壮士的协助。"

二人在书房里一直密谈到十二点。

钟父极力挽留刘恩泽吃了晌午饭再走,刘恩泽却说有要事要办,和钟小贤一起离开了大仁和村。

钟父喃喃自语,有什么要事竟然顾不上吃饭?他心里再次慌乱起来。

钟小贤和老师分了手,赶去泊里好友王济生家。他直奔主题说明来意，王济生是个玲珑之人，一点就透。

王济生招待钟小贤吃了午饭，领着他来见王帮主。

钟小贤刚要阐述革命的意义，王帮主爽快地说："只要是济生恩公让干的，就是掉脑袋我也去。"

钟小贤和王济生离开后，王帮主组织帮会一百多人，打扮成各种做买卖的，分批进入诸城城里。

钟小贤从泊里到了诸城城里，找到王方源、王方庐和孟炼，传达刘恩泽带来的指示，几家大户分头去行动。

第二天下午，琴心堂、经文堂还有孟家大门口分别来了十多个人，这些人推着小车，名义上是几个堂号雇来帮年的。其实，他们的土枪藏在小车里。

这三十几人和二十几杆枪，编入王帮主的队伍。

武昌起义后，从广州回大李子园的刘仲永和哥哥刘伯泉一起，在附近几个村组织了十几人和七八杆枪，也加入这个队伍中。

当时诸城除了歃血团，隋棠和臧著信还组织了学习团，以农林学堂学生和隋棠在昌城发展的会员为主，他俩分任正副团长。

王天檀回相州私立三等学堂组织了自己的团，团员以学生邱翰西、邱建西、赵蓉初、王契轩为主。

为了筹枪，王天檀到吉星堂找王璞，坦诚地说："四叔，我也不想瞒您了，我计划带着十几个学生去参加支援诸城，您帮我弄几杆枪。"

王璞早就猜到侄儿是革命党，安排王天为远去北京读书，就为把二人拆开，不能让儿子加入革命党。

王璞犹豫着，如果给王天檀枪，是在帮他，还是在害他？

"潍水鱼郎"王梅轩虽然不按时去学校上课，但是王天檀的动静还是被他察觉到了。他紧跟王天檀来到吉星堂，对王璞说："你家的枪和我家的枪都给他，有枪兴许还能保住他的命，没枪的话……"王梅轩打住不说了。

吉星堂只有三杆枪,王璞拿出来给了王天檀,然后叹了一口气,说:"你去其他堂号,就说我说的,都把枪给你。"

说到这里,王璞的心情沉重起来,他严肃地说:"天檀,有些事我管不了你,但是你有母亲和媳妇,要注意安全,要平安无事地回来。你若有个闪失,第一个和我过不去的就是王天为。"

王天檀从各个堂号找到十一杆枪,四叔让王天柯找来两辆马车,把天檀和邱翰西等人送进城去。

马车两头放置着一袋袋麦子,装作去城里送粮食。

2

冬天的晚上,北风像是得了失心疯,施展着浑身解数,街道上的小树,被刮得东倒西歪。

琴心堂大厅的灯光一直亮着,王云龙、隋棠、钟小贤、王方源、孟炼兄弟,密谋到了十二点。大家最后一致决定,让孟陆明天早晨五点钟出城,在三里庄孟家老宅,接应从安丘来的王雍夫。

这些人前脚刚走,王熙后脚到的家。最近,他和王方庐、臧文杉、王天檀在东武公学训练学生。

王方庐也是此时回家的,他忽然想起大冷的天,在城门值守的三水衣裳穿得不多,他赶紧回书房拿起一件自己的棉袍,准备给三水送去。媳妇朱且清还没有睡,看到王方庐大半夜的又往外走,便走出来关切地问:"方庐,这么晚了,你还要出去?"

"你睡你的,我还有事。"

朱且清不禁叹了一口气,气息一丝丝地消融在冰冷的黑夜中。

三水做梦都想不到少爷会亲自来给自己送棉袍,留学回来的少爷还是原来的少爷,一点都没有改变。三水激动得就差哭出来了,他一边敦促少爷快点回去睡觉,一边给他整理被风刮歪的礼帽。

王方庐嘱咐了三水几句,才匆匆离去。

王方庐从南关街回家,虽然夜深人静,风并没有停下来,树梢在风里狂舞,发着尖利的咆哮。

腊月十三上午十点,王雍夫带领的义军和高密班其锐带领的义军在诸城城北会和,共有一百多人,合力占领五里堡。

孟陆接到义军到来的消息,把队伍接到三里庄孟家老宅。

听说从安丘和高密来了义军,知县吴埍吓坏了,下令紧闭城门,严防死守。

安顿好队伍,王雍夫大声喊话:"城上的士兵听着,赶快让吴埍打开城门,迎接义军。"

自大的吴埍心存侥幸,妄想等待援军,不肯开城门。当时城里驻扎着清兵巡防营,有五十人。哨官杨子维主动向吴埍请命,企图出兵击退义军。

王方源、王景翥和孟炼三人结伴来见杨子维,警告他说:"我们的人还在后头,况且举义之风潮遍布全国,不如暂避一下为好。"

王方源都亲自出面了,杨子维有点后怕,于是率兵从西南门出城,撤到程戈庄,驻扎下来。

城里各个小团体都在做准备,大街上到处贴满"诸城要脱离清廷"的标语。吴埍清楚是农林学堂、县立高等私立小学、东武公学师生所为,但没抓住实证,也不敢随便抓人。

吴埍迟迟不开城门,王景翥、王方源、王云龙等人经过协商,集体去见吴埍,警告他不要沦为历史笑柄。

吴埍成了热锅上的蚂蚁,他把丁剑虹当作救命稻草,让他给拿个主意。丁剑虹也没有好办法,和吴埍商量说:"不如派个人去城外说和。"

"你看派谁去好？"

"让王景羲去，他比较有分量。"

丁剑虹上门去找王景羲，王景羲在城里的房子离砚香堂不远。

丁剑虹进门第一句话就说："王议员，吴县长请你去城外和义军谈判，只要他们答应退兵，提什么条件都可以。"

前些日子，高密的王书山和王天檀来太古园找他，要求发动地方力量组织接应，他当时没同意。青州和高密举义失败的消息相继传来，王景羲深感内疚，坐卧不安，这次他满口答应。

王雍夫却把王景羲当作人质，扣在城外。

过了两天，到了腊月十五，还有半个月就要过年了，诸城却没有一点要过年的气氛。

往年这个时候，三水父母的炸糕店和对面的德胜糕点早就忙得一塌糊涂。先不说大户人家上门定做，就是小门小户，谁家过年不买几斤红豆馅油炸糕和德胜的鸡蛋糕走亲串友。

在青岛的臧植堂和臧少梅接到密报，青州义军和高密义军聚集在诸城城外，进不去城。二人心里着急，但是购买的武器交了定金，却还没有送来。

臧植堂只好留下臧少梅，他一个人先回诸城。走时，他对臧少梅说："你在这里盯着，武器拿到手马上运回去，我回诸城看看是个啥情况。"

臧植堂到了诸城，先去孟家老宅见了王雍夫和起义军，把青岛买武器的情况做了简单汇报。

王雍夫听老师说起过臧植堂这个人，有格局、有胸怀，他打心里欣赏这种人。他对臧植堂说："吴埙这老贼拒不开城门，臧老爷可有办法？"

臧植堂说:"先找两个人跟着我进城,到时根据具体情况,随机应变。"

臧植堂怕王雍夫着急,劝他说:"王方源他们肯定在城里想办法,义军很快就可以打进城去。"

孟陆替臧植堂担心:"这两个人你怎么带进去?"

"这个你们不用管,安心在外边等我的消息就行。"

臧植堂让马车夫拉着他们去了东北门,他在城下高喊:"开城门,我要进城。"

可是,任凭他喊破喉咙,值守的两个坊长也不开城门。

臧植堂继续高喊:"我是臧植堂,打开城门,我要进城。"

"接吴县长命令,任何人不准进城。"

臧植堂气得跺脚,骂:"兔崽子,眼睛长屁股上了,我是臧植堂,不认识了吗?"

"臧老爷,多担待,我们是奉命行事。"

马车夫把嘴凑到臧植堂耳朵边,小声说:"老爷,我们去西北城门,看看三水在不在?"

臧植堂拍一下脑门,看我这记性,在去青岛前,王方庐还特意说过这事。

马车夫拉着他们,从东北城门,转到了西北城门。可是,三水不在,临时被丁剑虹叫去了。

负责防守西北门的是坊长李殿一,李殿一家是对山堂的佃户,臧老爷一向对他们不薄。臧植堂朝着城门喊:"李殿一,给我们打开城门,青岛亲戚生病,我去探望亲戚了。"

李殿一看是东家臧植堂,平常没发现他有革命行为,命令兵丁打开城门,让臧植堂进城。

等马车到了近前,李殿一发现除了臧植堂和马车夫,车上还有两个陌生人,他为难地问:"臧老爷,他俩是谁?吴县长不让任何人进城,您可不要给我惹麻烦。"

"这是青岛亲戚的侄儿,来拿药的。王燕宾中医看得好,让他来诸城拿点药回去给亲戚吃。"

臧植堂一想这个理由不够充分,拿药也不用来两个人。他便指着其中一个身材偏瘦的补充说:"这个是我亲戚的邻居,常年肠胃不好,专程来找王燕宾看看。"

李殿一让他们快进城,另一个坊长却把李殿一拉到一边,提醒说:"这可是严峻时刻,你私自放他们进城,到时有事你自己担着。"

"你看臧老爷像是革命党?"

3

臧植堂把带来的二人安置在对山堂,他一个人去了琴心堂。

他对王方源说:"王先生,您去叫丁剑虹来,也只有您叫得动他。"

丁剑虹喜欢弹琴,他最佩服的人就是王方源。

王方源的到来,让丁剑虹受宠若惊,王方源从来没有到过他的住所。丁剑虹殷勤地给王方源让座、倒茶。王方源说:"丁团长,您别忙活了,我有事得请您去我家里一趟。"

丁剑虹不由纳闷:"人都在这里,有什么话只管开口,怎么还得去琴心堂?"

王方源反复说:"到我家您就知道了。"

看到臧植堂他们在,丁剑虹立即明白,原来王方源不光会弹琴,还会革命。

丁剑虹的脸上并没有表现出惊诧,他要以静制动,接过王方源递给他的茶水,慢慢地品着。

臧植堂说:"丁团长,我也不打马虎眼,形势摆在这里,革命党人就在城外,如果你是个明白人,请配合我们。"

丁剑虹继续喝茶,一言不发。

王方源直视着丁剑虹,说:"丁团长,清朝一定灭亡,革命一定成功,您就别装糊涂了。"

丁剑虹心里其实安装着一根弹簧,只等王方源用力,弹簧就会拉长。他站起来,就像是和谁赌气似的,大声说:"我赞同诸城脱离朝廷。"

十五的晚上,高悬的月亮像个圆盘。

在文庙敬一亭,县长吴埙和五坊坊长,还有诸城有名的乡绅聚在一起,商议如何击退城外的义军。

吴埙睁着一双血红的小眼睛,狰狞地说:"他们这是造反,是要杀头的。我看他们还是见好就收,识时务者为俊杰。"

乡绅祝清芳善于拍马屁:"吴县长,千万不能让这些乱臣贼子进城,您得赶快发电报给朝廷,请他们派兵过来镇压。"

乡绅王少聆一脸奸诈,咬牙切齿地附和:"吴县长和祝老爷说得对,把他们统统杀光。"

乡绅龚介南和刘盟南苦着一张脸,说:"吴县长,您可要保护我们,让这些义军得逞了,没有我们一点好处。"

吴埙发现有不少和自己站在一起的,更加嚣张地说:"这些乱臣贼子,妄想!我坚决不答应。"

水烧到九十度,眼看到沸点,烧沸了就不好收拾了。被吴埙煽动的局面有点不妙,臧植堂突然站起来,从腰里掏出用红布包着的炸弹,大声叫喊:"谁要敢阻挡义军,我让他尝尝这炸弹的厉害!"

王少聆一听炸弹,吓得双手捂头,躲到桌子底下。祝清芳和其他几人,腿肚子抖得像筛糠,话都不会说了。

臧植堂把炸弹半遮在怀里，盯着吴埍，继续说："吴县长，您是想让我们同归于尽吗？"

王少聆几乎趴到地上，在桌子底下哆哆嗦嗦地喊着："臧植堂，求求你，千万别扔炸弹。"

那几个人也喊着："别扔炸弹！"

到了这个地步，吴埍走投无路，只好无奈地说："我同意义军进城。"

已经到了半夜，王方源、王方庐打开了东北门，义军终于进了城。

王方源过后问臧植堂："你哪来的炸弹？"

臧植堂掏出怀里的炸弹，原来是一把打掉嘴和把的茶壶。王方源哈哈大笑，"真有你的"。

臧植堂没笑，他说："本来我想去找王方庐要一个炸弹，但是时间不允许，接到通知就去了敬一亭，只能铤而走险。"

4

狡猾的县长吴埍和把总金洪奎等人趁着义军进城，跑到阁街路南的教堂躲藏起来。

1912年2月3日，山东诸城宣布独立，成立了军政分府。

军政分府当天打开积谷仓放粮，宣布保护教堂、学校、商绅和居民安全，号召凡愿剪掉发辫的人，都可加入革命党。

军政分府一面张贴布告，一面组织宣传队，在街头巷尾开展宣传活动，号召各界人士响应起义，推翻清政府。

军政分府颁布的都是亲民政策，老百姓的生活没有因为义军的到来而受到影响。

只有大户们惊恐不安，以为大难临头，争相出城。姑娘和老太太脸上抹上锅底灰，穿上破旧衣裳，装扮成穷苦人逃往城外。

看到这种情况，王方源让东武公学教师张鲁泉写一张告示贴在城门上："晓谕百姓，勿得惊慌。革军到此，与民无伤。城内妇女，莫再逃荒。"

看到告示，大户妇女出城的明显减少了。

王方庐、王天檀带领东武公学的学生到处张贴"驱除鞑虏，恢复中华，创立民国，平均地权"的标语。

县立高等小学的学生在几条街道上巡回喊标语口号。王居一的表弟范玉接到王云龙口信，带着王居一的堂弟王居钦和十几个学生赶来诸城，加入学生队伍中。

王天檀看到王奚泓在队伍里，喊着："奚泓！奚泓！"

王奚泓没有听到，因为学生喊口号的声音太大了。

古琴

第二十五章

1

王方庐最近三天连续在做同一个梦,他清晰记得这个梦和他十五岁那年做过的梦一样:电闪雷鸣中,他和书童三水出诸城西南门,在瓮城转悠一圈,然后穿过瓮墙上的小门,到南边苹果园里摘了一筐又一筐苹果,那些苹果闪着光。唯一不同的是,十五岁那年的梦中,苹果闪着红光,现在的梦中苹果闪着鬼魅的绿光,并且他怎么也找不到三水,只有一只绿色的蝴蝶在他身边飞来飞去,他却捉不到它。

见到三水,王方庐把梦境告诉了他。三水说,奇了怪了,我这个人从来不做梦,昨天竟然一晚上都在做梦:我在地里割麦子,割倒了一片又一片。少爷喊,三水别割了,我就是停不下来。从梦中醒来,感觉我的腰还在疼。

王方庐说:"可能最近都太累了。"

"少爷,您看这局势,没有问题吧?"

"老话说擒贼先擒王,我的看法是,应该尽快把吴埧捉拿归案。"

"我赞同少爷的看法。少爷,您可要当心,没我在身边,您要照顾好自己。"

"发现城外有什么动静,你要尽快来告诉我。"

"放心吧,参加防御队,我就是准备给少爷通风报信的。"

"我早就猜到了。"

....

躲在教堂的吴埙和神甫顾思德伺机反扑,他们给山东巡抚张广建发去电报,要求调兵来镇压诸城义军。

吴埙很快收到了张广建的回电,邻县巡防营的几百人已经从西、北两个方向向诸城进发。

大多数人陶醉在"独立"的喜悦中,认为诸城偏远,清兵无暇顾及。军政分府业已成立,各县的革命党人必会响应,山东光复指日可待。

贾振琨却不这样认为,他在会议上坦陈自己的观点:"分府虽已成立,然手下并无强兵;诸城虽已克复,然省内清兵并未受重创;城内学生军缺乏训练,枪械寥寥无几,清政府余孽又藏匿城中,此时万不可高枕无忧。应速揪出狗官正法,并清洗城中余孽。还应派人外出继续购置枪械,以备大举。"

大家争相发表意见,王方源、臧植堂和王方庐持与贾振琨一样的观点,希望尽快捉拿吴埙。

王雍夫早就按捺不住,站起来说:"我带兵去搜。"

臧植堂说:"让王天檀去青岛,协助臧少梅运回原来购买的枪支弹药,再捎上些银子增购一些枪械。"

第二天,王雍夫吹响集合号,给农林学堂、东武公学、高等小学学生训话,鼓动学生包围教堂,揪出吴埙正法。

独立后才参加进来的农林学堂教员张鲁泉却站出来反对:"你们这样做要引起国际交涉的,万万不行!"

王雍夫说:"哪里不行?你说出个道理来。"

张鲁泉却说不出个所以然,于是二人争执起来。

众人不欢而散,搜查城内余孽也成为一句空言。

萧九，自己诚实，也不防备别人。他和丁承德是铁哥们，最早的同盟会员。

武昌起义后，萧九按丁承德指示，奔走于天津、济南、青岛、安丘、乐陵、寿光、临沂、诸城等地，联络和组织义军，发动起义。在诸城那段时间，他认识了神甫顾思德，被他的假象所迷惑，认为他是个可信赖之人。

顾思德为了探听义军消息，来找萧九叙旧，假惺惺地问："诸城'独立'可喜可贺，你们枪械还充足吧？"萧九忧心忡忡地说："民政长上午派人去了青岛，运回武器就有保障。"接着，萧九试探顾思德："顾神甫，可曾见过吴埙？"

"你可别听外面那些谣言，若是吴埙在我这里，我一定交给义军。"顾思德装出一脸无辜的样子。

萧九只好说："识时务者为俊杰，我相信顾神甫一定会顾全大局。"

顾思德担心再聊下去露出狐狸尾巴，借口教堂里有事，起身告辞。

顾思德回去对吴埙说："趁着他们买的武器还没运回来，我们得赶紧行动。"

吴埙也觉得这是最好的反扑机会，他对顾神甫说："你快速密电临沂清军，请求派兵镇压诸城义军。"

"我想个办法把这消息送出去。"

腊月二十三，原本是北方的小年，整个诸城却冷冷清清的。

阴天，天空的颜色不好形容，像谁用抹布胡乱在天空抹了几道，大朵大朵的乌云混沌在一起。

王雍夫从小道消息得知张广建派清军来围剿诸城，派出十一名革命党人出城查看情况。

派出城的人巡逻到诸城吕标时，被埋伏在那里的清兵偷袭杀害。

顾思德再次利用这个机会找到邓峻，假惺惺地说："我愿出面去和清军调停说和，在你们的武器没运到前，不起事端。"

王雍夫说："你转告他们，腊月二十六日在城外三十里择地交涉，这样伤害不到城里的百姓。"

邓峻满腹仇恨，含着眼泪说："要和，先让他们送十一个人来抵命。"

顾思德心里暗暗高兴，他骑上快马，出城去吕标把城里的实际情况一五一十地告诉了清军。

当时与顾思德一同出城的，还有城里的乡绅王少聆。

2

这恐怕是诸城有史以来最冷清的小年。污浊的夜空里，传来稀稀拉拉的鞭炮声。

琴心堂和经文堂更是冷清，连花猫走路的声音都听得到。

两家主人无心给灶王爷上香，只由管家把请来的"灶马"从最上端裁下灶王爷骑马像，放在米缸里，算是"喂马"。月份表裁下来，贴在门后头，留着第二年看。套色的灶王爷像贴在靠近大锅灶的墙上，前面摆放供桌，点两支红烛，一炉榆香。供品三样，一般是软枣、蜜饯和麦芽糖。家家户户，谁也不敢保证一年不做一件错事，不说一句错话，请灶王爷吃这三种甜食，就是想糊住灶王爷的嘴，让他见了玉皇大帝，口齿不清，含糊了事。即使说得清，吃的都是甜食，蜜甜的嘴里也说不出不好的话来。

上香完毕，从米缸取出"灶马"，连同纸钱一同烧掉，灶王爷爷上天言好事去了。灶王这一去，要到正月初七才回来。

今年的小年，琴心堂和经文堂的管家心愿都是：希望灶王爷

古琴

把平安捎回来!

王方庐的心里也有一个心愿,只是他不说,谁也不知道。只见他一遍遍擦拭着自己的古琴,琴上的每一个音符都像一个隐喻,甚至会变成一片羽毛,在血雨腥风的世界里,如同利箭一样穿过黑暗,去寻找那久远的光明。

冬天的风善于偷袭,它们不停地游走在冻得瑟瑟发抖的守城学生身上,刮到脸上时,犹如闪着寒光的刀片那么一划,脸被划得生疼。

这些守城学生在城墙上不停地跺着脚,只有这样,他们才不至于被疯狂的北风刮倒,单薄的身体才能抵御这刺骨的寒冷。望着远处的灯火,他们想起家中过小年的父母和兄弟姐妹,仿佛闻到了供品的甜香。

他们正在回味着家中过小年的气氛,城下有人忽然喊:"求求你们,打开城门让我们进去吧!"

"你们是干什么的?任何人不准进城。"

"我们是来送柴火的。"

守城的学生都是些未谙世事的孩子,听他们这样说,可怜他们。可是有命令,不能随便打开城门。

其实,乡绅王少聆躲在这些人的后面,他在察言观色。

该他出场了,王少聆站到前面来,高声朝着城门喊:"我家没有做饭的柴火了,是我临时去城外刚买的。"他装得可怜兮兮,擦着眼泪和鼻涕说:"我家一天没有柴火做饭,一家老小还都饿着呢。今天是小年,总得让家人吃顿饺子吧,你们可怜可怜我,你看我都饿得走不动了。"

说着,王少聆的身子一歪,就像要饿晕了。

守城的学生实在不忍心,今天是小年,王少聆又是城里有名的乡绅,抬头不见低头见的,他们一时放松了警惕,打开城门让这些人进了城。

半夜，北风发出低鸣。除了城墙上站岗放哨的学生，百姓都进入了梦乡。

而从沂州和潍县来的两股清军，悄悄地包围了诸城。

撤到程戈庄的巡防营哨官杨子维熟悉地形，是他把清军领来的。

杨子维原形毕露，站在城外，狂妄地高喊："王雍夫，投降吧！清军已经包围了诸城，你们根本无路可逃了。"

北风，好像把所有的寒冷聚集到一起，吹到每一个守城学生的身上。他们听到城外清军的喊声，一时不知所措，毕竟这是他们经历的第一次战斗。

听到动静的义军迅速起床，集合队伍冲上城墙。

贾振琨站在城墙上，回复杨子维："你们别痴心妄想，从加入同盟会的那一天起，俺就不认识投降二字。"

"你们的武器还没有运来，若是不投降，单靠那点土枪、土炮，支撑不了多长时间。"

参谋李丰冠领着义军占据了城墙上的有力地点，他喊："杨子维，当初就不应该叫你跑了，你别在城外鬼哭狼嚎，影响城里百姓睡觉。"

杨子维在城下继续张牙舞爪地喊："城上的学生听着，你们都是大好的年纪，没有必要牺牲自己，为革命党卖命。"

这时，王雍夫和王景矞几人手持火把跑上城墙，鼓励守城学生："大家坚持住！我们的枪械很快就来了。"

随后，王雍夫对着城外的清军大骂："要投降的是你们，义军没有一个怕死的，有胆量你们就攻城。"

城外的清军见喊话不起作用，开始从东北门发起攻城。

一时间，枪林弹雨，炮火丛生。王雍夫在城墙上来回穿梭，指挥着学生:"扔火把!扔火把!"

学生们陆续把火把扔向竖云梯的清军,一个个清兵从云梯上滚下去,发出惨叫。

眼看着就要击退清军,城内忽然有人高叫:"起火了!起火了!"

学生们回头一看,但见阁街南方向,燃起熊熊大火。原来是王少聆勾结清军,让清兵扮作柴夫,把枪支和火种藏在柴火中,挑进城内。

趁守城学生慌乱之际,混入城内的清兵和劣绅们手持枪械,分头登上城墙,占据了制高点。

城外的清兵已趁机借助云梯登上城墙。

迫于情势,王雍夫只好命令:"贾振琨、李丰冠、刘梅武你们带领学生抓紧时间撤!"

等学生们全部撤下城墙,王雍夫才边打边撤。

贾振琨、李丰冠、刘梅武原计划带领义军和学生撤往县署,但是半路上被清军拦截,只能在东市和县前大街与清军展开巷战。

贾振琨和刘梅武同时向王雍夫和班其锐喊:"你俩带领学生快往城外撤,我们来掩护!"

"不行,我来掩护,你们带着他们撤!"王雍夫是不会走的。

"快撤!"贾振琨和刘梅武的眼睛都红了。

王雍夫只好带着学生往南门撤,可是一队清兵从南边围堵过来,在刘梅武的掩护下,他们只好暂退到县署。

贾振琨、李丰冠、赵玉璋用身体堵住县署大门,不让敌人靠近。

最后,几个人的子弹打没了,排成人墙,和清兵展开肉搏……

贾振琨、李丰冠、赵玉璋三人被抓。

他们宁死不降。

清兵把李丰冠的尸体钉在城墙上曝尸三日。

....

购买的武器迟迟不来,王天檀对臧少梅说,自己先回去。他先回的相州,计划回家要点钱,给守城的学生买点棉衣。

刚到家门口,他从管家口中得知清兵围了诸城,他问管家要了一匹快马,骑上就跑。

王璞闻听王天檀去了诸城,让他的弟弟王天柯快追。

王天柯追到营马岭上,王天檀早就不见踪影。

清军已经攻下诸城,正下令关闭城门。

整个诸城处于一片血腥之中,除了枪炮声,就是孩子的哭声。趁着混乱,王景羲戴上假辫子,挤在人群里,往城外撤。

在城门口,王景羲一眼就看到了往城里挤的王天檀。他高声喊着:"五弟,快跑,清军要屠城了。"

王景羲一边说,一边越过身边的人去拽王天檀。王天檀却把王景羲往城外一推,毅然决然地说:"革命志士都在城中,我岂能贪生怕死?"

城门缓缓关闭之时,王天檀从门缝里挤进去。

他跑到西市,遇到了丁学舜。丁学舜拿着自制的炸弹,炸开一条血路,他和王天檀对视一下,没有说话,继续和敌人搏斗,已经杀红了眼。

王天檀从一个死去的革命党人手中拿过土枪,加入战斗中。

丁学舜连续手刃数十名清兵,激战中他身负重伤,不幸落入敌手。凶残的清军憎恨他的英勇,当场砍去他的双脚,但他并不屈服,大骂:"你们这些挨天刀的,就是把我凌迟,做鬼我也要消灭你们。"

随着罪恶的一声枪响,丁学舜倒了下去。他的生命永远定格在了二十岁。

县署久攻不下,凶残的吴埙调来大批清兵围攻。他叫嚣着:"活捉王雍夫,抓到的赏银千两。"

为了掩护县署的义军和学生,邓峻手拿炸弹做投掷状,刘梅武手拿双枪做射击状,敌人才停下来,不敢近前,互相僵持着。

王雍夫坚持冲出去,和清军决一死战,班启锐劝他不要轻举妄动,再想想办法。

生死关头,孟儒和王居一从东墙爬进县署,他俩熟悉地形,清兵没有发现他们。

王居一让孟儒带着王雍夫、班其锐和学生从东墙爬出去逃走,他留下做掩护。

直到县署里的十余人全部从东墙爬出去,王居一朝守卫在大门口的邓峻和刘梅武喊:"快撤!"

其实,刚才在战斗中,邓峻的腹部中了一枪,当时肠子都出来了,他硬是摁了回去。他担心连累刘梅武,让他快走,说自己不行了。刘梅武二话没说,背起邓峻,随手朝敌人扔了一颗炸弹,一个飞跃出墙而去。

当清军发现上当时,县署里困住的人早就顺着东市街从东北门出了城。

邵林逊一个人被堵在巷子里,和清兵战斗了一个上午,到最后打光了子弹。

他找不到其他人,只好逃到西南门。三水打开城门,让邵林逊逃走。

邵林逊早就筋疲力尽,跑到诸城西乡,被随后赶来的清军追上。清军让他投降,他破口大骂:"投降,实在违反我革命的初衷,我宁可死,也不会投降。"

十九岁的邵林逊被清军开枪打死。

王天檀也打光了子弹，他只能不停地从死去的革命党人手里找枪用。

现在他手里拿的是一把手枪，接连射死好几个清兵。

到最后，手枪里还剩最后两颗子弹。王天檀退到超然台，计划从东北门撤走。可是，他身后追上来好几个清兵，喊着："捉活的！捉活的！"

王天檀只好登上超然台，敌人紧跟其后追了上来。

追赶上来的是四个清兵，他们以为胜利在望，脸上露出狰狞的表情。王天檀一步步地后退，直退到超然台的北墙根。

四个清兵扑上来，想活捉王天檀。说时迟那时快，王天檀左右开弓，打死两个清兵。然后他伸开手臂，像一只雄鹰一样，分别揽住剩余的两个清兵，跳下城墙……

王书山和王在萱未剪辫子，混于群众中走脱。

孟陆和王云龙在学生家长的掩护下出了城……

3

臧植堂喝了点酒，枪声大作时，他才从梦中惊醒，开始他还以为是士兵在操练。

当弄明白真相后，清兵已经来对山堂砸门，喊着："活捉臧植堂！活捉臧植堂！"

臧植堂只好翻墙到了邻居王少聆家，说："我先在你家藏一藏，等清兵走了，我回家拿上枪，还要去杀清兵。"

是豺狼，都要吃人。王少聆奸笑着说："在我家藏，你还真是藏对地方了。"他当即喊来下人，把臧植堂五花大绑，交给了清军。

臧植堂被绑到县署内的古槐树上，清兵营官知道对山堂有钱，便说:"听说你一次就拿出四千两银子给义军买武器,现在你可以拿钱赎你的命。"

臧植堂挺直了胸膛,怒睁双眼,大骂:"我有钱革命,无钱买命!"

营官恼羞成怒,说:"你可考虑好,命丢了,多少钱也买不回来。"

"你少啰唆,我是一分钱也不会给清军的。"

"那就成全你。"

营官为了起到杀鸡儆猴的作用,让哨官杨子维剖开臧植堂的肚子,挖出他的心,割下他的头颅……

臧植堂的头被挂在古槐树上,尸体挂在了县署大门上。

臧植堂的妻子李氏听到这个噩耗,顾不上悲伤,逃到县前大街李氏的娘家。

李氏哥哥不准家里人给她开门,他怕惹事上身,说:"你是逆属,赶快去自首吧!"李氏走投无路,便去了王少聆家,她还不知道就是王少聆告的密。

王少聆丑态毕露,和李氏哥哥说的话一样:"你们是逆属,赶快去自首吧!"

李氏于门前大骂王少聆,随后服毒自杀。

王方庐带领一些学生在东南门和清军激战。眼看胜利无望,他扔下几颗炸弹,炸开一条血路,把学生和王居一的表弟送出城外。

王方庐最放心不下的是师父一家人,他没有跟着出城,而是返回琴心堂。

王方源和王熙满腔悲伤地坐在客厅里。王方庐跑进琴心堂,着急地问:"你们怎么还不走?我安排三水来接你们的。"

"你师娘和女眷都被三水接走了。"

"那你俩也快撤吧。"

王方源深情地看了一眼面前这个学生,世上哪有什么岁月静好,只是有人在牺牲生命。

其实,王方源和王熙才从大街上回来,父子俩之所以回家,就是想把清军引到家中,因为琴心堂还藏着几颗炸弹,他们要和敌人一起死。最重要的,他们想拖住敌人,让出城的人能走远一点,不要被清军追上。

王方源哑着嗓子对王方庐说:"你快和他们去找王居一,我和王熙随后就到。"

"师父、师兄,你们快点。"

"你先走!"

王方庐想回家看看,跑着离开了琴心堂。

王方源想趁着清军没来先嘱咐儿子几句。他回头却看到了管家老田在收拾他的古琴和书画。他惊讶地说:"老田,你怎么没和他们一起走,不要管那些书画和古琴,这次清军是要灭门的。"

"老爷,我从年轻就跟着您,现在您有难了,我能一个人逃走吗?不光我没有走,我儿子也没有走,我们父子俩生是王家的人,死是王家的鬼。"

"你们糊涂呀!"王方源刚才忍着没流眼泪,现在却老泪纵横。

突然,琴心堂的大门被清军撞开,喊着:"抓住王方源和他的儿子!"

王方源和王熙坐着没动,想等清兵靠近,用炸弹炸死他们。

队伍里一个清兵可能看出王方源腰里藏着炸弹,他抓住老田管家,威胁王方源说:"把你腰里的炸弹掏出来吧。"

老田喊着:"老爷,不要管我,你们快逃!"

王方源看着老田,慢慢地从怀里掏出炸弹,父子二人被清军抓走。

经文堂的管家好像知道少爷要回来,拿着王方庐的琴在等他。

王方庐生气地说:"你怎么还不走?"

"我要守着经文堂,少爷,您快走,三水在西南门等您。"说着,管家把琴递给王方庐。

"老爷、太太和少奶奶呢?"

"都被三水接走了。"

王方庐和管家光顾着说话,没发现清军已经冲进了经文堂。

清兵没想到王方庐在家,高兴地喊着:"抓住王方庐!抓住王方庐!"

王方庐迅速从怀里摸出一个炸弹,扔到清军队伍里,喊着管家快跑。

王方庐和管家从经文堂的小门跑出来,顺着南关街往北跑。

他俩跑着跑着,突然从巷子口钻出来一个清兵,喊道:"站住,再跑我就开枪了。"

平日老实巴交的管家回身把王方庐用力往另一个巷子口一推,他朝着财神庙街跑去,并且大声喊着:"少爷,您等等我。"

王方庐跑出还不到五十米,从财神庙街方向传来一声枪响,他知道是管家为了掩护自己被清军打死了。

他转身要去财神庙街,他要把管家的尸体抢过来。可是,从西市过来的清军发现了他,喊着:"那个背琴的是王方庐,快抓住他!"

王方庐只好回转身往南跑,清军听到是留学回来的王方庐,都想抓住他立功,喊着:"抓王方庐!抓王方庐!"

快到西南门时,眼看清军要追上王方庐,他摸了摸怀里,炸弹也没有了。王方庐想决不能被清军活捉,他拼了命地往城墙边跑,想撞墙自杀。

就在这当口,三水出现了。

三水把王方庐拉到城墙边的隐蔽处,夺过他的古琴背在身上,又抢过王方庐的帽子戴在自己头上。最后,他从怀里掏出一个炸弹,递给王方庐,说:"少爷,今天就此别过。如果有来生,我还做您的书童。"

王方庐还没弄明白怎么回事,就被三水推出城外。只听咣当一声,三水关闭了城门。

三水是要替自己赴死,他是担心敌人出城追上王方庐,才出此下策。

"我不能让三水当替死鬼!"王方庐使劲撞城门,他要进城救三水。

这时有人从背后抱住了他,王方庐回头一看,是三水的父亲西吉。西吉哭着说:"少爷,我们快走,三水心意已决,您就成全了他吧。"

城里传出清兵的喊叫声:"快追,王方庐往城东跑了。"

4

钟小贤第二天才来隋家官庄,他进门就哭:"现在整个城里,血流成河呀。"

隋棠关心地问:"你是怎么逃出来的?"

"多亏了琴心堂的小田管家,王方源和王熙被抓走后,清军放松了对他家的看管。后来,王燕宾帮着弄了两条假辫子,我和小田管家才逃出城来。"钟小贤嗓子都哭哑了,死了太多人……

钟小贤还不知道,县长吴埙派一百多人包围了他家。清兵在门外叫着:"快把钟小贤交出来,饶你们一家人不死。"

钟父非常镇定，走出来说："我儿子早就离家，很久没有回来了。"

"你这个老东西，有人看见他前些日子还回过家，你敢撒谎？"

"我确实没撒谎，不信你们去家里搜。"

清军冲进钟家大院，搜了一圈也没找到钟小贤。

领头的清兵气急败坏地说："既然找不到钟小贤，把钟家点火烧了。"

"且慢！"村里的钟鼎勋闻讯赶来。

领着清军来的那个人告诉清军头目，这个人在外地做过知县。

清军头目急忙上前施礼，说："见过钟知县。"

钟鼎勋说："杀人不过头点地，既然钟小贤不在家，你们何必赶尽杀绝。"

清军头目说："既然钟县长求情，我们撤。"

清军从小仁和转道去了相州，目标是王景翥和王天檀。

在潍河担水的孙老头最先发现了清军，他从近路跑回告诉了老爷王璞。

王璞跑到爱贤堂，让王景翥藏到别的堂号去。

清军已经到了相州路口，已经来不及了，王璞只好让王景翥先藏到门口外的秫秸垛里。

清军快速包围了爱贤堂和福星堂，喊着："快让乱党王景翥和王天檀出来，不然的话，杀你们全家。"

王璞神态自若地从自家走出来，上前说："他们二人都没回过家。"

"你是他们的什么人？"

"王天檀是我的亲侄儿，王景翥是我本家侄儿。"

"他们犯下的罪,你清楚不?"

"我们庄户人,只祈求上天风调雨顺,吃上饭即可,其他的事一概不知。"

王梅轩闻讯赶来,上前和清兵理论。王璞拽拽他的衣角,意思是,不要惹事。

王梅轩天不怕的毛病又犯了,大声对清兵说:"如果你们说的这两个人确实犯了罪,你们可以抓捕他们。但是,与他们的家人无关,我们王家可是有免死金牌的。"

领头的清兵一时不知如何是好,这个王家他听说过,于是放缓口气说:"那我们进院搜一搜,搜不着,我们就走。"

清兵把两个院子翻了个底朝天,也没找到人。那个清兵头目最后盯着爱贤堂大门口的秫秸垛,让两个清兵用刺刀在上面扎,多亏没扎着王景翥。

清兵撤走后,大家都在担心王天檀,不知道他是死是活。

任琳因哭着说:"天檀,我还没给你留下儿女,你可不要扔下我不管了。"

钟小贤的父亲让下人去隋家官庄送了一封信,隋棠看完,把信烧掉了。

天刚擦黑,隋棠找来庄里信得过的农民,推着独轮车,连夜把钟小贤他们送去高密蔡家庄,让他们坐火车去青岛躲藏。

王云龙带着范玉,不敢回王家楼子,躲到日照汪崖村一王姓教徒家里。这个人,他也是通过栾省河认识的。

5

穷凶极恶的清兵以捕拿乱党为名,对富商大户逐家抢掠,太古园、砚香堂、戏院、赐书堂、班荆堂、对山堂、望山堂、静远堂、静安堂、琴心堂、经文堂等，凡是值钱的东西，均被劫掠殆尽。砚香堂门前的铜钱洒落在地上，厚厚一层，装满金银细软的包袱扔得到处都是。

全城遭抢的大户和店铺有百余家，诸城数百年之精华毁于一旦。

这晚子时，远处忽然传来一阵琴声。这琴声像是在天上游走，一会儿出现在东市，一会儿出现在西市，一会儿又出现在阁街，最后才停留在炭市街。

巡逻的清兵满大街追踪琴声，却始终没发现是谁在弹琴。

琴声呜咽，悲壮、凄凉的哀调如泣如诉，飞跃在诸城上空，潍河都在大声痛哭。

琴声一时有山雨欲来风满楼之感，强度和力度陡然增大，闻者悚然。吴埙头皮要炸，浑身打哆嗦。王方源和王熙被抓进监狱，王燕宾逃走，王方庐被打死，这是谁在弹琴？

吴埙命令一定要抓住弹琴的人，因为每一声琴音，都像射向他的子弹。

他关上门窗，琴声却从窗缝里钻进来，越发激昂澎湃。吴埙用被子蒙住头，一动也不敢动。

清兵四处搜寻，臧植堂的尸体却被人从县署大门偷走。

县署内大槐树上黑影一闪，臧植堂的人头也不见了。

琴声一直在诸城的上空回荡，变得越来越激烈、越来越悲愤，像是要变成一把宝剑，把这眼前罪恶劈为两半。

第二十六章

1

漆黑的夜晚,凌厉的北风狂啸着。摇动的树枝发出大小不一的嗖嗖声,传到人们耳朵里,像是清兵飞来的子弹,孩子吓得大哭,连做梦都是清兵屠杀的画面。

袭来的寒气把月光都遮住了。桃林山脚下,几个黑影挖出一个大坑,把臧植堂的尸体小心地放进去,其中一人把臧植堂的头颅对接在他的身体上。

埋葬了臧植堂,他们栽上一棵山里的侧柏做记号。他们跪在没有坟头的地上,哽咽着说:"民政长,暂且把您埋在这里,等风声平息,再把您葬回老家。您放心,杨子维定杀不饶。大仇了结那天,再来您的坟头祭拜。"

说完,几人便不见了。

到了大年除夕,诸城安静到能听见自己的心跳。

臧植堂的身体和头颅被人神不知鬼不觉地偷走,吴埙整晚上都在做噩梦,那些被杀掉的革命党人满脸鲜血,伸着满是血污的双手,高喊着:"吴埙,还我命来!"

夜晚游动的琴声,更令人惊悚。有人神秘地说,琴声最后飘进古松禅院,难道真是鬼在弹琴?

古松禅院紧靠西南城墙,在马道西侧,离经文堂只有二百米的距离。

那里庙宇毗连,古松禅院后面是玉皇宫庙,玉皇宫后面是三清观,再往后是文昌阁、地藏庵、观音阁、天齐庙。

王少聆给吴埧出主意,去搜查庙宇。吴埧迷信,斥责道:"你听说有在大年除夕动刀动枪的?"

到了大年除夕,清兵停止了杀戮。

2

王方庐和三水的父亲出了城后往西逃。走了大约五里地,西吉连惊带吓,腿肚子打战,一步也走不动了。王方庐只好找个僻静的地儿,让他坐下歇息。

二人重新上路,走了没有半里地,王燕宾从后面追上了他们。

王燕宾双眼通红,他看了看西吉,话到嘴边又咽了下去。

王燕宾吞吞吐吐地说:"我一路小跑,才追上你们。"

西吉脸色蜡黄,着急地问王燕宾:"王先生,您看到我家三水没有?"

"要不是三水,我就出不来了。"王燕宾眼睛里渗出一层泪水,但他使劲眨眨眼,硬是把泪水堵回去了。

王方庐更着急:"三水怎么没和您一起逃出来?"

"他……"

王燕宾犹疑起来:"我出来的时候,他还在城里……"

不等他俩再问,王燕宾抢着说:"可能他现在已经逃出来了。"

西吉的心才稍稍放下了。

王方庐说:"那我们等等三水,兴许他一会儿能赶上来。"

王燕宾说:"三水让我们先走,他还要帮其他人出城。他让我告诉你们,不能往西走,那里有清军。"

王方庐说:"我想去青岛找臧少梅,但是三水不回来,我放心不下。"

提到三水,王燕宾神情黯淡。他说:"去我老家普桥吧,那里地形偏僻,清兵到不了。"

三人走到普桥,用了将近五个小时。

王燕宾让媳妇做饭给他们吃,"你俩安心在这里住上一段时间,其他的事等安全再说"。

那晚西吉睡得早,说自己有点不舒服。王方庐给王燕宾使了个眼色,二人来到院子里。

"您说实话吧,三水到底怎么了?"

王燕宾压抑着悲伤开始诉说:

我是在古松禅院遇到三水的,他背着你的琴,从背后看,就是活脱脱的你。他的后面跟着一队清兵,喊着"活捉王方庐",我的后面也跟着一队清兵,喊着"活捉王燕宾"。

三水领着我,围着古松禅院和玉皇宫跑。到了坐东朝西的三清观,我俩才把清兵暂时甩开。

三水推开三清观的一扇小门,让我进去,说:"王先生,不管发生什么事,您都不要出来。您要从西南门出城,提我的名字,那里有我的好友,他们会放您走。出城后,一定要去追赶我家少爷和我父亲,千万别让他们往西走,那里埋伏着清军。"

说完,三水跑开了。

我不熟悉三清观,三转两转进了大殿,只听外面的清兵喊着:"抓住他!抓住他!"

我知道是清兵发现了三水,就急急忙忙往外走。走出二门,从窗户里看到三水被两个清兵架着,他身上的古琴已经不在了。

三水可能意识到我会暴露自己,高声喊着:"不要做无谓的牺牲,我今天是死定了。如果有一天见到他,麻烦转告,我的命还给他了。"

我不能让三水做无谓的牺牲，只好躲在屋里。

清兵杀气腾腾地问："刚才和你一起的王燕宾呢？"

三水强撑着身体，用力站直，说："他从西北门出城了。"

清兵知道三水在撒谎，气急败坏地折磨三水，将他打倒在地。

三水双手捂地，企图爬起来。

"快说，王燕宾去了哪里？如果他出城了，你刚才那是暗示谁？"

"我是说给地藏庵里的鬼听。"

清兵再也没有耐心了，杀了三水……

王燕宾慌忙由马道跑去西南门，出了城。

王方庐捂着嘴哭得上气不接下气，要不是担心西吉听到，他早就放声大哭了。

王方庐整晚都没有睡，他的眼前晃动着三水的影子。他拿过王燕宾的琴，弹了一遍又一遍。琴声沉重、浑浊，如阴风骤雨，藏着一股杀气。

第二天，西吉彻底病了。先是发冷，后又发热，到了下午开始出汗，全身都痛得难以忍受。

王燕宾给西吉把把脉，说："是打摆子。"

这种病有可能死人。王方庐这个急呀，三水死了，西吉再有个三长两短，到时怎么向三水的母亲交代？

王燕宾安慰王方庐先不要着急，他叫过来媳妇去拿胡椒和大姜，这两样东西他家里常备。

王燕宾把大姜切成薄片，拿出其中的两片放进蒜臼，再放入五粒胡椒，捣为泥状。

然后，他在西吉大椎穴拔火罐。半炷香后，拿下火罐，涂上药泥，用一块布包住。

王燕宾说:"睡一觉,应该不会有危险了。"

西吉沉沉睡去,梦里,他喊着三水的名字。

王方庐躲到一边,偷偷落泪。

王燕宾连续三天给西吉拔火罐、涂药泥。每个晚上,他把干姜炒黑,研成末,让西吉用黄酒送服。

第四天上,西吉有力气吃饭了。他不停地絮叨着:"也不知道三水怎么样了……"

王方庐和王燕宾谁也没勇气把真相告诉他。

第二十七章

1

王天为从北京译学馆毕业,收到父亲来信:"高密有个亲戚,帮忙介绍你到胶济铁路局工作。"王璞特别强调在铁路上做事,条件相当优厚。

王天为写信回绝:"我是中国人,坚决不给外国人出力!"

王璞拿儿子真是无可奈何,骂道:"翅膀还没长硬,就不听大大的了。"

王天为心里清楚,回相州父亲定会难为自己,他直接坐火车去济南找王居一。

多年没见到王天为,王居一设宴款待他,并介绍他到鲁民报社做编辑。

王居一当时还弄不清楚王天檀是逃走,还是已经牺牲。他哭着诉说清军屠杀革命党人,惨无人道,有的革命党人和城墙冻在一起……

回到住处,王天为立即写信给父亲,要求他不管用什么办法,也要找到王天檀。

父亲的回信如同一个晴天霹雳,他告诉王天为,王天檀已经殉难。

王天为把这个不幸的消息告诉了王居一,二人都陷入悲痛当中。

王天为当天买了火车票,坐车回家。

天上先是堆积了大块大块的乌云,接着飘起雪花。在相州,从来没见过这么大的雪花,沸沸扬扬下了不到半个小时,地上的雪已经有一尺厚。

望过去,相州七座牌坊变成连绵起伏的雪山。风越吹越猛,雪越下越大。落光了树叶的枝丫间,聚了沉甸甸的雪球,随着起舞的北风,雪球落下来,啪啪的声音,惊心动魄。落到潍河河面上的雪花,还没来得及实现抱负,化为雪水,冻结在河面上。等有暖阳的日子,融化的冰随大河滚滚而去,生生不息。

镇子上一片悲凉之气,福星堂大门上过年没贴对联,两边有贴过白纸的痕迹,一看就是办过丧事不久。

孙老头看到六少爷,要去禀报王璞。王天为摆摆手,径直去了父亲书房。

"五哥是怎么死的?"

王璞明显老了很多,他哽咽着说:"还不是革命害的,他倒先把自己的命革了!"

"不革命,中国就这样永远黑暗下去?"在父亲面前,王天为再也无法控制自己,他泣不成声,"他是我的哥哥,也是我最好的朋友"。

父亲示意儿子坐到对面椅子上,他开始讲述,其实为了给王天为一个交代,这几天王璞可谓绞尽脑汁。

王璞说:"天檀被派去青岛购买枪械。从青岛回来,他先回的相州,是回家要钱的。听人说清军进了诸城,天檀骑上快马飞奔而去,我叫你七弟骑马追到营马岭,他已不见了踪影。景蘅在城门口看见了你五哥,让他不要进城。你五哥却说,同人都在城里,他岂能在城外苟活?城门缓缓关闭时,他从门缝里挤了进去。

清兵见剪了辫子的就杀呀……"

"五哥好样的。"

"天下哪有这等痴傻的人啊!"

王天为呜呜大哭……

父亲只能让王天为哭个够,这股仇恨不发泄出来,儿子肯定会憋出毛病来。

大约过了十分钟,王天为擦干了眼泪,在书房里陷入长时间的沉默。一个人的身心被悲伤挤压久了,眼泪都没得流了。

"你五哥没留下子嗣,按照族规,应该把你大哥家的老二致简过继给你五嫂。你五嫂看样子不看好致简,我也看出来了,她是想过继你七弟家的老二致乙。毕竟天檀和天柯是同母兄弟,可是这涉及财产问题,我正拿不定主意。"

王天为不关心族里的事情,在五嫂的过继问题上,他不想发表任何意见,他急于去祖坟祭拜五哥。

祖坟在王家始祖祠堂后边,离吉星堂不到二里地。

这二里地对于王天为来说,却是一段漫长的距离。他再也见不到生龙活虎的五哥了,他想象不出五哥革命的决心是如此之大,大到不怕死的地步。

雪还在下,祖坟的松树狂啸怒号着,枝条发狂似的抽打着坟头。

王天为扑通跪到五哥的衣冠冢前,号啕大哭:"五哥,我来晚了!飘舞的雪花是你带给我的口信吗?你想告诉六弟什么,要我坚强,还是要我继承你的遗志?五哥,从此以后,六弟也会脱胎换骨,做一个真正的王家男儿,做一个像你一样有血性的男人。"

王天为抡起拳头,捶打着坟头哭:"五哥!五哥呀!"

这时,从祖坟外跌跌撞撞走过来一个人,听脚步声是王梅轩。

"天檀，我的侄儿！"

"这么冷的天，您来干什么？"王天为继续跪着。

王梅轩哭着说："这几天我都睡不着，一闭眼就是天檀血肉模糊的样子。"

狂风怒号中，传来一阵阵凄苦的声音，像是虎啸，又像是一个男人大声呼叫。

王天为忽地站起来，朝四周张望，他不自禁地大声喊着："五哥，是你吗？是你吗？"

他竟然在风雪中狂奔起来。

王梅轩扑上去，啪啪给王天为两个耳光，他哭着说："天为，人死不能复生，你五哥若是在天有灵，也不希望你这样啊！"

王天为也不知道刚才自己是怎么了，王梅轩的两巴掌打醒了他。

2

王天为回济南后，一直闷闷不乐，想到五哥，他的心就要被撕裂。

好在吕氏又生下一个男孩，王璞为他取名"复来"。不知道是不是名字的原因，复来的命运也不乐观。生下不久，复来又被奶奶强行抱到她房里抚养，借口和大恒是一样的，王家男孩必须离开母亲，精神独立。

复来不像大恒那样听话，离开吕氏整夜啼哭。王璞一改往日对樊子山的成见，亲自上门讨教小儿夜啼的偏方。樊子山正在捣药，看到王璞，让座说："何事惊扰四秀才亲上小药铺来？"其实，吉星堂的事，他早有耳闻，装作无意地说："这小儿么，还是母亲养育好，况且才那么一点点。"王璞装着没听懂，说："麻烦给复来开个治夜啼的方子。"

王璞上门，樊子山怎么也得给个面子，于是在纸上写着：牵牛子六粒，捣碎，用温水调成糊状，临睡前外敷于肚脐上，用布固定，大多当晚就能止哭。

敷上药，复来晚上不哭了。但是，孩子一看到吕氏还是哭个不停，奶奶竟然不准吕氏见孩子了。吕氏躲在屋里偷偷地哭，晴韵看到母亲哭，她也陪着哭，她不明白奶奶为何如此残忍，非得叫母亲和弟弟分离。

清明节时，官庄隋棠的母亲回相州住娘家，去吉星堂串门，才知道八少爷天成死了媳妇。王璞央求说："他八姑，看看有没有合适的，抓紧给天成续个弦，也不能总空着。"

"你这一说，我还真想起一个人来。也不小了，二十五六岁，和我们王家也算门当户对。"

"他八姑，快说说，是什么人家？"奶奶比王璞还急。

"我婆家的一家亲戚，姓刘，离官庄不远，是个苦命的孩子。她父亲曾中过举。"

"我看行，你回去后赶紧撮合这事。"

八姑去了一趟刘家，一说就成。

还没等给天成办喜事，王璞大女儿唯一的孩子却死了。自从上次生病，孩子得了鼠瘘，表皮流脓不收口。到了最后，一口东西也吃不下去。

王璞和奶奶的心情极度沮丧。又过了两个月，给天成办了婚事，他俩脸上才算有了笑容。

无巧不成书，王天成这个媳妇名字里也有一个华字，叫刘稚华。她个头高，人长得秀气，比天成的第一任媳妇健壮。刘稚华的父亲现居住在济南，在青州也有房子。

王璞正和奶奶商量着怎么送稚华走第一趟娘家。"拨差让客家子赶着马车去?"奶奶说完,想听听王璞的意见。王璞摇头,说:"天成媳妇再怎么说,也是官宦人家,这么远,赶着马车去,我们王家脸上不好看。"过了一会儿,他又说,"坐马车到高密,从高密坐车到青州,又有点费事,也不安全。"

商量来商量去,把刘稚华住娘家的事耽搁下来。

3

五月,天空沉静,草木欣然。在金黄的麦田里,粗壮硬朗的麦秆在长工的镰刀下飞舞,收到家的麦子,他们不舍得吃,留作交地主家的租子。别人家是大斗进小斗出,王璞暗中嘱咐常顺,和别人反着来,小斗进大斗出。

萍惠的父亲武秀才无事可干,吸着旱烟袋,半闭着眼睛,沉着脸,走上相州大街。此时的天气既没有入春时的料峭之寒,也没有盛夏时的浮躁慵懒,武秀才口里念叨着"城郭依旧,人民全非",他踱进街边的茶馆,喊一声"伙计,上茶!"

他选了一个靠窗的位置,一边喝茶,一边看着街上的风景。伙计过来续茶,武秀才发现手里拿着油污抹布的茶馆伙计,竟然也把三绺大辫剪去半段,随意披散在肩上。呸!武秀才更加鄙夷,不管伙计如何和他搭话,他都不再搭理。

阳光从茶馆窗户射进来,顿时让武秀才懒洋洋的,他打起瞌睡来。

在窗户的另一边坐着两个身形微胖的客人,一个是茶馆邻居油盐店的李老板,一个是东大庙的徐和尚。他俩的屁股还没有坐热,就激烈地争论起来。

"如今什么事都奇了,你也听过那些革命党,如今竟要把我们的庙产充公去办学校。"

头发斑白的油盐店李老板平日就能唠叨，听到徐和尚这样说，拍着茶桌高喊起来："反了，如今连女人都抛头露面起来，清兵屠城时，有人剪了头发和大清的军队打仗，这是什么世道？"

徐和尚和李老板的话音刚落，忽然大街上锣鼓喧天，原来是相州学生在做宣传，要求男子剪辫子、女子放足。他们一边走，一边唱，好不热闹。

等学生走远，李老板叹息一声："我看，相州这地方要学坏，你看这帮小子，天天唱些不三不四的歌，肚子里还不知道藏着什么坏主意。"

徐和尚把茶杯重重地一放："还不是办学校的王家人在作怪。多亏那个王天檀死了，他的坏主意最多。前几天我到抱德堂去化缘，捐簿还没打开，他家的二少爷王奚泓，刚好从城里放学回来，当面把我奚落一顿，分文没有给我，让我这出家人碰了钉子，实在可恨！"

李老板四下里看看，凑到徐和尚跟前，小声说："我也看这小子不顺眼，原来多么腼腆，活像个女孩子，自从去了县城读书，回到相州，说话都口出狂言，什么自由，说不定立时就要遭了报应！"

徐和尚把秃头凑过去说："有什么征兆不成？"

李老板眯缝起小眼睛："不瞒你出家人，这里边可大有说头。你知道山海关武秀才的大闺女，小名大妞，大名叫什么萍惠的，前些年被送到抱德堂学针线。女大十八变，越变越好看。"说到这里，李老板咽了一口唾沫，继续说，"都好几年了，她整年在王家，过年过节也不回去。"

茶馆伙计瞅了他们一眼，李老板的声音低下来："再说，那王家少爷也比她小不了几岁，深宅大院，谁知道这满口自由的闺女和小子混在一起，能有什么好结果？"

武秀才刚要发作,心想看看他们嘴里还会吐什么幺蛾子。果真,那个李老板又絮叨起来:"够武秀才喝一壶的,那年他还替人写状子告我放高利贷,害得我丢人现眼,在镇子里抬不起头来。这回有好戏看了,一个如花似玉的大闺女,分文不要放到王家小子身边,嘿……"

武秀才忍无可忍,一个箭步蹿到徐和尚和李老板跟前,愤怒地骂:"你俩不要在这里满口喷粪。"他双手一抬,掀翻了他们的桌子,茶杯在地上摔得粉碎。

武秀才直接去了抱德堂。门房刘三一看是他,赶紧打招呼,武秀才推了他一个趔趄,自己奔后院而去。

王奚泓昨晚从城里回家,正在书房看书。萍惠正好来书房给他送茶。她从书架上拿起《太白诗集》,来到院子向他请教不懂的地方。

武秀才三拐两折来到后院,看到王奚泓站在松树下抚弄着一段树枝,萍惠坐在树下石凳上手执《太白诗集》,右手指着其中一联仰首向奚泓请教。一看这个场面,和唱戏里的男女故事是何等相似,武秀才不禁怒火中烧,一把拽起萍惠的手臂就往外走。

闻讯赶来的木氏忙问:"怎么回事?"萍惠只啼哭着,她也不知道是怎么回事。

木氏说:"武家大哥,当初萍惠来抱德堂,是你托人送来,并不是我王家掠夺你的女儿。"

木氏的火气上来了:"萍惠在我们家这些年,上上下下没有一个人亏待过她,就是我也把她当作亲闺女。"木氏看了一眼奚泓,又说,"萍惠是个好姑娘,从哪里也找不出一点不是。我们王家,男男女女都是正派人,从来没出过半点伤风败俗的事。"木氏越说越气,"闺女是你的,你什么时候带走,我不拦你。但你不能听信坏人胡说八道,伤了孩子的清白。"

武秀才扔下一句:"让萍惠三日内回山海关。"
说罢,他跟跟跄跄地离去。

4

萍惠回到山海关的第三天,相州街上的媒婆一步三扭地来到武秀才家中。媒婆油嘴滑舌:"武秀才,你家姑娘长得貌若天仙,嫁给小门小户也是屈了。"

"你想说哪家?"武秀才抽着旱烟袋,并不看媒婆,以显示自己的清高。

"就是相州街上开油盐店的李老板。"媒婆头戴黑色小圆帽,腮边飞着两朵红云,耳朵上的玉坠摆来晃去。她看武秀才没发表意见,抢着说:"李老板虽然没有王家财大气粗,但是有吃有喝,做个填房,也受不着多大委屈。"

武秀才一听李家差点蹦起高来:"我家萍惠就是个丑八怪,也不至于给李老板做填房。"他甩门而去。

第二天,媒婆又来了。"这是我弟媳妇的姑父家,城东南竹山管家。这可是个大户,平时很少与平原结亲,听说萍惠人品好长得又俊,才愿意下大聘礼。"

武秀才的眼神顿时"金光闪闪",听到管家肯出大聘礼,一锤定音:"就这么定了!"

萍惠娘急忙说:"把闺女嫁去东乡,那么远,再见一面都不容易。"

"你说了算,还是我说了算?"武秀才眼睛一瞪,把烟袋朝炕上一扔。其实,他也不舍得把闺女嫁去那么远,可是看看家中一贫如洗,确实需要这一大笔聘礼钱,再说也能让抱德堂另眼相看。武秀才狠狠心,应了。

看媒婆来来去去，萍惠清楚她是给自己找婆家来了。父亲把她领回家，是要处理自己，也好换一笔聘金。

可是，王奚泓在她心里扎了根，任谁都不可以代替。父母之命，媒妁之言，她一个弱女子，没有能力反抗，就只能……女人最怕在心里种下念头，一旦种下，会生根发芽，滋滋地生长。

母亲进屋，她也没打招呼，闷着头给妹妹缝制衣裳。母亲在她身边缓缓坐下，表现得很无助。"萍惠，家中的情况你也知道，你嫁个有钱人，自己享福不说，家里也跟着沾光。"

萍惠不说话，她在心里埋怨，你们就认识钱，可知道女儿心里的苦？

武秀才和媒婆商谈好，让萍惠在旧历年前结婚。武秀才得了聘礼，忘乎所以，吞云吐雾之余，小酒一天要喝三顿。萍惠母亲和大闺女相隔这么多年，感情寡淡，只顾着人前显摆闺女要嫁给个有钱的人家，也无暇关心萍惠。萍惠待在自己的小屋里，想想抱德堂，想想艺亚姐妹，想想奚泓，眼泪止也止不住，饭也吃不进去多少。

一天晚上，大风刮个不停。萍惠睁大眼睛，看着黑咕隆咚的屋子。王奚泓的身影在她眼前晃动起来，由一个王奚泓变幻出无数个王奚泓。

萍惠充满深情地喊叫一声："奚泓，你终于来了！"

说完，她缓缓地闭上了眼睛……

5

王梅轩闭门谢客一个月，画了一幅《白龙山药会》：清晨的太阳高高升起，古塔和庙宇金碧辉煌；来来往往的外地商人，摩肩接踵的小贩；近处层峦叠嶂的山峰，远处隐隐约约的房舍、树木、街道；清澈的黑龙池，山顶白雾氤氲……白龙山俨然仙境。

王璞看后发表自己的意见："整幅作品呈暖色调。朝阳初照，暖意融融，代表药材生意红红火火。布局采用满幅取势法，重点突出，留白适当。中间部分，外地商人和本地村民主宾分明，整幅作品显得沉厚凝重。"

王梅轩端起茶碗，悠然一笑，说："我就是画着玩。"

王梅轩书房里有很多珍本，王璞翻看着，低声对王梅轩说："眼看着时局有所稳定，相州私立三等学堂计划于秋天复学。可是，因为大年五更巴山王家误了祭祖，挨了堂棍，他们一怒之下，回去自建祠堂，发誓永不来相州祭祖，并把用于学校的二百五十亩地抽回，自建巴山小学。复学之事，也就成了泡影。"

王梅轩并不惊奇："听说只裁减中学班，恢复小学班。"

"恢复小学班，也行。"

"心急喝不了热乎粥，什么都有定数。"

王璞回到家，却看到王天为也回来了。

他穿一身中山装，戴金丝眼镜，眼睛里有别样的光芒。

"不过年不过节的，你回来干什么？"

"鲁民报社的报纸发行量不是很大，因为识字者甚少，特别是女性，更是寥若晨星。"

"这与你有什么关系？"

"关系大了，让更多的人读书识字，才是振国之本。"

"怎么振国？"

"兴办教育。"

看着日渐成熟的儿子，王璞意识到阻挡只会点燃他心中更旺盛的火苗。相州私立三等学堂开学事宜一拖再拖，这么大一个镇子，岂能没有孩子学习的地方。尽管当初办学时他有过纠结，后来一想，他的纠结，就是他太在乎王家子孙后代的教育。

王璞喊来孙老头和常顺，说："打扫收拾学屋……"

王天为说做就做，在自家学屋创办了"相州国民学校"。

"六少爷，想起你和天檀、天柯、天成少爷跟着惠先生念私塾，我就激动。"常顺说出口，立即肠子悔青，我怎么可以在六少爷面前提及王天檀的名字。

古琴

第二十八章

1

王方庐想尽各种办法营救师父,他托人卖掉一些地,和王燕宾一起去潍县找丁书衍打点。

丁书衍说:"我们得从王方源和王熙的头发上找缺口。"

王方庐不解:"如何在头发上找缺口?"

丁书衍说:"那些剪辫子的是革命党,王方源父子剃了光头,从哪个方面证明他们是革命党?"

王燕宾一时领会不了丁书衍葫芦里卖的什么药,困惑地说:"如果他们问,无缘无故地,为什么剃成光头,该如何回答?"

丁书衍说:"清兵当初抓他们,无非王少聆几个劣绅指认,并没有真正的证据证明他俩是革命党。我们只是找个噱头,真正起作用的,还得是银子。"

丁书衍在潍县路子广,经他多方面活动,最终救出了王方源和王熙。

王方源和王熙在监狱里受到严刑拷打,年迈的王方源被打得遍体鳞伤。王方庐握着师父的手,忍不住落泪。他难过地说:"都是我太笨,当时没弄明白您的意图,竟然抛下您自己走了。"

王方源安慰他说:"不要哭,学坚强些。你不走,王熙也要留下,琴学以后谁来传承?"

丁书衍把他们请到家中,盛情款待,王燕宾给王方源开方、治病。

一周后,王方源的身体已无大碍。王方庐让王燕宾陪师父和师兄去济南调养身体,他还有一事要办,办妥后立即去济南找他们。

王熙担心师弟的安全,刚要反对他回诸城,王方源用眼神制止了他。

王方庐回诸城后,第一时间去了经文堂祖坟。

墨黑的浓云挤压着天空,王方庐的心仿佛要从肚子里坠出来。他来到三水坟前,跪下去哭着说:"三水,你放心走吧。你的父母就是我的父母,我已经把他们接到经文堂,我会好好照顾他们一辈子的。"

王方庐想起和三水的点点滴滴,哭成个泪人。就在他捂着脸呜呜大哭的时候,三水的坟头上飞来一只绿色的蝴蝶,稍做停留,即刻飞去。王方庐哭着哭着,潜意识中感觉三水就在自己眼前,他抬起头寻找,除了冷漠的风凌厉地在坟头穿梭,什么也没有看到。

经文堂被抢劫一空,王方庐母亲回家放声大哭。父亲劝说:"钱财都是身外之物,只要人在,什么都可以从头再来。"

几天后,王燕宾从济南发来电报:王方源在中药的调理下,身体已渐渐恢复,如果王方庐有事没办好,可晚些日子去济南。

于是,王方庐贴出告示,悬赏寻找他的古琴——"玉涧鸣泉"。

他必须找到"玉涧鸣泉",这琴是他的命,他也要给三水一个交代。

告示贴出去好几个月,一直没有琴的音信,王方庐整天寝食难安,连他的脾气都变得暴躁起来。

父亲劝说:"现在的局势,谁都说不准,你还是先去济南找你师父。"

"师父的身体没有问题了,我必须找到琴再走。"

那是个清新的早晨,空气中飘荡着微微的湿气。经文堂跑来一个乡下孩子,怯怯地问:"这是王方庐家吗?"

王方庐正好从书房走出来,赶紧回答:"是我家。"

孩子告诉他,他的"玉涧鸣泉",在五莲山光明寺。

王方庐二话没说,拉着孩子就跑,说:"快去光明寺找琴。"父亲喊:"叫西吉套马车送你们去。"

王方庐的"玉涧鸣泉"果然在光明寺。老和尚沉重地告诉他:"琴被城里古松禅院的小和尚送来,说是一个叫三水的人交给他,让他一定保护好,日后自会有人来找。"

王方庐问:"小和尚在古松禅院,还是在这里?我要当面感谢他。"

"诸城屠城后,他随老方丈云游去了。"

按照告示上说的,王方庐让父亲割十亩肥田送给了那个报信的乡下孩子,他还布施给古松禅院和光明寺许多银两。

王方庐把"玉涧鸣泉"带到三水坟头,再次号啕大哭:"三水,你用生命保护的'玉涧鸣泉'找到了,它又回到我的身边,今后我再也不孤独了,因为'玉涧鸣泉'就是你的化身。"

2

王方庐启程去济南,他要去济南实现他国乐复兴、音乐救国的梦想。

王方庐到济南后,先去探望师父。王方源一眼看到徒弟身上背的"玉涧鸣泉",眼圈先红了,他摸着"玉涧鸣泉"说:"一个人与一张琴是有缘分的,'玉涧鸣泉'与你的缘分不单是琴与人的缘分，更是三水与你的生死之交。"

王熙注意到师弟的情绪有所变化，于是换个话题说："方庐，我和父亲过几天就回诸城，家里很多事情还等着去处理。"

王方庐说："师父，我计划在济南办学，传授琴艺，您给起个名字吧。"

王方源略加思索，说："就叫方庐音乐社吧。"

王方庐没有看到王燕宾，问他去哪里了。王熙说："王燕宾先生被人请去教古琴，他家里需要钱，一刻也不敢停歇。"

王方庐去过他家，了解他家的窘况，不禁叹气。看出师父回诸城心切，王方庐央求说："师父，您可以晚走几天吗？我希望方庐音乐社成立那天，有您在场。"

方庐音乐社设在大明湖。成立那天，来了好多诸城人。王燕宾、隋棠、丁剑虹、王天为、王居一，还有来济南读书的王奚泓，都前来祝贺。

王方庐看到王天为，一脸惊奇："你不是回相州办学校了吗？"

王天为无奈地笑笑："相州那个封建堡垒容不下我，我只好再来济南发展。"

王居一哈哈大笑："他可是被父亲赶来济南的，他再在相州，非得把家里闹得鸡犬不宁。"他担心王天为误会，加上一句："这是王璞四爷爷说的，我不过是复述而已。"

大家跟着哄笑。

王居一转身问隋棠和丁剑虹，什么时间来济南的。二人说，来一段时间了，看到方庐音乐社的招生广告，才知道王方庐来济南创办学校，皆闻讯赶来祝贺。

大明湖上传来一阵阵香气，是从盛开的荷花上散发出来的。回济南没几天的王居一，面对这熟悉的大明湖，一幕幕往事涌上心头。

王居一这次回济南,是受老师丁承德指派,在济南发展革命力量。他不是一个人来的,表弟范玉和堂弟王居钦跟来济南读书。

忽然,一阵热烈的掌声把王居一拉到现实中来,原来王方庐让师父第一个讲话。

王方源激动地说:"方庐是我最得意的弟子,他创办方庐音乐社,旨在培养琴人,传承琴德。希望培养出爱琴之人,把古琴之道永远传承下去。"

王方庐可谓大名远扬,听说他在济南招生,慕名来报名者有好几百人。

考试很简单,当场弹奏一曲,其好坏懂琴的人都听得出。

经过筛选,只有十二个人成为王方庐的学生。

在王天为的指挥下,这些学生上前拜见师爷、师伯、王燕宾先生,最后才郑重其事地拜见师父。

大家都想听王方源师徒的琴声,盛情难却,王方源拖着病弱的身体,弹奏了一曲《高山》。滚、拂等技法不断出现,仁者乐山,志存高远的境界在琴声中表现得淋漓尽致。

曲罢,传来满场的喝彩声。

王熙和王燕宾合奏《醉渔唱晚》,一琴一箫,二人手法浑然天成,旋律节奏分明,欢呼声不绝于耳。

王方庐最后一个出场,他弹的是《流水》,开始只是涓涓细流,随着泛音的扩大,流水撞在山石上,水声隆隆……

王方庐演奏的时候,全场鸦雀无声,大家被水包围着,在水的涌动中,感受着生命的变化无穷。

最神奇的是,伴随着王方庐的琴声,大明湖边游来一对对鸳鸯。它们上了岸,在静静地倾听。

3

王天为先在山东法政学校做学监,之后改做文案工作。学校给他安排了一处房子,他回相州想接家眷到济南,主要是为了晴韵读书。

没等王天为解释清楚,王璞把烟袋锅子敲在桌子上:"搬家,难不成你想把这个家弄得四分五裂?"

王天为没有被父亲的阵势威慑住,他说:"晴韵也该出去接受教育,在家孙老妈就知道给她裹脚。"

"一个女娃去那么远读书?"

天为二妹此时火上浇油,可能觉得大哥天不怕地不怕,回家来正好给她壮胆。就在这天晚上,王璞正躺在炕上抽着大烟,飘飘欲仙之际,窗外突然传来惊天动地的一声爆响:"我摔老盆!"接着,哭咧咧地回了后院,听声音是二小姐。

在相州,老人去世后,在灵前放置一个泥盆,在里面烧纸。灵柩起运时,由大儿子将泥盆举过头顶,然后用力摔在地上,谓之"摔老盆"。谁摔了"老盆",谁就继承家业。二小姐这一疯狂的举动,是对王璞下了致命的诅咒,他气得当场昏厥过去。

以王璞的性格非把二小姐打死不可,但他没有声张。这事在相州绝无仅有,就是在山东也找不出一个。吉星堂绝无仅有的事越来越多,他失去了掌控能力。闹腾大了,嫁不出的闺女继续嫁不出去,关键自己的老脸没地儿搁。

二小姐的这一摔,把晴韵摔到济南来了,否则还得费番周折。晴韵还记得自己刚来时的模样:齐刘海上边分出一绺,梳成扭辫子拖到右边,归入大辫子里,用红头绳扎成一节圆棍,编成一条长辫子,辫梢上还拖着长长的红头绳儿。她穿一件黑印花水红纺绸裆子，外罩洋纱礼服。脚上穿一双贴绫花的尖头绿布鞋，鞋尖上系着绿线缨子，鞋前脸还铺了羊皮棉，鞋面上钻了四个眼儿，鞋带襻来襻去。

跟王晴韵一同来济南读书的还有王天为的侄儿王致简、王海霖。王晴韵在女师，王致简在一师，王海霖在王奚泓读过书的一中。

王居一在自家外院创办了"齐鲁通讯社"，主要销售一些进步书籍。

王晴韵经常带女师的同学来齐鲁通讯社买书。王致简和王海霖把一师和一中的同学带来买书。育英中学的学生在王天为的介绍下，也都到这里买书读。

王晴韵在齐鲁通讯社认识了很多进步青年，在她的带动下，女师同学开始放脚、剪发，和其他学校的男生公开交往。

…………

若干年后，在王天为的引导下，王晴韵、王致简、王海霖等，成长为共产党员。

4

不到一年，方庐音乐社声名鹊起。

王方庐被章太炎推荐到北京大学担任国乐导师。

王方庐的到来，在北大校园内掀起一股学习国乐的热潮。

乐理研究会经常举办王方庐古乐演奏会，每次都会吸引一千多名师生前往倾听。

从济南到北京大学读书的王奚泓，一旦听说这位故乡琴师来演奏，都会约上同样在北京大学读书的王天成，追随、聆听。

王方庐在北京可谓门生如云。名师出高徒，他教出的学生在古琴和琵琶界皆出类拔萃。

王燕宾在康有为的介绍下,远走江南,被聘为南京高等师范学校古琴导师。

在晨风庐琴会上,王燕宾一曲《平沙落雁》还没弹完,好多琴人已经侧身站起,靠近倾听。

一曲弹毕,有人脱口叫好:"王燕宾是头魁!"

在诸城多年没被重视的王燕宾,在南京一鸣惊人。